CARRÉ NOIR

COLLECTION SÉRIE NOIRE
créée par Marcel Duhamel

Nouveautés du mois

2177 — HISTOIRES À MOURIR DEBOUT
(JON L. BREEN & JOHN BALL)
2178 — LA MINE D'OR DE TAPHALESCHA
(MARIE & JOSEPH)
2179 — LA CITÉ BLANCHE DE LA MORT
(JAMES SHERBURNE)
2180 — BE-BOP À LOLA
(FRANÇOIS JOLY)
2181 — LE CARCAN
(BILL PRONZINI)

JAMES HADLEY CHASE

Tu seras tout seul dans ton cercueil

TRADUIT DE L'ANGLAIS
PAR J.-C. BONNARDOT

nrf

GALLIMARD

Titre original :
YOU'RE LONELY WHEN YOU ARE DEAD

PRINCIPAUX PERSONNAGES

JAY FRANKLIN CERF : *Président de la Compagnie de Navigation, propriétaire de* Santa-Rosa.

NATHALIE CERF (Nat) : *Fille d'un premier lit de Cerf.*

ANITA CERF : *Sa deuxième femme. Kleptomane (?) Aventurière (?)*

VIC MALLOY : *Détective privé. Directeur d'*Universal Services.

PAULA BENSINGER : *Sa secrétaire.*

DANA LEWIS, ED. BENNY, JACK KERMAN : *Ses seconds.*

RALPH BANNISTER : *Patron de l'*Etoile, *un cabaret-tripot. Fripouille d'envergure.*

JOE BETILLO : *Croquemort. Embaumeur. Médecin marron.*

LEE THAYLER : *Ex-artiste de music-hall. Propriétaire d'un magasin de photos.*

LOUIS : *Son associé.*

NICK NEDICK : *Patron du* Brass Rail, *un café-concert.*

CESAR MILLS : *Garde privé des Cerf. Ex-boxeur. Ambitieux.*

OLAF KRUGER : *Directeur d'une académie de boxe. Ami de Malloy.*

OWEN LEADBETTER : *Un voyeur, un peu simple d'esprit.*

PAT FINNEGAN : *Patron de bar.*

GAIL BOLUS : *Piquante rousse aux yeux de Chinoise. Fervente de la boxe.*

MIKE MIFFLIN : *Une bonne brute de flic.*

EDWIN BRANDON : *Chef de la police d'Ocean-City.*

CHAPITRE PREMIER

I

Il devait être à peu près onze heures; c'était par un matin de mars ensoleillé et je roulais vers la résidence de *Santa-Rosa* où son propriétaire, Jay Franklin Cerf, m'attendait.

Je n'étais pas au bureau quand il avait appelé, mais Paula Bensinger, qui se charge de mes affaires et qui se chargerait bien de moi si je n'ouvrais l'œil, lui avait assuré que je serais chez lui une heure après. Il n'avait pas donné la moindre explication sauf qu'il s'agissait d'une chose urgente et confidentielle, mais le fait qu'il était propriétaire de *Santa-Rosa* suffisait largement à Paula. Il faut de l'argent pour s'offrir une propriété comme celle-là et l'argent a toujours eu le don de mettre Paula dans tous ses états.

Quand j'arrivai au bureau elle avait déjà farfouillé partout pour obtenir des précisions sur Cerf et pendant que je rectifiais ma tenue, elle me raconta tout ce qu'elle avait appris sur lui, en relisant notre collection de coupures de journaux se rapportant aux personnalités d'Ocean-City. Cerf était président de la *Red Star,* une immense entreprise de transport et de navigation qui couvre toute la côte du Pacifique. Il était veuf depuis deux ans, sa femme avait été tuée dans un accident de voiture, et sa vie privée était à peu près aussi folâtre que celle des momies du musée d'Ethnographie. Récemment, il avait épousé un mannequin, et d'après Paula c'était à ce sujet qu'il voulait me voir. Quand un homme aussi vieux et aussi riche tombe amoureux d'un mannequin, m'apprit Paula, toujours cynique, et qu'il est assez poire pour l'épouser, il est sûr d'être cocu.

Mais au cas où ça ne serait pas sa femme qui lui causerait des ennuis — Paula est une fille qui a toujours une théorie de rechange toute prête — alors ce serait probablement sa fille : Nathalie, une petite garce de vingt ans, estropiée dans l'accident où était morte sa mère et qui récoltait des ennemis aussi facilement que son père récoltait les dollars.

— Ce gars-là est plein aux as! conclut Paula avec cette lueur d'envie qui passe automatiquement dans ses yeux dès qu'il est question d'argent. Et ne va pas le laisser s'imaginer qu'il nous aura pour des haricots. Maintenant grouille-toi. Il ne s'agit pas qu'il change d'idée.

— A t'entendre, on croirait que c'est toi le patron de cette turne! — Plein d'amertume, je gagnai la porte. — Colle un ruban de rechange sur ta Remington; je me charge du reste.

— Je te ferai remarquer qu'il n'y a que moi qui gratte ici! rétorqua Paula, remontée à bloc. Et si ce n'était pas...

Mais j'étais déjà au milieu de l'escalier...

Santa-Rosa est une sorte de paradis d'une centaine d'hectares, avec tennis, jardins, piscine et jets d'eau. Chaque fois que je mets les pieds dans un de ces palais pour millionnaires plaqué or, mon compte en banque sort la tête et se paye ma fiole.

L'allée qui conduit à la maison est bordée d'arbres et

s'élargit en un vaste rond-point où sont alignées cinq ou six voitures. La plus petite est une Rolls-Royce décapotable, crème et bleu ciel. Deux chauffeurs philippins sont en train de l'épousseter avec des plumeaux, l'air tellement dégoûté que je me dis que leur religion doit leur interdire ce genre de travail.

A droite du rond-point se dresse la maison, un petit truc de rien du tout : vingt-quatre chambres à peine, une porte d'entrée assez large pour laisser passer un quinze tonnes et des portes-fenêtres qui ouvrent sur une terrasse d'où peut largement décoller une superforteresse.

Je me dirige vers la porte et je découvre une loggia abritée, devant laquelle s'étalent deux parterres de bégonias rouges et jaunes. Je m'arrête pour regarder les fleurs, histoire de reprendre mon souffle et je me trouve face à face avec une gosse qui prend un bain de soleil dans un fauteuil à roulettes. Elle n'a pas l'air surprise de me voir et elle me jette un regard tellement perçant de ses yeux profondément enchâssés dans leurs orbites, que j'ai l'impression désagréable qu'elle peut lire les lettres qui sont dans mon portefeuille et compter ce que j'ai comme petite monnaie dans ma poche.

Elle doit avoir dans les vingt-quatre, vingt-cinq ans; elle est petite et elle a l'air aussi rêche qu'un diamant brut. Elle a ce regard pâle et angoissé des invalides et sa petite bouche bien dessinée s'abaisse un peu aux coins comme pour extérioriser l'ironie qui habite ou n'habite pas son crâne. Ses cheveux noirs lui tombent sur les épaules et se terminent par des boucles roulées vers l'intérieur. Elle porte un pantalon fauve et une veste de cachemire trop large pour que je puisse voir ses rondeurs, si toutefois elle en a, ce dont je doute.

J'enlève mon chapeau et je fais un sourire pour lui montrer que je suis un gars tout ce qu'il y a de sympathique, si c'est ça qu'elle se demande; mais non, décidément, ce n'est pas ça. Pas de sourire en retour, pas de détente sur son visage, rien si ce n'est un durcissement plus accentué.

— Vous venez de la part de *Universal Services,* elle demande d'une voix si tranchante qu'on pourrait couper du pain avec.

Elle a un livre sur les genoux et l'un de ses doigts maigres reste pointé sur un mot comme si elle voulait l'empêcher de quitter la page.

— Madame, je dis, *Universal Service,* c'est moi!

— Alors ne prenez pas la grande porte. Pour les employés, c'est à droite et derrière.

Je la remercie et comme elle se replonge dans son livre je refonce vers la grande porte.

— Où allez-vous? elle me demande en haussant le ton et en me foudroyant du regard. Je vous ai dit que pour les employés...

— C'est à droite et derrière, je la coupe, je sais. Je vous ai entendue. Mais entre nous et les bégonias, mademoiselle Cerf, ça pourrait être à gauche et devant, ça pourrait être sur le toit ou sous le jet d'eau que ça ne m'intéresserait pas. Un de ces jours, si j'ai le temps, je viendrai visiter l'endroit. Peut-être que ça vaut le coup. Je le note dans mon calepin et j'y penserai un jour de pluie. Merci de me l'avoir proposé.

Mais elle s'est déjà replongée dans son livre et n'a pas l'air d'écouter. Ses longs cheveux noirs lui tombent sur le visage et la masquent. Tant mieux. Je parie qu'elle doit avoir la bille de quelqu'un qui vient d'avaler une guêpe.

Je me dirige vers la grande porte. Je suis d'une humeur un peu plus massacrante qu'avant de l'avoir rencontrée, et je suis intimement persuadé que ce n'est pas du tout le genre de fille à emmener au cinéma, histoire de lui peloter les cuisses.

Le valet de chambre qui m'ouvre est un grand type à l'air majestueux avec une tête d'homme d'Etat en retraite et des manières d'évêque. Je lui dis mon nom et il m'apprend que M. Cerf m'attend. Il me conduit à travers un hall plus petit que la gare de Pennsylvanie, mais pas de beaucoup, le long d'un couloir où des armures font la haie, surmontées par des épées en croix; il me fait descendre un tas de marches et passer par la salle de billard pour atterrir dans un ascenseur qui nous grimpe au deuxième. Nous sortons de l'ascenseur et finalement nous arrivons dans une pièce qui surplombe le jardin et l'océan, au loin. Ça m'a tout l'air d'être le bureau du grand homme.

— Je vais prévenir Monsieur que Monsieur l'attend, m'annonce l'évêque avec une révérence-maison, je ne pense pas qu'il fasse attendre Monsieur longtemps.

II

Jay Franklin Cerf a exactement l'air de ce qu'il représente : une compagnie de navigation de six millions de dollars. Il a un air arrogant et autoritaire qui n'incite pas à la plaisanterie et on voit tout de suite qu'il n'a jamais raté un repas de sa vie. Il est grand et fort. Son teint est un joli mélange de mauve et de brun et ses yeux sont aussi bleus que les primevères et aussi impersonnels. A première vue, il a largement dépassé la cinquantaine, mais il a encore la tête et les reins solides. De son crâne, qui commence à se déplumer, à la pointe de ses souliers, c'est l'image idéale du gars qui a réussi.

Il entre brusquement dans la pièce, ferme la porte et me toise avec cet air que prennent tous les milliardaires à l'égard de quelque chose qui pourrait leur coûter de l'argent.

— C'est vous Malloy? il aboie d'une traite.

Je m'imagine que les gens qui dépendent de lui pour gagner leur croûte doivent avoir les genoux qui s'entrechoquent en entendant une voix pareille.

Je lui réponds que je suis Malloy et j'attends, car j'ai suffisamment travaillé avec des milliardaires pour savoir que la seule chose qui les ennuie, c'est d'entendre un autre son que celui de leur propre voix.

Il grogne un petit coup, gagne la fenêtre et regarde au-dehors sans raison apparente, à moins qu'il n'ait acheté le panorama et en veuille pour son argent. Puis tout d'un coup, sans se retourner, il dit :

— Au sujet de votre organisation, j'aimerais avoir quelques détails.

— Mais certainement. — (Si seulement j'avais dix dollars à chaque fois que je dois sortir mon petit baratin!)

— Peut-être cela vous intéresserait-il de savoir comment j'ai débuté? Quelqu'un, un jour, m'a dit que les milliardaires avaient besoin de gens à leur disposition. Plus on est riche, plus on dépend des autres; voilà ce que m'a dit ce gars-là, et il avait raison. Quand je suis sorti de l'armée, je n'avais ni projets ni argent, mais je me suis rappelé ce que ce type m'avait dit. J'ai donc mis sur pied une organisation qui répond à tous les besoins des milliardaires. Et le résultat, le voici : la semaine prochaine, *Universal Services* fêtera son troisième anniversaire. Je ne dis pas que ce soit une idée de génie, non, mais j'ai gagné un peu d'argent et j'ai bien rigolé.

» Ma compagnie se charge de n'importe quel travail pour n'importe quel client. Pourvu que ça ne sorte pas trop des limites de la légalité et ça reste régulier. Nous nous occupons aussi bien d'arranger un divorce que de procurer un éléphant blanc. Depuis que nous avons commencé, mes agents et moi avons fermé le bec à des maîtres chanteurs, surveillé des drogués, emmené un groupe de jeunes gens faire le tour du monde, mis à la campagne des enfants adultérins, attrapé un grizzli pour un client qui voulait absolument en tuer un, et arrangé les choses pour une jeune personne qui avait la sale habitude de se balader la nuit sur les toits pendant son sommeil. Voilà ce que nous faisons pour les clients qui veulent faire exécuter une chose sans mettre eux-mêmes la main à la pâte. Du jour où je prends un client, je le protège. Quand les honoraires sont payés, et ils sont importants, il n'y a pas d'autre note de frais. C'est du travail bien fait pour des gens qui ont beaucoup d'argent et nous garantissons la discrétion la plus absolue.

Pendant que je reprends mon souffle, il dit avec une pointe d'agacement :

— Oui, c'est à peu près ce qu'on m'avait dit. — Il quitte la fenêtre : — Asseyez-vous. Qu'est-ce que vous buvez?

Je m'assois et je réponds que je ne bois rien, mais il doit se douter que je plaisante car il s'avance vers un bar portatif, équipé au poil, et mélange deux « highballs » avec une dextérité qui témoigne d'un entraînement intensif. Il pose un verre à portée de ma main. L'autre, il le serre entre ses doigts et l'examine comme s'il ne savait qu'en faire.

— S'il y a quoi que ce soit dont je puisse me charger pour vous, j'amorce pour le mettre en confiance, je le ferai avec plaisir et vous pouvez être sûr que ça sera du travail discret et bien fait.

Il lève la tête et fronce les sourcils :

— Je ne vous aurais pas appelé si je n'en étais pas persuadé, dit-il brièvement. J'ai un travail pour vous. Rien d'extraordinaire. Du moins, pas pour vous... Pour moi ça l'est.

Je profite du long silence méditatif qui suit pour avaler mon « highball ». Vous donneriez ça à un cheval, il tomberait les quatre fers en l'air.

Brusquement il reprend :

— Avant d'entrer dans les détails, je voudrais connaître vos réactions devant une étrange découverte que j'ai faite. Venez avec moi. Je vais vous montrer quelque chose.

Il m'emmène dans une grande chambre claire qui ouvre au milieu du couloir. Une chambre à coucher féminine, à en juger d'après l'étalage de produits de beauté et le bric-à-brac qui encombrent la coiffeuse.

Il ouvre un grand placard intérieur noyer et glaces, très impressionnant, et en sort une valise en peau de porc. Il la pose devant mes pieds et recule.

— Ouvrez-la, dit-il brusquement, et regardez ce qu'il y a dedans.

Je m'accroupis, je fais glisser les deux fermoirs et j'ouvre l'engin. C'est bourré d'un étrange ramassis d'articles les plus hétéroclites. Etuis à cigarettes, portefeuilles de cuir, deux bagues en diamant, trois chaussures dépareillées, une collection de cuillers provenant de plusieurs restaurants à la mode, une demi-douzaine de briquets, dont certains avec initiales, plusieurs paires de bas de soie avec l'étiquette encore attachée, une paire de ciseaux, deux couteaux de poche dont l'un à manche d'or, trois stylos et une statuette de jade représentant une femme nue.

— Voilà ce que je voulais vous montrer, dit-il d'une voix indifférente. Maintenant retournons dans mon bureau.

Une fois revenus, il s'assied et me demande :

— Alors qu'est-ce que vous en dites?

— A part les godasses et les cuillers, personnellement ça ne me dit rien. Mais ça m'a tout l'air d'être la récolte d'un kleptomane.

— Oui, c'est ce que je pensais aussi.

Il prend une bonne respiration. Je suggère :

— A moins que ce ne soit une plaisanterie?

— Ce n'est pas une plaisanterie. — Sa voix tourne à l'aigre. — Ma femme et moi avons été beaucoup invités depuis notre mariage. La plupart de ces objets appartiennent à des amis ou des gens que nous connaissons. La statuette en jade est à Mme Sydney Clegg. Je me rappelle l'avoir vue chez elle. Le canif en or appartient à Wilbur Rhyskind, le romancier. Les cuillers viennent de restaurants où nous sommes allés. Non, j'ai bien peur que ceci ne soit pas une plaisanterie.

— C'est ça, le travail que vous voulez me confier?

Avant de répondre, il sort un cigare, le coupe et l'allume d'une main pas très assurée.

— Oui. C'est cela, il finit par dire.

Après quoi il y a une longue pause.

— Cette histoire est fort déplaisante, d'un goût douteux, par surcroît, il dit en examinant son cigare. Je dois avouer que je ne sais pas grand-chose sur ma femme. — Il parle lentement d'une voix dure, assurée, impersonnelle. — Elle était mannequin chez Siméon à San Francisco. Je l'ai rencontrée à une présentation de collection.

Il s'arrête pour se passer la main dans les cheveux, sans raison apparente. — Nous nous sommes mariés trois semaines après notre rencontre, il y a quatre mois de cela. Notre mariage a été des plus discrets : secret si vous préférez. Les gens ne sont au courant que depuis fort peu de temps.

— Pourquoi vous êtes-vous mariés secrètement?

Il se penche un peu en avant et écrase son cigare. Son geste est significatif. Je me rends compte qu'il est d'humeur à casser son fauteuil.

— Ma fille est une enfant extrêmement nerveuse. Sa mère l'adorait. Le choc a été terrible pour Nathalie quand elle est morte. Anita — c'est ma femme — et moi, avons décidé que par égard pour Nathalie nous ne ferions aucune publicité à ce mariage.

— Si je comprends bien, votre fille et Mme Cerf ne s'entendent pas très bien?

— Non. Elles ne s'entendent pas bien. — Les coins de sa bouche s'abaissent — Mais ceci n'a rien à voir avec l'affaire. Ce que je veux savoir, c'est si, oui ou non, ma femme est kleptomane.

— Avez-vous demandé des explications à Mme Cerf?

A son air suffoqué, je vois tout de suite que l'idée ne lui en est même pas venue.

— En aucune façon. Et je n'en ai pas l'intention. Ce n'est pas une femme qu'il est facile d'interroger.

— Qui sait s'il ne s'agit pas là d'une machination destinée à discréditer Mme Cerf. Je ne sais pas si vous avez considéré les choses sous ce jour-là. Rien de plus facile que de mettre cette valise dans le placard.

Il est assis, immobile, les yeux rivés sur moi.

— Et qui pourrait avoir fait une chose pareille? demande-t-il d'une voix glacée.

— Vous le savez mieux que moi. Mon travail consiste à envisager toutes les possibilités. Vous m'avez dit que Mme Cerf et votre fille ne s'entendaient pas bien. C'est une chose à considérer.

Ses traits se crispent et il me jette un sale regard.

— Je vous prierai de laisser ma fille hors de cette histoire.

Je lui laisse le temps de se calmer puis je demande :

— D'abord qu'est-ce qui vous a poussé à aller visiter le placard de Mme Cerf? Vous attendiez-vous à trouver cette valise ou êtes-vous tombé dessus par hasard?

— Je crois que l'on fait chanter ma femme, dit-il en affermissant sa voix. J'ai fouillé ses affaires pour essayer d'en avoir la preuve et j'ai trouvé cette valise.

— Qu'est-ce qui vous fait croire qu'on la fait chanter?

— Je lui donne une certaine somme d'argent tous les mois, dit-il, comme si chaque mot lui râpait la gorge. Beaucoup plus qu'il ne lui en faut. Comme elle n'a pas l'habitude d'avoir de l'argent, je me suis arrangé avec sa banque pour connaître l'état de son compte. Je me suis dit qu'il valait mieux contrôler ses dépenses, tout au moins pendant la première année de notre mariage.

Elle a tiré trois chèques très importants durant le mois dernier.

— Combien? je demande, en me disant que ça doit être amusant comme tout d'être mariée à un homme pareil.

— Cinq, dix et quinze mille dollars.

— A quel nom?

Il secoue négativement la tête.

— Au porteur.

— Et vous pensez que quelqu'un a découvert que Mme Cerf avait volé ces objets et la fait chanter?

— C'est chose possible. — Il jette un regard par la fenêtre. — Je voudrais que vous suiviez Mme Cerf quand elle ira faire ses courses. Pas de scandale. S'il s'avère qu'elle a tendance à subtiliser des objets, veillez à ce qu'elle ne soit pas arrêtée. Je tiens à ce qu'elle soit surveillée jour et nuit et que ses déplacements me soient communiqués. Je veux être mis au fait de ses rendez-vous : et surtout savoir *avec qui* elle a rendez-vous.

— Je peux me charger de cela. J'ai une assistante qui est justement très entraînée à ce genre de travail. Elle s'appelle Dana Lewis. Elle peut commencer cet après-midi. Etes-vous d'accord?

Il est d'accord.

— Je vous ferai parvenir un devis pour demain matin. En attendant, je dirai à Mlle Lewis de se présenter à vous cet après-midi à trois heures, si cela vous convient. Il vaut mieux qu'elle ne vienne pas ici n'est-ce pas? Où peut-elle vous voir?

— A l'*Athletic Club*. Dites-lui que je serai dans la salle des dames.

Je me lève.

— Très bien. Une chose encore, je lui dis, pendant qu'il appuie sur la sonnette. Je suppose que vous ne voulez à aucun prix que qui que ce soit, Mme Cerf et votre fille incluses, apprenne que vous m'employez pour ce genre de travail?

Il me regarde, étonné :

— Evidemment. Pourquoi me dites-vous cela?

— Quand vous avez appelé mon bureau ce matin, avez-vous employé le téléphone qui se trouve dans cette pièce?

Il hoche affirmativement la tête.

— Y a-t-il d'autres postes dans la maison?

— Oui.

— A votre place, je me méfierais quand je téléphone. J'ai rencontré votre fille en entrant. Elle savait que je faisais partie de *Universal Services.*

Une expression ennuyée passe dans ses yeux.

— C'est bon, Malloy. Faites votre travail. Moi, je me charge de ce qui se passe ici.

Je refais en silence la balade jusqu'à la sortie et quand l'évêque m'a rendu mon chapeau et m'a fait sa révérence, je dis :

— Mme Cerf est là?

Il me jette un regard glacé, scrutateur.

— Je suppose qu'elle est à la piscine, Monsieur.

Il a l'air très distant :

— Voulez-vous la voir?

— Non. C'était simplement pour savoir. Et je m'engage sur la terrasse en me demandant si Nathalie Cerf est toujours dans la loggia à se dorer au soleil. Elle n'est plus là.

Comme je descends l'escalier monumental qui mène à l'esplanade où sont parquées les voitures, une femme en peignoir de bain apparaît. Elle s'avance rapidement le long d'un sentier qui conduit derrière la maison. Elle est grande, avec des cheveux blond cendré, et son visage a une expression telle qu'on ne peut le qualifier de joli. A première vue, elle a entre vingt-sept et trente ans, pas plus. De grands yeux gris, très beaux.

Je la regarde, elle me regarde. Un demi-sourire se

dessine sur ses lèvres pleines, rouges, mais je n'arrive pas à discerner si le sourire est pour moi ou si elle pense à quelque chose qui l'amuse : difficile à classer.

Elle monte les marches en courant et laisse son peignoir s'entrouvrir. D'en haut, je distingue là-dessous de quoi vous conduire un père de famille à l'asile d'aliénés le plus proche. Les deux mouchoirs vert émeraude qui lui servent de maillot de bain sont juste un tout petit peu trop petits.

Elle me croise et je pivote sur mes talons. Quand elle a parcouru la moitié de la terrasse, elle regarde par-dessus son épaule; ses sourcils dessinés au crayon noir se soulèvent et elle sourit. Ce coup-ci, pas de doute, quant au destinataire. Après qu'elle a disparu au coin de la terrasse, je suis toujours là, immobile comme un chien à l'arrêt.

III

Le bureaux de *Universal Services* occupent deux pièces au deuxième étage d'*Ocean-Buildings*, les plus grands bâtiments du quartier des affaires. Derrière l'immeuble, il y a une ruelle étroite qui sert de parc à voitures, mais qui surtout mène au bar de Finnegan, tout au bout.

Après avoir appris à Paula de quoi il retourne avec Cerf, je traverse pour aller au bar et comme je m'y attendais, je trouve Dana Lewis, Ed. Benny et Jack Kerman réunis autour d'une table dans un coin.

Dana, Benny, Kerman et moi, nous travaillons en équipe. Je m'occupe des questions administratives pendant qu'eux tricotent de la semelle.

— Salut Vic, dit Dana, en tapotant le dossier d'une chaise à côté d'elle. Assieds-toi là. Qu'est-ce que tu as fait toute la matinée?

C'est une chic fille, jolie et bien balancée.

— J'ai du boulot pour toi, je dis en m'asseyant. Salut

les gars! Ça va vous intéresser aussi et si ça marche comme je le crois, va falloir sortir vos méninges du bocal à cornichons et montrer ce que vous savez faire.

— Ecoute beauté fatale, dit Benny en se versant deux doigts de whisky irlandais, on a bossé hier soir, alors fous-nous la paix, tu piges?

— Un de ces boulots dont la môme Paula Bensinger nous réserve toujours la primeur, ajoute Kerman avec une grimace. Il a fallu escorter deux vieux schnoques au Casino. Et quand je dis vieux, c'est vieux.

Kerman est grand et leste; il a l'air paresseux et fait extrêmement distingué. Une mèche blanche coupe ses cheveux noirs et il a une petite moustache à la Clark Gable. Benny est exactement l'opposé : petit, rablé, sa grosse bille rouge a l'air d'être taillée dans du caoutchouc. On dirait qu'il met un point d'honneur à s'habiller comme un chiffonnier. C'est le gars le plus désordonné que j'aie jamais vu.

A eux deux, ils forment un couple d'excellents agents et nous nous sommes toujours bien entendus malgré toutes les plaisanteries possibles.

— Ne t'occupe pas de ces deux crétins, coupe Dana, impatiente; ce sont des voyous. Ils voulaient jouer ma culotte aux dés, avec des dés pipés, encore. Qu'est-ce que tu dis de ça?

— Ah, laisse tomber! fait Benny en lui donnant dans le dos une tape qui manque de la faire dégringoler. D'ailleurs, je suis persuadé que tu ne portes pas de culotte.

— On ne doit pas maltraiter une femme, je dis sévèrement.

— Bah! je la traite comme je traite ma sœur, dit Benny en posant la main sur le chapeau de Dana et en le lui enfonçant jusque sur le nez. Hein, p'tite tête?

Dana lui colle un joli pain sur la mâchoire et au moment où il se lève, furieux, Kerman l'empoigne à bras le corps et l'entraîne à terre où ils se mettent une furieuse peignée, renversant la table et cassant les verres. J'ai juste le temps de sauver le whisky et de me mettre à l'abri avant que Dana lance son cri de guerre, plonge sur le dos de Kerman et lui arrache les cheveux.

Personne dans le bar ne fait attention. Ces trois-là sont toujours en train de chahuter. Au bout d'un moment, quand ils sont fatigués de rouler sur le plancher et de souffler comme des phoques, ils reviennent s'asseoir.

— J'ai claqué ma jarretelle, gémit Dana en examinant les dégâts. Quand est-ce que vous apprendrez à vous conduire en hommes du monde, voyons! Chaque fois que je mets les pieds dans ce bar, ça se termine par une séance sur le plancher.

Kerman se repeigne pendant que Benny jette un coup d'œil sous la table.

— Elle porte *vraiment* des jarretelles, s'écrie-t-il au comble de l'enthousiasme. Moi qui croyais qu'elle tenait ses bas avec de la seccotine.

— Ça ne vous ferait rien de la fermer, je demande, j'ai à vous parler de choses sérieuses.

Dana frappe Benny d'un coup de journal roulé sur le crâne.

— Occupe-toi de tes affaires ou je te vole dans les plumes, elle dit, très sûre d'elle.

— *Mademoiselle* Lewis! s'exclame Benny, choqué au-delà de toute expression, votre éducation est à refaire.

Je frappe sur la table.

— Si vous ne m'écoutez pas... je commence, d'un ton menaçant.

— Vas-y bébé, dit Dana. On t'écoute. Annonce la couleur.

J'annonce :

— Tu vas aller te présenter à Cerf à l'*Athletic Club* cet après-midi à trois heures. Ouvre l'œil. Il y a beaucoup de chances pour que sa fille vienne fourrer son nez là-dedans. Tout ce qu'il faut, c'est que tu te colles à la

Mme Cerf. Si elle pique quelque chose, arrange-toi pour étouffer l'affaire. Je veux du boulot soigné et en douceur.

— De quoi elle a l'air, la mignonne en question? demande Benny en poussant vers moi la bouteille de whisky.

— Au poil, je dis en dessinant dans le vide des courbes enveloppantes. Une géographie impeccable. Elle est vraiment très, très bath.

— On est dans le coup? interroge Kerman soudain intéressé. On ferait bien d'aider Dana, tu ne crois pas? Tu sais, elle est tellement gourde...

Dana repousse sa chaise et se lève.

— Mais pas assez gourde à votre goût, elle répond du tac au tac. Bon, je vais m'en aller. Vic, empêche-les de boire, ces deux dégénérés, et elle rentre les fesses hors de portée de la main de Benny qui manque son coup.

— Dégénérés! — Kerman indigné la regarde quitter le bar. — Après tout ce que nous avons fait pour cette femme. Eh, tu vas me laisser un peu de whisky, fumier de cheval et peau d'hareng réunis! il s'écrie comme Benny se sert deux doigts dans le sens de la hauteur du liquide. J'ai droit à la moitié de cette bouteille, j'aimerais que tu t'en souviennes.

— Vous allez vous occuper du côté chantage de l'affaire, tous les deux, je dis en empoignant le whisky et en enfonçant le bouchon. Restez aux environs jusqu'à ce que Dana dégotte quelque chose.

IV

Le soir du deuxième jour qui suit ma conversation avec Jay Franklin Cerf, je me trouve assis sur la véranda de ma baraque au bord de la mer, en compagnie d'un « highball », et je relis le rapport de Dana que j'ai pris au bureau en rentrant chez moi.

C'est du travail concis et il est intéressant pour plusieurs raisons : jusqu'alors, d'après Dana, Anita Cerf n'a montré aucune propension à la kleptomanie. Elle est allée faire des courses le matin et s'est conduite de façon très normale. Elle a payé tous ses achats ou les a fait mettre à son compte. Mais cela ne veut rien dire, car les kleptomanes se manifestent souvent par périodes et il faudra peut-être attendre quelque temps pour la prendre la main dans le sac.

Mais ce qui importe beaucoup plus, c'est la découverte du fait qu'Anita rencontre secrètement un certain George Barclay. Dana les a vus ensemble deux fois en deux jours. Ils ont l'air d'être très intimes, en dépit des précautions qu'ils prennent pour ne pas être vus ensemble dans la rue.

Ils se sont rencontrés dans un bar-dégustation de fruits de mer, à deux milles de la ville et le lendemain, ils ont déjeuné dans un restaurant grec éloigné du quartier résidentiel... un endroit où les amis de Cerf pas plus que ceux d'Anita n'avaient la moindre chance de les rencontrer.

Dana a trouvé le nom et l'adresse de Barclay d'après le numéro de sa voiture. Il habite dans Wilshire Avenue, une petite maison style chalet bâtie sur un terrain qui lui appartient. C'est le genre « compagnon agréable »; il se comporte et s'habille comme une vedette de cinéma, conduit une Chrysler décapotable et semble avoir pas mal d'argent. Barclay est l'objectif numéro un.

Le numéro deux, c'est Ralph Bannister, propriétaire d'un night-club ultra-chic : l'*Etoile,* situé du côté de Fairview. Anita s'y est rendue la veille au soir aux environs de six heures et Dana l'a entendue demander au chasseur si elle pourrait voir Bannister pour une chose urgente. On l'a admise à l'intérieur, elle y est restée une heure, après quoi elle est repartie pour *Santa-Rosa* où elle est arrivée à l'heure du dîner.

Je n'ai jamais vu Bannister mais je le connais de réputation. C'est une fripouille d'envergure; son club est une mine d'or. Il attire les milliardaires et leur offre les joies de la roulette; il a dû casquer gros pour obtenir l'autorisation de la police.

Juste comme je prends la décision d'envoyer Benny et Kerman sur les deux pistes, les pinceaux des phares d'une voiture montent lentement la route de la plage. Il est dix heures et quart, il fait chaud, tout est calme. Je n'attends pas de visite et je suppose que la voiture va continuer son chemin. Non. Elle s'arrête devant la barrière de bois et les phares s'éteignent.

Il fait noir et je n'y vois guère. Je suppose que c'est quelqu'un qui se trompe d'adresse.

Le loquet de la porte cliquette et une silhouette de femme se dessine vaguement.

C'est seulement lorsqu'elle s'arrête devant moi que je reconnais ma visiteuse : c'est Anita Cerf. Elle monte sans se presser les trois marches du perron de bois et ses lèvres rouges si pleines me gratifient d'un sourire dont j'ai déjà fait les frais. Elle porte une robe du soir couleur fauve, assez échancrée pour être intéressante, et un impressionnant collier de diamants enserre sa gorge ainsi qu'un ruban de feu. Quant à son regard, il est à ce point tangible qu'on pourrait faire de la barre fixe après.

— Bonjour, dit-elle d'une voix grave, rauque. Vous êtes seul ou avez-vous du monde?

Je me lève et je suis un petit peu suffoqué car elle est vraiment la dernière personne que je m'attendais à voir.

Je regarde au-delà d'elle, en me demandant si Dana Lewis est cachée dans les parages, mais elle a vite fait de comprendre le sens de mon regard.

— Ne vous fatiguez pas, dit-elle, j'ai filé entre les doigts de Mlle Sherlock Holmes.

Et avant que je puisse faire un mouvement, elle entre dans le salon et s'installe dans un fauteuil. Je la suis et, pour parer à toute éventualité, je ferme les rideaux.

Jusqu'ici, je n'ai pas ouvert la bouche. Je suis bien trop occupé à me demander comment je vais m'en sortir, pour m'user les méninges à chercher des formules de politesse. Si Cerf apprenait ça, il ferait du pétard. Elle le sait aussi; c'est pourquoi elle est venue seule à un moment où elle me sait seul.

— Que voulez-vous, Madame? je lui demande en passant derrière sa chaise et en me plantant devant elle.

Nous nous regardons. Ses grands yeux gris ont une expression agressive.

— Je n'aime pas être espionnée. Je voudrais savoir pourquoi on me fait suivre.

Je suis surpris qu'elle ait repéré Dana, laquelle sait se déguiser en courant d'air, à l'occasion. Mais il y a toujours un risque avec un seul agent sur une filature, et je regrette de n'avoir pas envoyé Benny relayer Dana.

— Il faudra le demander à M. Cerf, je lui réponds. D'ailleurs, puisque nous parlons de votre mari, je ne crois pas qu'il approuverait votre visite.

Elle se met à rire. Elle a de belles dents blanches et ne se prive pas de les montrer.

— Oh! Il y a des tas de choses que mon mari n'approuve pas. Une de plus, une de moins, vous savez... Vous n'auriez pas une cigarette?

Je lui tends mon paquet et mon briquet. Pendant qu'elle tape le bout de la cigarette sur son ongle rutilant, je lui dis :

— Je n'attendais pas de visite. Je suis occupé.

— Alors faisons vite. — Elle allume sa cigarette. — Pourquoi cette femme m'espionne-t-elle?

— Je vous ai déjà dit de poser la question à M. Cerf.

— Vous n'êtes pas très aimable; je pensais que vous auriez du plaisir à me voir. La plupart des hommes en ont. Vous avez quelque chose à boire?

Les bouteilles sont alignées sur une table contre le mur. Je me lève et je vais préparer deux « highballs »;

l'opération se fait dans un silence à couper au couteau.

Je lui tends son verre et elle me sourit. Quand on est le destinataire d'un sourire pareil on a l'impression de toucher un câble à haute tension.

— Merci, dit-elle en faisant vibrer ses longs cils. Vous êtes seul n'est-ce pas?

— Oui. Comment avez-vous fait pour trouver mon terrier?

— Oh! ce n'est pas bien malin. J'ai vu votre voiture et j'ai constaté qu'elle appartenait à *Universal Services.* Le valet de chambre m'a donné votre nom. J'ai feuilleté l'annuaire et me voilà.

— Pas étonnant que les détectives privés se plaignent du chômage.

— Qu'est-ce que c'est exactement que *Universal Services?*

— Une organisation qui entreprend n'importe quel travail, concevable ou inconcevable, pourvu qu'il soit à peu près correct et légal.

— Et mon mari vous a chargé de m'espionner, n'est-ce pas?

— Vraiment? Je ne me rappelle pas avoir rien dit de semblable.

Elle boit une gorgée de whisky, repose son verre et me considère.

— Pourquoi cette femme me suit-elle?

J'ai l'impression que nous sommes revenus au point de départ, aussi je lui donne la même réponse.

— Votre mari vous le dira, s'il le juge nécessaire.

Elle hausse les épaules d'un air légèrement agacé et jette un coup d'œil circulaire. Mon intérieur n'a rien d'excitant pour une femme de milliardaire. Toni, mon boy philippin, s'arrange pour que ça soit moins sale qu'une porcherie, mais sans plus. Les meubles valent à peu près autant que la peinture et le tapis, c'est-à-dire pas grand-chose. En guise de toiles de maître, il n'y a sur les murs que des nus de « Varga », que j'ai découpés dans la revue *Esquire*. Après tout, je suis chez moi et ça me plaît comme ça.

— Vous ne devez pas gagner beaucoup d'argent? elle demande.

— Avec mon boulot?

— Oui. Ça ne rapporte pas lourd, si j'en juge d'après votre intérieur.

Je fais comme si le sujet méritait réflexion.

— Mon Dieu, je ne sais pas trop, je finis par dire. Tout dépend de ce que vous entendez par rapporter lourd. Evidemment, je ne peux pas me payer des rivières de diamants, mais je gagne tout de même plus qu'un mannequin et je m'amuse beaucoup!

Ça rend! Elle pince les lèvres et rougit légèrement.

— Vous voulez dire que vous n'avez pas besoin d'épouser un compte en banque pour vous en sortir, n'est-ce pas?

— C'est à peu près ça.

— Mais un chèque de mille dollars ne ferait quand même pas de mal au vôtre?

Elle est ravissante et c'est beaucoup trop dangereux de rester tout seul avec elle. Et puis la famille Cerf commence à s'avérer très encombrante. Je me lève :

— Je regrette, Madame, mais je ne suis pas à vendre. Je tiens à conserver mon boulot. Ça n'a peut-être rien de sensationnel, mais aussi bizarre que cela paraisse, j'y tiens. Je ne trompe pas mes clients. Ça ne servirait à rien. Vous pouvez avoir besoin de moi, un de ces jours. Vous ne voudriez pas que j'aille me vendre ailleurs!

Elle prend une bonne aspiration, mais après une seconde d'indécision, elle me refait le coup du sourire :

— Vous avez raison. Du moment que vous voyez les choses de cette façon, ma visite était superflue, mais personne n'aime à être suivi comme un criminel. — Avant que j'aie pu trouver une réponse elle continue allègrement : — Votre « highball » était exquis. Puis-je en avoir un autre?

Pendant que je fais mon mélange, elle se lève et s'avance vers ce que j'appelle ma couche de luxure. C'est un grand divan très confortable que j'ai acheté d'occasion en pensant qu'il pourrait m'être utile et je dois dire que, depuis des années, il m'a été fort utile, de temps à autre. Elle s'assoit et croise les jambes négligemment. D'où je suis, j'ai de quoi me rincer l'œil.

Je lui apporte son verre.

— Vous avez votre jupe autour du cou, je lui dis en braquant le doigt vers une portion de cuisse fort appétissante. Remarquez que ça vous regarde, mais vous pourriez attraper un rhume.

Elle rabat sa jupe. Si ses yeux avaient des dents, qu'est-ce que j'aurais pris!

— Je ne voudrais pas vous presser, ma petite dame, je continue, le verre toujours à la main, mais j'ai vraiment beaucoup de travail avant d'aller me coucher.

— Il y a un temps pour le travail, un temps pour s'amuser. Vous ne vous amusez jamais?

— Si, mais pas avec les femmes de mes clients.

— Il se fiche pas mal de moi, dit-elle en sondant du regard le fond de son verre; et je me fiche pas mal de lui.

Brusquement, elle relève la tête et met tout le jus :

— Vous me plaisez quand même. Venez vous asseoir là. Et elle tapote le divan à côté d'elle.

Il s'en faut d'un rien que j'obéisse.

— Pas ce soir, je dis, j'ai du travail. Vous feriez mieux de rentrer chez vous.

Elle a de la suite dans les idées, je dois le reconnaître. Son sourire est toujours aussi aguichant quand elle pose son verre et se lève; elle s'approche de moi, je sens son parfum...

— Je ne suis pas pressée, dit-elle en posant légèrement sa main sur mon bras. Je pourrais rester encore si vous en aviez envie.

Je lui tapote amicalement la main. Je suis autant désolé pour elle que pour moi, mais :

— Même si vous restiez, je ne vous dirais pas ce que vous voulez savoir. Demandez à Cerf. Peut-être vous le dira-t-il. Ma journée de travail est finie et j'aime bien ne pas trop voir mes clients. Vous allez être gentille et rentrer chez vous.

Elle continue à sourire mais son regard se durcit :

— Ça vous fera peut-être changer d'avis, elle fait, et en même temps elle glisse ses bras derrière mon cou.

Avant que je puisse l'en empêcher, et je dois dire que je ne fais pas beaucoup d'efforts elle m'embrasse. Ses lèvres connaissent leur affaire et nous restons comme ça quelques secondes, dans une sorte d'inconscience. Mais je fais un rétablissement et je décide de l'envoyer balader à l'ultime minute, histoire de lui montrer à quel gars sûr de lui et bien équilibré elle a affaire, seulement il y a quelque chose qui ne tourne pas rond : j'oublie de la repousser. Et je me retrouve en train de l'embrasser ferme, collé à elle, la courbant en arrière et la soutenant d'une main collée sur les reins, comme dans les films.

Elle sait embrasser, ses bras sont frais à mon cou; elle pousse une sorte de petit grognement de satisfaction qui a le don de m'encourager comme rien au monde n'aurait pu le faire.

...Nous sommes allongés sur le divan et, par intermittences, je sens son souffle tiède contre mon cou; elle a passé sa main sous ma chemise, elle me caresse la poitrine. Je vais aller au tapis pour la troisième fois, mais alors qu'elle ne s'y attend pas, je la regarde : j'ai l'impression de recevoir une baffe en pleine figure. Dans ses grands yeux gris, il n'y a que de la froideur, du calcul. Je me dégage d'une secousse, je me lève et j'essaye de reprendre mon souffle. On s'observe pendant une bonne minute.

— Faudra qu'on remette ça quand votre mari m'aura réglé, j'articule comme si je venais de courir un huit cents mètres haies. J'adore ça quand je ne dois rien à ma partenaire. Je vais vous reconduire à votre voiture.

Ses yeux se détournent et fixent le tapis. Son demi-sourire disparaît. Elle agrippe son sac avec une telle violence que ses phalanges blanchissent. Elle reste assise encore dix secondes, puis elle se lève.

— C'est bon, dit-elle soudain. S'il veut le divorce, il l'aura, mais à mes conditions, et ça lui coûtera cher. Tu peux lui dire que ce n'est pas la peine de me faire surveiller. Je ne me laisserai pas prendre comme ça. Tu peux lui dire aussi que je ne l'ai épousé que pour son fric, mais que si j'avais su de quelle sale race de salaud et de pingre il était, même avec tout son pèze, il n'aurait pas pu m'acheter. — Elle n'élève pas la voix. Toute sa rage et son écœurement sont fort bien maîtrisés. — Dis-lui que s'il veut surveiller quelqu'un, qu'il s'occupe donc de sa sale petite putain de garce de fille avec sa sale gueule. Il aura des surprises.

Elle se met à rigoler.

— Maintenant, toi, mon p'tit... tu devrais prendre du fortifiant. Tu ne sais pas ce que tu rates.

Et toujours en riant, elle traverse la pièce, écarte d'un geste brusque les rideaux, descend les marches et disparaît dans la nuit avec ses diamants.

V

Le téléphone se met à sonner comme un cinglé et je fais un tel bond en me réveillant que je casse à moitié mon lit.

A tâtons, je trouve l'interrupteur, j'allume et en empoignant le récepteur, je jette un coup d'œil sur ma pendulette. Il est trois heures quatre.

— C'est toi Malloy? m'aboie une voix dans l'oreille; ici Mifflin, quartier général. Désolé de te réveiller mais un type vient de nous amener un sac qui appartient à Dana Lewis. Elle travaille pour toi, non?

— Tu ne m'as pas réveillé pour me demander ça, non? je hurle.

— T'affole pas. J'ai appelé Mlle Lewis chez elle, mais ça ne répond pas. Et puis il y a autre chose de plus embêtant. Il y a des taches de sang près de l'endroit où le sac a été retrouvé... Du moins, d'après le type qui a ramené le sac. J'y vais tout de suite. J'ai pensé que tu voudrais peut-être venir avec moi.

Je suis tout à fait réveillé.

— Où l'a-t-on trouvé?

— Dans les dunes, à un mille de ta bicoque. Je passe te prendre dans dix minutes.

— D'accord.

J'écrase le récepteur sur ses crochets et je m'extirpe du lit.

Je finis de m'habiller quand j'entends une voiture freiner devant la porte. J'éteins les lumières et je cours à la barrière. Mifflin et deux flics en uniforme m'attendent dans une grosse voiture-radio de la police.

Mifflin est un petit trapu au visage sanguin, aplati, ravagé, et dont le nez ressemble à une boule de mastic. C'est une bonne brute de flic et on a travaillé ensemble quelquefois. Je l'aime bien, je ne lui suis pas spécialement antipathique, alors quand on peut on se donne un coup de main. Il ouvre la portière de la voiture et dès que je suis dedans, le chauffeur lance son engin sur la route cahoteuse qui suit la plage.

— C'est peut-être une fausse alerte, il dit comme je finis de m'installer, mais j'ai pensé que t'aimerais mieux être là. Peut-être que ce type a vu de travers et qu'il n'y a pas de taches de sang, mais il avait l'air bien sûr de lui.

— Qu'est-ce qu'il faisait là-bas à cette heure-là?

— Il espionnait. Il est bien connu dans les parages. Il s'appelle Owen Leadbetter. Il est un peu simple d'esprit. C'est un de ces cinglés qui épient les couples à la recherche d'un coin tranquille et qui se rincent l'œil. Mais il n'est pas dangereux. Je le connais, il ne ferait pas de mal à une mouche.

Je grogne. Je n'aime pas les mouches.

— Mlle Lewis était sur une affaire? me demande Mifflin.

— Pas à ma connaissance, je réponds sans me mouiller.

Quand j'ai dit à Cerf que je lui garantissais le secret, je ne racontais pas d'histoire. C'est une règle immuable pour moi : quoi qu'il arrive, ne jamais mentionner le nom d'un client sans sa permission.

— C'est à peu près là, fait soudain le chauffeur, il a dit la première dune, hein?

— C'est ça. Allume le phare, Jack, qu'on sache où on va.

Le puissant petit projecteur s'allume et éclaire la ligne des dunes devant nous. C'est un coin sinistre. De maigres herbes rabougries s'étendent çà et là, en nappes. Au loin, à droite, on entend la mer battre les rochers et, par moments, un petit vent froid soulève de minces tourbillons de sable.

Nous descendons de voiture.

— Bouge pas, Jack, dit Mifflin en s'adressant au chauffeur. Si je gueule un coup, t'envoies la lumière sur moi. — Il me tend une lampe de poche. — Restons ensemble. Toi, Harry, cherche sur la droite. Nous, on va à gauche.

— Pourquoi tu n'as pas amené Leadbetter avec toi, je demande pendant qu'on s'enfonce dans le sable mou. Ça nous aurait fait gagner du temps.

— Je ne tiens pas à m'embarrasser de ce gars-là. Tu

n'as pas idée de ce qu'il peut débloquer quand il est lancé. Il a marqué l'endroit d'un tas de cailloux. Ça ne doit pas être bien difficile à trouver.

Ça ne l'est pas. A environ deux cents mètres de la voiture, nous tombons sur le tas de pierres. Mifflin pousse un cri et le chauffeur dirige le rayon lumineux sur nous.

Nous restons de côté pour examiner le sol. Le sable a été piétiné par endroits, mais il est trop mou pour garder des empreintes. Près du tas de pierres, il y a une large tache rouge. Ça m'a l'air d'être du sang et les mouches ont l'air de le trouver à leur goût. J'en ai un haut-le-cœur. Dana était une chic fille. Elle et moi, on était copains depuis déjà un bon bout de temps.

— Quelqu'un est passé par là dit Mifflin en repoussant son chapeau sur le haut de son crâne. Rien à faire pour les empreintes. C'est bien du sang. Vic.

— Oui, je dis.

L'autre flic, Harry, vient vers nous!

— Si elle est quelque part dans les environs, ça ne peut être que là. — Il pointe le faisceau de sa lampe vers un bouquet d'arbustes. — Il y a des empreintes qui mènent là-bas, mais elles ont été brouillées.

— Allons voir, dit Mifflin.

Je reste où je suis pendant que les deux autres traversent l'étendue de sable et commencent à chercher au milieu des arbustes. Je suis là, assommé; je regarde scintiller les faisceaux des lampes qui fouillent dans l'épaisse broussaille.

Soudain, ils s'arrêtent tous les deux et se penchent. Je sors une cigarette, je la colle entre mes lèvres sèches et j'oublie de l'allumer. Ils restent là, courbés, pendant une minute qui me paraît un siècle. Mifflin se relève :

— Hé Vic! — Sa voix est mal assurée. — On l'a trouvée.

Je jette ma cigarette non allumée et j'avance dans le sable, les jambes raides. Je les rejoins.

Sous la lumière crue de leurs lampes, elle a l'air d'un mannequin. Elle est allongée sur le dos et elle a du sable dans les cheveux, dans les yeux, dans la bouche. Elle est nue comme le dos de ma main et elle a le front défoncé. Ses mains, raidies par la mort, sont crispées devant son visage comme des serres. D'après les marques et les égratignures qui couvrent son corps, elle a été traînée par les pieds, la tête râclant le sol, et jetée là comme un sac d'ordures et avec autant de sentiment.

Le masque d'épouvante plaqué sur son visage me fait frissonner.

CHAPITRE II

I

Quand je sors du commissariat central, la pâleur de l'aube cerne déjà les gratte-ciel. Il est six heures moins cinq et je me sens tellement à plat que je pourrais passer sans me baisser sous la queue d'un canard.

Pendant que les gars de service emmenaient Dana, j'ai passé un coup de fil à Paula. Elle m'a demandé d'aller la voir chez elle dès que j'en aurais fini avec la police.

Mifflin m'a abondamment questionné, mais tant qu'il ne mentionnait pas le nom de Cerf, je ne pouvais pas l'aider et ce n'est pas moi qui allais l'amener sur le tapis. Je lui ai dit que je n'avais pas la moindre idée quant au meurtre de Dana et qu'elle ne travaillait pas pour moi. Il est revenu à la charge plusieurs fois, mais sans succès. Finalement, il m'a dit qu'il allait en parler à Brandon, son supérieur, quand ce dernier arriverait et qu'ils m'appelleraient dans le courant de la matinée. J'ai répondu que j'étais à leur disposition et j'ai mis la porte entre nous. Il avait l'air embêté de me laisser partir, mais il ne pouvait pas faire autrement.

Le flic de garde à l'entrée me jette un sale regard quand je descends les marches. Moi aussi, je le regarde d'un sale œil et je me dirige vers le bout de la rue où je prends un taxi qui m'emmène chez Paula, Park Boulevard.

Je suis très surpris, en ouvrant la porte, de la trouver habillée et astiquée nickel.

— Entre, elle dit, je t'ai fait du café. Tu dois en avoir besoin.

Paula est une grande belle brune aux yeux marron, au regard assuré. Elle a une bouche impeccable et dure comme un piège à rat. Elle pige vite, c'est agréable de travailler avec elle et pour vous donner une idée de sa force de caractère, depuis le temps que nous travaillons ensemble je n'ai jamais tenté de lui faire du plat, bien qu'il me soit arrivé d'en avoir envie. Peut-être est-ce parce que nous avons travaillé ensemble pendant la guerre. Elle était attachée à l'O.S.S. où je m'occupais des commandos.

C'est elle qui m'a encouragé à mettre sur pied l'*Universal Services* et c'est elle qui m'a avancé l'argent avec lequel j'ai vécu durant les six premiers mois. Nous n'avons plus de secrets l'un pour l'autre. Je me suis habitué à ne plus la considérer comme une femme, non qu'elle ne soit pas attirante, elle l'est, mais nous nous connaissons tellement bien l'un et l'autre que ça stoppe au départ toute tentative sentimentale. De plus, elle a une telle façon de vous remettre à votre place, avec une petite remarque bien sentie, que ça vous ôte toute envie de remettre ça. Bref, c'est pour toutes ces raisons qu'on s'entend très bien tous les deux.

— Laisse tomber avec ton café, je dis. J'ai encore les nerfs tout secoués de la découverte de Dana. Tu vas aller à son appartement. Elle a peut-être laissé les doubles de ses rapports. Moi, je vais voir Cerf.

— T'emballe pas, Vic, elle dit calmement. Tout ça a déjà été fait. Je viens d'aller voir Cerf et Benny est chez Dana en ce moment.

— J'aurais dû me douter que tu passerais à l'action,

je dis en m'asseyant. Alors tu as été voir Cerf. Il était levé?

— Non, mais il n'a pas mis longtemps!

Elle me verse une grande tasse de café noir. Puis elle va au buffet, en sort une bouteille de cognac et m'en verse une cuillerée dans mon café. C'est une de ses manies. Elle est persuadée que le café noir est un meilleur stimulant que le whisky.

— C'est horrible, Vic. Cette pauvre gosse...

— Oui. Et Cerf, que t'a-t-il raconté?

— Il a l'air complètement fou. Tu n'as pas dit à la police que tu travaillais pour lui?

— Non. J'ai feinté Mifflin, mais je ne sais pas combien de temps il mettra à trouver. Il n'est pas né de la dernière averse, le Mifflin. J'espère que Cerf nous déliera de notre promesse de secret!

— Tu parles! Si on dit à la police que Cerf nous a engagés pour surveiller sa femme, autant se retirer des affaires tout de suite. Il niera tout ce que nous dirons. Si nous parlons, il menace de nous poursuivre en diffamation.

— Que nous soyons accusés de complicité, j'imagine qu'il s'en fout?

— Comme de sa première liquette.

— C'est bon! On lui a donné la garantie, on ne peut pas revenir sur notre parole. Je n'aime pas ça, Paula. Quand je lui ai promis le secret, il n'était pas question de meurtre.

— Tu as une idée de la raison pour laquelle on l'a tuée?

— Rien de précis. Peut-être qu'elle a mis la main sur le gars qui fait chanter Anita et qu'il l'a descendue.

— Comment a-t-elle été tuée?

— Une balle de 45 dans la tête, tirée à quinze mètres à peu près par un gars qui savait viser. Moi, ce qui m'intrigue, c'est pourquoi on l'a déshabillée. — Je finis le café, je me lève et je commence à arpenter la pièce. — Il faut trouver l'assassin, Paula. A partir d'aujourd'hui et tant que nous n'aurons pas trouvé ce gars-là, nous ne prenons plus aucun travail. Maintenant, quand on l'aura trouvé, je ne sais pas comment on le coincera sans mettre Cerf dans le coup.

— Tu ne veux pas affranchir Mifflin? Tu es bien avec lui. Il accepterait peut-être de couvrir Cerf?

— Pas la moindre chance. Il faudra qu'il en parle à Brandon et tu sais combien Brandon nous adore. Non. Nous ne pouvons rien dire à la police. Ils se mettraient à cuisiner Anita Cerf. C'est un truc que Cerf ne supporterait pas. S'il dit qu'il niera avoir fait appel à nous, il le fera. Nous n'avons pas la moindre preuve qu'il nous ait appelés. Il ne nous a pas encore réglés, et au train où ça va, il y a peu de chances qu'il le fasse. Sa première prise de contact avec nous s'est faite par téléphone. Tout ce qu'on récolterait avec lui, ce serait un procès qui nous casserait les reins.

— Je n'aime pas du tout ça, Vic. Si les flics attrapent l'assassin et s'ils le font parler, j'aime mieux te dire qu'on va déguster.

— Oui, mais je ne vois pas comment ils le trouveront. Ils n'ont rien. C'est nous qui avons toutes les pistes et c'est pourquoi il nous appartient de clarifier la situation. Et qui plus est, nous sommes personnellement intéressés dans l'affaire. Tu penses pas qu'un type va descendre un de nos agents et s'en tirer comme ça?

— Alors, qu'est-ce qu'on fait?

— Je vais rendre visite à Mme Cerf.

Paula secoue la tête.

— Ça ne sera pas facile. Elle a fichu le camp.

Je la regarde, étonné. Mon briquet allumé reste devant ma cigarette sans la toucher.

— Vrai?

— J'ai demandé à la voir, mais Cerf a refusé. Il m'a

dit qu'il faisait le nécessaire pour qu'elle quitte la ville immédiatement. Elle est partie à l'heure qu'il est.

— Il faut la retrouver. Elle connaît l'assassin.

— C'est ce que j'ai dit à Cerf. Il m'a répondu qu'elle ne savait rien et que si nous essayions d'entrer en contact avec elle, nous aurions affaire à lui.

— On la retrouvera, t'en fais pas.

Je suis tout ce qu'il y a de sûr de moi.

— Ne sois pas tellement persuadé que le maître chanteur est le meurtrier, Vic. Il n'y a guère que Cerf qui nous ait parlé de chantage. Peut-être donnait-elle de l'argent à un de ses amants?

— Je vais aller rendre visite à Mlle Cerf. Comme elle ne porte pas Anita dans son cœur, elle sera peut-être ravie de raconter ce qu'elle sait.

— Bonne idée. Personne d'autre à contacter?

— Il y a ce type qui a trouvé le sac : Owen Leadbetter. Je ne sais pas si je dois laisser la police l'interroger et en tirer ce qu'elle pourra où si je dois y aller moi-même. Si Mifflin apprend que nous faisons une enquête, il va soupçonner quelque chose. Leadbetter pourrait nous donner.

— En tout cas, tu peux lui clouer le bec en allongeant du fric.

Pour Paula, l'argent peut faire n'importe quoi.

— Possible! J'essaierai. Et puis il y a aussi le dénommé Barclay. Il a fricoté avec Anita, et, d'après le rapport de Dana, ils se conduisaient comme des gens qui couchent ensemble. Je vais voir ce qu'il y a derrière ce gars-là. Il pourrait très bien être notre homme.

— Ecoute, s'il y a une histoire de chantage au fond de tout ça, occupe-toi de Bannister. Il a plus ou moins trempé dans toutes les crapuleries qui ont cours dans la ville depuis son arrivée. Pourquoi Anita Cerf a-t-elle été le voir avant-hier soir et qu'est-ce que c'était que cette chose urgente? Si nous pouvions le savoir, ça nous mènerait peut-être quelque part.

— Je vais mettre Benny sur Bannister et Kerman sur Anita. — J'allume une autre cigarette. — Qu'il s'arrange pour fouiner un peu dans ses antécédents. Ça devrait rendre. Moi je vais aller tailler une bavette avec Nathalie Cerf.

Paula est calme, détendue. Je me demande ce qu'il faudrait pour l'énerver. Elle dit :

— Il va falloir que tu te dépêches, Vic. Si les flics trouvent l'assassin avant nous... Elle termine par une grimace.

Le timbre d'entrée se déclenche et nous fait sursauter.

— Probablement les flics, je dis en me levant.

— Plutôt Benny, fait Paula, je lui ai dit de venir ici aussitôt qu'il aurait fini de fouiller l'appartement de Dana.

Elle va ouvrir et se ramène peu après avec Benny. Il n'a plus sa bonne gueule réjouie. Il a l'air dur, fermé.

— Tu peux y croire, toi, Vic? il dit en fermant la porte. Il faut trouver le salaud qui l'a descendue. J'en reviens pas. Une des plus chic filles avec lesquelles j'ai jamais travaillé!

Je le coupe brutalement :

— T'as trouvé la preuve que c'est Cerf le meurtrier?

Mais Benny ne se laisse pas facilement démonter :

— Pour sûr, il répond, j'ai trouvé son cahier de rapports et le double du dernier. Et encore autre chose. Je ne sais pas quoi en faire. Ce n'est certainement pas à elle. Je l'ai trouvé sous son matelas.

Il sort de sa poche et fait danser devant nous le collier de diamants d'Anita Cerf.

II

Benny et moi descendons chez Finnegan pour le petit déjeuner. Bien qu'il ne soit que sept heures et demie, Kerman est déjà là qui nous attend impatiemment.

On s'assoit et Finnegan sort de derrière son bar et vient se joindre à nous. C'est un énorme type à la face ravagée, couturée, martelée par d'innombrables tabassages.

— Un sale coup, m'sieu Malloy, il dit en se penchant pour essuyer la table. Je viens de lire le journal. Elle va nous manquer. Vous ne voyez pas qui peut avoir fait le coup?

— Non, Pat, mais on va le trouver, je dis. Apporte-nous des œufs au jambon et des masses de café, on a du boulot devant nous.

— Tout de suite. — Il fait saillir les muscles de ses épaules au point de faire sauter les coutures de sa chemise de flanelle grise. — Si je peux vous être utile...

— Merci. On te fera signe.

Dès qu'il a disparu dans sa cuisine, Kerman, impatient, demande :

— Alors qu'est-ce qu'on fait?

— On s'y met tous les trois, Jack. Il faut jouer vite et bien et laisser Cerf en dehors du coup.

— Si ça vient aux oreilles de Brandon, ça va être joli, dit Kerman en branlant la tête. Je savais bien qu'avec cette promesse de secret on finirait par avoir des ennuis un jour ou l'autre! Qu'est-ce qu'on fait?

— On a de quoi s'occuper pour la journée. Je ne crois pas que Mifflin ait le moindre indice, mais c'est un flic qui a du pot et il pourrait lever quelque chose. Faut faire vite. Il y a des tas de trucs bizarres dans cette histoire. Le plus bizarre, c'est le collier d'Anita sous le matelas de Dana.

— Sous son matelas? répète Kerman en regardant Benny.

— Ouais, répond Benny. Je fouillais un peu partout. Le lit m'a eu l'air dérangé, j'ai soulevé le matelas et j'ai trouvé le collier. Vic dit qu'il appartient à la môme Cerf.

— Anita est venue me voir hier soir et elle le portait.

— Je leur raconte la visite d'Anita. — Je suis sûr que le collier vaut dans les vingt mille dollars, au moins. Ed. va s'occuper de ce côté-là de l'affaire. Il faut savoir comment il a atterri sous le matelas de Dana.

Je m'interromps en voyant Finnegan entrer avec son plateau garni de plats d'œufs au jambon.

— Je voudrais bien envoyer des fleurs, m'sieu Malloy, il dit en disposant les assiettes devant nous. Vous me ferez signe pour l'enterrement, hein?

Ça me fout un sérieux coup d'entendre parler d'enterrement à propos de Dana, mais je me dis qu'il est bien intentionné. Je lui réponds que je lui ferai signe et je voudrais bien qu'il les mette.

— Tu vas contrôler tout ce qu'a fait Dana, je dis à Benny en tournant le dos à Finnegan pour ne plus le voir. Jusqu'au moment où elle a été tuée. Touches-en un mot au portier de l'*Etoile*. Il l'a peut-être vue, mais pas une syllabe au sujet d'Anita Cerf. Tu as une idée de la façon dont elle était habillée?

— J'ai regardé dans sa garde-robe pendant que j'étais là, dit Benny, la bouche pleine. Cette jupe et ce boléro bleus qu'elle met toujours n'étaient pas dans son placard. Elle devait porter ça.

Kerman se sert une tasse de café et pousse le pot vers moi.

— Qu'est-ce que je fais, Vic?

— Occupe-toi de Leadbetter. D'après Mifflin, il est cinglé : le genre voyeur. Il se peut qu'il en ait vu plus qu'il n'en a dit à la police. Va le voir. Si tu crois qu'un petit biffeton lui rafraîchirait la mémoire, vas-y. Les frais sont là pour un coup. Il me faut des résultats.

— D'accord, dit Kerman. Je veux bien aller voir le gars, mais je ne peux pas m'empêcher de croire qu'il y a quelque chose de bizarre là-dessous. — Il repousse son assiette vide et allume une cigarette. — Jusqu'à présent on a fait chanter la môme Cerf pour trente mille dollars.

C'est beaucoup... et tout ça uniquement parce qu'elle a de la colle aux doigts? Allons donc! Enfin admettons. Mais si une môme n'est pas maître de ses doigts et si elle accepte de banquer pour que ça ne se sache pas, alors pourquoi le maître chanteur a-t-il tué Dana?

— Peut-être qu'il s'apprêtait à ramasser une grosse pincée. Il a commencé par cinq, puis il est allé jusqu'à dix et ensuite quinze sacs. Peut-être qu'il allait demander quelque chose de sérieux au moment où Dana est apparue dans le paysage.

— Mais pourquoi la tuer? répète Kerman les sourcils froncés. Dana ne pouvait le contacter qu'en lui parlant d'Anita. Il n'y avait aucune raison de la tuer. Là, ça ne colle plus.

— Ouais, je fais, soudain tout plein d'idées. Tu as raison. Tu as mis le doigt sur quelque chose, Jack. — Je repousse ma chaise, je prends une cigarette à Kerman et je l'allume. — Il y a une autre possibilité, là. Regarde : Admettons que Barclay ait été l'amant d'Anita et que Dana soit tombée là-dessus en s'occupant de l'histoire de chantage... Barclay peut très bien l'avoir descendue pour l'empêcher de parler. Ce n'est peut-être pas si bête que ça.

— Si, dit Kerman. Pourquoi la tuer? Le Barclay en question a de l'argent, non? Si c'était une histoire sérieuse, Anita n'avait qu'à divorcer d'avec Cerf pour épouser Barclay. Et lui n'avait pas besoin de descendre Dana.

— Oui.

Je fixe Kerman, intéressé.

— Il ne faut pas se hâter de conclure, il continue. Sous prétexte que Dana surveillait Anita, nous sommes persuadés qu'on l'a assassinée à cause d'une chose qu'elle aurait découverte au sujet d'Anita. Mais ce meurtre n'a peut-être rien à voir avec les Cerf.

— Mais bon Dieu, je m'exclame, c'est pas possible! Pour quelle autre raison aurait-on pu la tuer? Elle n'avait pas un seul ennemi. Pourquoi était-elle sur les dunes si ce n'est pour surveiller Anita?

— Qui te dit qu'Anita y était? demande Benny.

— Je te l'ai expliqué : Elle est venue me voir aux environs de dix heures et demie. Dana a été retrouvée à un mille de chez moi. Moi, je crois qu'en me quittant, Anita est allée là-bas pour rencontrer le gars qui la faisait chanter. Dana devait la surveiller, bien qu'Anita ait été persuadée de lui avoir glissé dans les doigts. Vous savez comment travaillait Dana. On ne s'en débarrassait pas comme ça. Elle a suivi Anita jusqu'au lieu de rendez-vous, et elle est tombée sur le maître chanteur qui a perdu la tête et l'a descendue.

— T'as pensé que c'était peut-être Anita qui l'avait tuée? demande Kerman.

Je fais un signe affirmatif :

— Oui, mais c'est une idée qui ne m'emballe pas. Une femme ne se sert pas d'un engin aussi gros qu'un 45. Anita n'aurait pas pu l'utiliser, et d'ailleurs, elle n'a pas l'allure d'une meurtrière.

Kerman se gonfle les joues, secoue la tête et grogne.

— Je ne l'ai pas encore vue. Bon. Quoi d'autre? Qu'est-ce que Dana faisait avec ce collier? On ne s'est pas occupé encore de ça. T'as une idée?

— Oui, mais ce n'est qu'une idée. Suppose que quelqu'un soit venu mettre ce collier exprès. Suppose que ce quelqu'un veuille amener la police à croire qu'Anita est pour quelque chose dans le meurtre de Dana. Est-ce que ça ne serait pas le bon moyen? On peut facilement savoir à qui appartient ce collier. Si Ed ne l'avait pas trouvé, la police aurait mis la main dessus et ils auraient harponné Anita dès qu'ils auraient su que les diams lui appartenaient.

— Possible. Nathalie Cerf, hein?

— Peut-être. Ce n'est qu'une idée, mais dès que Benny m'a dit qu'il avait trouvé le collier, j'ai pensé à elle. Ça a tout l'air d'être un coup monté, non? Nathalie déteste Anita et je suis sûr qu'elle serait ravie de lui coller un meurtre sur le dos.

— Mais elle est infirme! proteste Benny. Comment serait-elle montée chez Dana? C'est au quatrième, sans ascenseur.

— Je ne dis pas qu'elle l'a fait elle-même. Mais elle peut avoir envoyé quelqu'un. C'est une idée, sans plus, mais ça vaut le coup d'y penser. Ed, tâche de savoir si on a vu quelqu'un entrer dans l'appartement de Dana entre onze heures et trois heures, la nuit dernière. Ça ne peut pas être avant, car Anita portait le collier quand elle est venue me voir.

— Si on pouvait mettre la main sur cette mignonne et la faire parler, ce serait déjà la moitié du boulot de fait, dit Kerman.

Je me lève.

— Je vais faire du barouf chez Cerf. Pendant ce temps-là, va voir Leadbetter. Il a peut-être repéré Anita dans les environs, ou même l'assassin. Toi, Ed, tu sais ce que tu as à faire. Va chez Dana, mais si les flics sont dans les environs, gare ton nez. On se retrouve pour le déjeuner; on verra où tout ça nous a menés.

Nous disons au revoir à Finnegan et nous regagnons chacun notre bagnole.

III

Devant la propriété de *Santa-Rosa*, il y a un garde. Les deux battants de la grande porte métallique sont fermés et on n'a pas l'impression que les visiteurs sont les bienvenus, aujourd'hui.

Le garde est un jeune type moyennement bâti, fort élégant dans son uniforme vert bouteille. Il mâchonne la jugulaire de son képi avec un air de méditation morose.

Il a tout de la vache en train de ruminer. Il est très blond, ses yeux sont presque incolores, bleus ou gris, comme vous voudrez. Sur toute sa petite gueule de beau gosse s'étale un air d'insolence étudiée et de suffisance; je n'aime pas ça. Il doit avoir dans les vingt-deux ans, mais il en paraît le double. C'est le genre de gars qui a dû se trimbaler pas mal dans son jeune âge, qui a souvent touché le fond, ce qui fait qu'il lui est resté collé pas mal de vase après. Je ne le vois pas du tout en enfant de chœur ni en train de jouer au ping-pong à l'Y.M.C.A. et si je le présentais un jour à ma bonne amie, je m'arrangerais pour assister à l'entretien, un fusil à portée de la main.

J'arrête la voiture à deux mètres de lui et je le laisse me bigler sur toutes les coutures. Son regard pâle examine tout. Mais si j'en juge par la petite moue de dédain qui découvre ses canines, il ne doit pas avoir une très haute opinion de ce qu'il examine.

Je coupe le moteur, je descends et j'arbore mon air « allez-serrons-nous-la-pince-p'tite-tête ».

— Je peux entrer avec la bagnole ou bien est-ce que je continue à pied? je lui demande.

Le soleil fait scintiller sa double rangée de boutons chromés. Des nuages blancs se reflètent sur les crispins vernis de ses gants. Ses leggins brillent et ma silhouette se réfléchit sur le bout verni de ses souliers carrés. Ah, c'est un gars qui a du brillant! Il reluit comme un sou neuf et ne doit pas valoir plus.

— Qu'est-ce que tu disais, Mac? il fait avec un air amorphe.

Le son de sa voix fait l'effet d'une lime entaillant de l'acier.

— Je demande si j'entre en voiture ou si je continue à pied, je répète.

— Ni l'un ni l'autre, il répond en s'adossant au mur avec l'air fatigué du gars qui s'est dépensé toute la nuit. Remonte dans ta bagnole, Mac, et tire-toi.

— Pas ce matin, je dis en secouant la tête; j'ai une petite chose à discuter avec ton patron... Je m'appelle Malloy. Allez, mon mignon, remue-toi et va lui dire que je suis là. Il me recevra.

Il enlève un de ses gants, déboutonne la poche supérieure droite de sa veste et il en sort un briquet porte-cigarettes en or massif. Il choisit une cigarette, l'allume, range l'étui et tire une bouffée; puis il laisse la fumée sortir doucement de ses narines pincées. Il a le regard lointain et un petit sourire rêveur se dessine sur ses lèvres minces.

— Il n'y a personne, il dit en fixant l'océan d'un air étonné, comme s'il n'en revenait pas que l'eau soit encore là. Mets en marche, Mac, et drope!

— C'est sérieux, je dis, comme si je ne l'avais pas entendu. Va dire à ton patron que c'est moi ou la police, rien moins.

Il médite là-dessus un moment. Il envoie promener sa cigarette d'un coup de pouce à l'ongle manucuré. Mais ce geste n'a pas l'air de lui apporter toute la satisfaction qu'il en attendait. Aussi, il se met à gratter la terre du bout de son élégante botte vernie. Mais ça non plus, ça n'a pas l'air de lui faire grand bien.

— Le vieux s'est débiné il y a une heure, il finit par dire. Et surtout ne me demande pas où il est allé. J'en sais rien. Il est peut-être parti en voyage. Et maintenant, tu vas être bien gentil et tu vas les mettre. J'aime bien ma tranquillité, le matin.

Après tout, je ne tiens pas absolument à le contrarier, ce petit. Il faudrait au moins un régiment de blindés pour lui faire ouvrir sa porte. Si je me mets à discuter le coup avec lui je vais perdre du temps.

Je rentre dans ma bagnole et j'appuie sur le champignon. Il me regarde faire demi-tour, puis, quand je me suis éloigné, il ouvre une des portes, la referme derrière lui et entre dans la maison de garde.

Je suis le mur de la propriété jusqu'à ce que j'arrive à un tournant; là, je braque et je m'engage dans le sentier qui suit le mur pour que ma voiture ne soit pas visible de l'entrée principale. Je coupe le contact et je sors.

Le mur doit avoir dans les huit pieds. Pas besoin d'être acrobate pour l'escalader. Je me hisse, je fais un rétablissement et j'atterris sur le sol mou d'un parterre de fleurs.

Il doit être dans les neuf heures et je n'ai pas grand espoir de tomber sur Nathalie Cerf. Remarquez que je ne crois pas être le genre de gars pour lequel elle ferait des folies, mais je peux toujours essayer de la voir. Peut-être Anita est-elle encore là : l'endroit n'est pas plus mauvais qu'un autre pour s'y cacher.

Le chemin est long jusqu'à la maison. J'avance sans me presser et, de temps à autre, je jette un coup d'œil pardessus mon épaule.

Je n'ai pas spécialement envie de tomber sur le mec chamarré de la porte. J'ai comme l'impression que ce gars-là, quand il se met en train, doit être coton à arrêter.

Je passe devant une piscine assez grande pour y faire des régates. Je monte quelques marches et je me trouve sur la terrasse qui cerne la maison.

Je me cache derrière un massif de rhododendrons et je surveille la façade, à l'affût d'un signe quelconque d'activité.

Des rangs de vitres brillantes s'offrent à mon regard. Personne en vue. La maison a cet air endormi et abruti d'une entraîneuse de boîte de nuit, ouvrant les yeux à la sonnerie du réveil, le matin.

Je sors de derrière mes rhododendrons et je m'avance sur la terrasse. Pas de voiture au garage, pas de chauffeur philippin pour se payer ma tranche, pas de valet de chambre stylé pour me piquer mon chapeau. Je prends mon courage à deux mains, je longe la terrasse sur la pointe des pieds, j'arrive à la loggia et je jette un coup d'œil.

Elle est là, dans son fauteuil à roulettes, enveloppée dans un kimono bleu d'où dépassent ses pieds chaussés de mules ornées de plumes d'autruche. Elle a un plateau sur les genoux et mâche un toast beurré en regardant droit devant elle avec ce regard morne et désolé qu'ont les gens laissés à eux-mêmes pendant longtemps et qui croient que personne ne les observe.

Mon ombre couvre ses pieds. Elle ne lève pas les yeux tout de suite. Toute la neurasthénie qui habite son regard disparaît et fait place à la colère. Elle pince sa bouche finement dessinée et pose son toast. Sa tête ne bouge pas. Seules ses paupières se soulèvent et ses yeux s'arrêtent sur moi.

— Bonjour, je lui fais, et je retire mon chapeau. Je m'appelle Malloy. Vous vous souvenez de moi?

— Qu'est-ce que vous faites ici? elle demande en se redressant, tendue comme une corde de violon, l'œil mauvais.

— Je venais voir votre père, je dis en m'accotant à la porte de la tonnelle de façon à surveiller la terrasse, pour le cas où des renforts arriveraient. Il est là?

— Mills vous a laissé entrer?

Les yeux sont extraordinairement durs pour une fille de son âge.

— Mills, c'est le petit gars nickel qui bloque la porte d'entrée? Celui qui a de si jolis boutons?

Deux petites taches rouges apparaissent sur ses joues maigres et pâles. Sa bouche se crispe.

— Comment êtes-vous entré? elle redemande, furieuse.

— J'ai fait le mur, je lui dis. Bon, et maintenant ne gâchons pas une si belle matinée de printemps à nous chamailler. Je veux voir votre père.

— Il n'est pas là. Voulez-vous partir, je vous prie?

— Je pourrais peut-être voir Mme Cerf?

— Elle n'est pas là non plus.

— Dommage. J'ai son collier de diamants.

La cuiller avec laquelle elle faisait joujou dégringole dans la soucoupe. Elle serre les poings.

— Allez-vous-en, elle dit en élevant la voix et en avançant le buste.

— Je voudrais rendre le collier. Il vaut cher. Vous ne voulez pas me dire où je pourrais la trouver?

— Je n'en sais rien et ça ne m'intéresse pas. — Elle se met à crier en pointant un doigt tremblant vers la porte :

— Sortez, ou je vous fais jeter dehors!

— Je ne voudrais pas vous embêter, mais ceci est beaucoup plus important que vous ne semblez vous l'imaginer. Votre père employait un de mes agents, une femme, pour surveiller Mme Cerf. Pendant qu'elle faisait son travail, elle a été tuée. Le collier de Mme Cerf a été retrouvé dans la chambre de cette jeune femme.

Elle se retourne soudain et attrape un fourre-tout d'où elle sort un étui à cigarettes et un briquet. Elle allume une cigarette d'une main plus ou moins assurée en s'arrangeant pour que je ne voie pas son visage.

— Les affaires de Mme Cerf ne m'intéressent pas, finit-elle par dire d'une voix un peu plus calme. Je vous ai prié de vous en aller.

— Je pensais que cela vous intéresserait peut-être de savoir que la police n'a pas trouvé le collier, je dis négligemment. Si vous pouviez me dire où est Mme Cerf, j'irais la rassurer.

Elle me lance un regard aigu; son visage est aussi dénué d'expression et aussi blanc qu'un drap sortant de chez la blanchisseuse. Elle s'apprête à dire quelque chose, mais se ravise; elle ferme à demi les yeux; elle a tout du chat qui entend du bruit et reconnaît une souris. Je fais volte-face.

Mills, le beau gosse, est là derrière moi, sur ma droite, les poings fermés dans les gants noirs posés sur ses hanches minces. Il a l'air un tantinet amusé, comme pourrait l'être Joe Louis si un nain venait de lui donner une pichenette. Il a l'air confiant, beaucoup trop confiant.

Cette sorte d'assurance qui vous fait vous demander ce qui va se passer et souhaiter avoir un pétard dans la main ou, à la rigueur, un bâton, mais surtout n'avoir pas les poings nus.

— Ah! te voilà, Mac, il dit; je croyais t'avoir dit de te barrer.

— Chassez cet homme! jette Nathalie, du ton impérieux d'une héroïne outragée d'Alexandre Dumas, et veillez à ce qu'il ne remette jamais les pieds ici.

Mills me lance un coup d'œil en coin, sa bouche plissée en un léger rictus.

— Vous en faites pas, il dit nonchalant, il ne reviendra pas. Allez Mac, amène-toi. On va faire un petit tour jusqu'à la porte.

Je regarde Nathalie, mais, désintéressée de la question, elle est en train de se beurrer un toast, et sa physionomie est redevenue morne et triste. Si un jour on décide de créer un « Oscar » pour la meilleure mise à la porte, je lui donne ma voix des deux mains.

— Ecoutez, je ne voudrais pas passer pour un grossier personnage, je lui dis, mais ça éviterait une perte de temps et pas mal d'ennuis si vous me disiez où est Mme Cerf.

Je t'en fous, je pourrais aussi bien m'adresser à la grande muraille de Chine.

Le beau gosse se rapproche de moi.

— Démarre, il dit sans préambules, je te suis.

— Ecoutez... je commence, mais ça ne va pas plus loin parce qu'il vient de me coller son poing dans les gencives.

Il n'a peut-être pas le punch, mais il est vite, le gars. Je ne l'ai pas vu arriver, ça devrait me rendre méfiant. Ça fait mal, il a été placé pour faire mal, mais ça ne m'a pas fait bouger d'un centimètre.

— Bon, je dis en essuyant mes lèvres. Allons jusqu'à la porte. Si tu le prends comme ça, je vais refaire ton éducation.

Je suis tellement à cran que je ne regarde même pas

Nathalie Cerf en m'en allant. Je descends les marches en vitesse. Il me suit. Je suis sûr de pouvoir le sonner. J'ai quatre pouces et une bonne vingtaine de livres de plus que lui et je tiens à lui rendre la monnaie de sa pièce.

Quand nous atteignons la porte, il y a toujours deux ou trois mètres entre nous. Je m'arrête et je l'attends. Il a toujours son petit air nonchalant et ça me fout en boule parce que je n'aime pas qu'un type ait l'air nonchalant quand je vais lui coller un jeton.

Il avance légèrement, je feinte du gauche pour lui faire baisser sa garde et je lui expédie à la mâchoire une droite à lui détacher la tête du tronc. C'est un joli paquet, mon crochet des grands jours, celui qui n'a jamais manqué son but. Il part juste à temps et ne parcourt pas plus d'un pied. Je ne l'ai pas téléphoné et il est un tout petit peu plus rapide qu'un éclair... N'empêche que je le manque de trois bons pouces et qu'emporté par mon élan, je tombe sur lui, que tout ce qu'il lui reste à faire, c'est de me sonner. Il me colle en dessous de la ceinture cinq pêches qui me trouent le ventre avec la force et la vitesse d'un marteau-riveteur.

Je suis K.O., debout. J'ai le souffle coupé à la hauteur de la gorge, mes genoux me lâchent et je reste là à essayer de récupérer. Sa droite arrive tranquillement. J'ai le temps de l'admirer au passage sans pouvoir y faire quoi que ce soit. Elle explose sur ma mâchoire avec l'effet d'un marteau-pilon. Quand la vague de nausée se retire, je me retrouve couché sur le dos, à bigler les nuages blancs cotonneux qui passent tranquillement dans le ciel matinal.

— T'as pigé, Mac? dit une voix dans le lointain. On n'aime pas les gars de ton genre dans les environs. Alors inutile de nous rendre visite.

Je devine vaguement la silhouette étincelante penchée sur moi, puis quelque chose qui pourrait fort bien être sa botte m'écrase le cou et je quitte la scène comme une allumette soufflée par le vent.

IV

En arrivant devant ma baraque, je vois un flic assis sur sa moto. L'ennui est peint au couteau sur sa grosse bouille : c'est le gars qui s'attend à poireauter longtemps et qui attendra, qu'il neige ou qu'il vente.

En me voyant, il me fait un demi-sourire, se lève et arrange son engin pour qu'il se tienne tout seul.

Pendant tout le trajet depuis *Santa-Rosa,* j'ai râlé sans discontinuer, et bien qu'il se soit passé un petit bout de temps, je suis toujours furax. J'ai l'impression qu'on m'a balancé un coup de hache sur le cou et il y a un cercle douloureux aux environs de mon ventre qui ne fait qu'ajouter à ma rage.

Je m'en veux beaucoup plus à moi-même qu'à Mills. M'être laissé démolir par cet espèce de demi-sel! Mon orgueil est blessé et quand l'orgueil des Malloy est blessé, ça prend des proportions de tribu de Sioux sur le sentier de la guerre.

— Qu'est-ce que vous voulez? je demande, du ton agressif du monsieur qui se tape une poignée de semences tous les matins au « breakfast ».

Le flic a un sourire sympathique en examinant les cercles concentriques verts et noirs qui ornent mon cou. Il émet un petit sifflement et secoue la tête.

— Mais dites-donc... il fait en posant ses bras croisés sur la portière de ma voiture et en appuyant de tout son poids, c'est un cheval qui vous a fait ça?

Il rigole.

— Le capitaine vous demande au commissariat central. Il m'a chargé de vous y emmener.

— Allez donc lui dire que j'ai mieux à faire que de

perdre mon temps avec une vieille chouette comme lui.

Le flic est aimable :

— Il m'a dit de vous emmener ou de vous embarquer : à vous de choisir. Parce que quand le vieux dit embarquer, ça veut dire que je peux vous ramollir les méninges avec mon rouleau à pâtisserie. Ça serait dommage de vous faire des bleus de plus. Il veut seulement avoir une petite conversation avec vous au sujet du meurtre d'hier soir. Vous feriez mieux de venir, mon vieux.

— Bon. — Je tire sur le starter. — Si j'y vais, j'y vais en beauté, alors fais marcher ta sirène.

Et on y va en beauté. C'est très réjouissant de conduire à travers les rues embouteillées à cent dix à l'heure, avec un flic qui vous précède et qui coupe toute la circulation avec sa sirène. On brûle tous les feux rouges, on prend les sens uniques à rebours et tout le monde nous regarde.

Je trouve Mifflin dans l'entrée, l'air inquiet.

— Salut Mike. Qu'est-ce qui se passe?

— Le capitaine te demande. Vas-y mollo. Il est persuadé que tu en sais beaucoup plus que tu n'en as dit au sujet de ce meurtre. Il est d'humeur à bigorner un crocodile. Alors fais gaffe!

Je monte les marches de pierre derrière lui et je suis un corridor jusqu'à une porte sur laquelle on lit :

Edwin Brandon, capitaine.

Mifflin frappe sur la porte comme si elle était faite de coquilles d'œuf, puis il l'ouvre et me fait passer.

C'est une grande belle pièce bien aérée et bien meublée. Un vaste bureau trône dans un coin de la pièce, entre les deux fenêtres. Une des fenêtres ouvre sur le port; de l'autre on découvre tout le quartier commercial de la ville. Derrière le bureau, il y a Brandon.

Il est encore dans la cinquantaine, mais du mauvais côté. Il est petit et a tendance à épaissir; ses cheveux plantés dru sont blancs comme des plumes de colombe; ses yeux sont aussi vivants et dégagent à peu près autant de chaleur que les cailloux qui tapissent le fond d'une rivière.

— Asseyez-vous, il dit en me montrant d'une main grasse et blanche un fauteuil près du bureau. J'ai pensé qu'il était temps que nous ayons une petite conversation.

— Oui, je dis en me courbant précautionneusement pour m'asseoir.

Les muscles de mon ventre se crispent et je me crispe avec eux.

C'est la première fois que j'ai affaire à Brandon. Je l'ai vu dans la rue, mais je ne lui ai jamais parlé. Je le regarde, aussi curieux à son égard qu'il l'est au mien.

Mifflin est planté devant la porte; il examine le plafond, aussi immobile qu'un cadavre dans la tombe. J'ai entendu dire que Brandon était une vache, que les inspecteurs avaient la trouille de lui et que les simples flics l'avaient en sainte horreur. D'après l'immobilité subjuguée de Mifflin, ça m'a l'air d'être vrai.

Brandon entame :

— Que savez-vous du meurtre d'hier soir?

— Rien. J'étais avec Mifflin quand il a découvert le corps. Voilà où commencent et où s'arrêtent mes connaissances.

Il ouvre un tiroir de son bureau et en sort une boîte de cigares.

— Qu'en pensez-vous? il demande en biglant ses cigares comme s'il soupçonnait quelqu'un de s'être servi pendant qu'il avait le dos tourné.

— Ça m'a tout l'air d'un viol.

Il lève les yeux pour me regarder pensivement puis reporte toute son attention sur les cigares.

— L'autopsie a prouvé le contraire. Pas de violences, aucun signe de lutte. Elle a été déshabillée après avoir été tuée.

Je le surveille pendant qu'il choisit un cigare, le pose sur le bureau et range la boîte.

— Mlle Lewis vous secondait dans toutes vos affaires, fait-il en pelotant son cigare du bout de ses doigts dodus. N'est-ce pas?

— Oui.

— Donc, vous devez en savoir plus sur elle que quiconque? il continue en décollant la bague de son cigare, fronçant les sourcils comme si ce travail était le seul digne d'intérêt à la minute présente.

— A vrai dire, j'en sais autant, mais pas spécialement *plus* que quiconque.

— Croyez-vous qu'elle ait eu des ennemis?

— Je ne crois pas.

— Un amant?

— Pas que je sache.

Il me regarde.

— L'auriez-vous su, si elle en avait eu un?

— Non. A moins qu'elle ne me le dise. Elle ne m'a rien dit de semblable.

— Avez-vous une idée de ce qu'elle pouvait faire à East-Beach à cette heure-là?

— Quelle heure?

— Tout près de minuit et demi.

Il a ôté la bague et cherche une allumette dans ses poches.

— Aucune idée.

— Elle n'est pas allée vous voir?

Je réponds non et d'après le regard bizarre qu'il me jette je me rends compte qu'il faut que je me tienne à carreau si je ne veux pas être arrêté comme meurtrier.

— Mais il fallait qu'elle passe devant chez vous pour aller à l'endroit où elle a été tuée, n'est-ce pas? Il est curieux qu'elle ne soit pas passée vous voir.

— On travaillait ensemble, capitaine. On ne couchait pas ensemble.

— Vous êtes bien sûr?

— Il y a peut-être des gars qui ne savent pas avec qui ils couchent, mais moi je le sais, figurez-vous.

Il trouve son allumette, la gratte sur sa semelle et allume son cigare :

— Que faisiez-vous entre onze heures et demie et minuit et demi hier soir?

— Je dormais.

— Vous n'avez pas entendu le coup de feu?

— Quand je dors, je dors.

Il retourne son cigare entre ses doigts blancs et boudinés, le considère d'un œil méfiant; puis il se laisse glisser de façon à s'installer plus confortablement dans son fauteuil tournant. J'ai comme une idée qu'il se marre doucement à part lui.

— Avez-vous eu de la visite la nuit dernière?

— Oui.

— Qui?

— Une dame. Qui n'a rien à voir avec le meurtre et qui est mariée. Aussi vous m'en voyez désolé, capitaine, mais je ne vous dirai pas son nom.

— Ce n'était pas une grande blonde en robe du soir fauve?

Il a posé la question d'un seul jet, brutalement, et s'est penché en avant pour scruter mon visage.

Je m'attendais à ce qu'il m'attaque à un moment ou à un autre, sans cela il ne m'aurait pas fait venir. Et je suis très content de passer mes soirées de repos à jouer au poker avec des relances très au-dessus de mes moyens, car je garde un visage impassible, mais tout juste. Je réponds :

— C'était une rousse. Où avez-vous pris cette histoire de blonde?

Il m'examine, pensif.

— Vous avez dit à Mifflin que Mlle Lewis ne travaillait pas pour vous ces temps-ci, il fait, pour essayer de m'avoir par la bande. Est-ce vrai?

— Si j'ai dit ça à Mifflin c'est que c'est vrai.

— Pas du tout. Vous pourriez couvrir un client.

— Au-delà de sa silhouette s'étend le port. Spectacle agréable sous le soleil matinal.

— Non, rien de ça, je réponds.

Il a l'air d'attendre que je dise quelque chose.

— Si j'apprends que vous protégez un client, Malloy, dit-il d'une voix soudain plus forte, plus acide, je boucle votre officine et je vous fais arrêter pour complicité de meurtre. Vous vous retrouverez devant le tribunal avant d'avoir eu le temps de dire ouf.

— Trouvez d'abord le motif.

Il se penche encore plus pour scruter mon visage.

A le voir comme ça, je comprends pourquoi ses inspecteurs ont peur de lui. Il a l'air à peu près aussi sociable qu'un serpent à sonnettes.

— Si notre enquête marque le pas, Malloy, c'est parce que vous jouez au plus fin. Mais avec moi, ça ne prend pas. Mlle Lewis travaillait pour le compte d'un de vos clients et elle a été tuée. Vous couvrez un assassin!

— Je n'ai jamais dit ça, je réponds, très calme. Mais après tout, comme vous avez inventé cette histoire, peut-être que vous y tenez.

Mifflin, à l'agonie, fait un léger mouvement, mais Brandon pivote sur son fauteuil et le foudroie du regard; Mifflin se raidit dans sa position de statue.

— Qui est cette blonde? continue Brandon. Elle a été vue hier soir chez Dana Lewis. Qui est-ce?

— Je n'en sais rien.

— C'était une femme riche, Malloy. Elle portait un collier de diamants de grande valeur. Je veux savoir ce qu'elle faisait là et quel rapport elle avait avec la dénommée Lewis. Vous feriez mieux de parler.

— Je n'en sais pas plus que tout à l'heure.

Mes yeux rencontrent son regard inquisiteur.

— *Cette femme est le client que vous couvrez.* Voilà ce que je crois.

— Nous sommes en république. Personne ne vous empêche de penser ce que vous voulez.

Il mordille son cigare, puis il continue, d'une voix plus calme :

— Ecoutez, Malloy, mettons les choses au point. Je ne sais pas ce que vous rapporte votre boulot, mais ça ne doit pas se monter à grand-chose. Il ne manque pas de métiers plus lucratifs. Pourquoi ne pas réfléchir? Dites-moi qui est ce client. Allons, un bon mouvement, bon Dieu. Je connais votre histoire de secret professionnel. Ça fait partie des garnitures d'étalage et si ça vous aide à faire des affaires, tant mieux, mais vous ne promettez pas de couvrir un meurtrier, tout de même? Mettons que vous manquiez à votre promesse : vous serez obligé de fermer boutique. Et après? Ça vaut tout de même mieux que d'aller au tribunal pour répondre de complicité d'assassinat, non? Allons, dites-moi le nom de cette femme et vous me prouverez que vous êtes intelligent...

— Vous ne pensez tout de même pas que je connais toutes les femmes de cette ville qui ont des diamants autour du cou? Je n'ai pas la moindre idée quant à son identité. Désolé, capitaine, vous êtes mal tombé avec moi!

Brandon pose son cigare. Ses traits se durcissent. Une lueur mauvaise brille dans son regard :

— C'est votre dernier mot?

— Je crois, oui, et je m'extirpe de mon fauteuil; si je pouvais vous aider, je le ferais mais je ne peux pas.

— Vous voulez jouer au plus malin, hein? Très bien, nous verrons. Mais je vous préviens, au moindre faux pas, je vous agrafe. La prochaine fois que vous viendrez ici vous n'en sortirez pas aussi vite. Je vous ménagerai un petit entretien avec mes masseurs. Nous avons des quantités de moyens pour faire plier les faux durs de votre espèce.

— Vous avez peut-être raison, je dis en mettant le

cap sur la porte; seulement il y a aussi des tas de moyens de faire foutre un capitaine à la porte, Brandon, ne l'oubliez pas.

Tout d'un coup, j'ai l'impression qu'il va se péter une artère. Son visage se gonfle, prend une teinte écarlate et les cailloux qui lui servent d'yeux s'allument.

— Un faux pas, Malloy, et en taule! il crie d'une voix étranglée. Un seul faux pas!

— Oh, ça va, faites donc passer votre insigne au Miror! et là-dessus, je m'en vais en claquant la porte derrière moi.

CHAPITRE III

I

La salle de culture physique d'Olaf est située dans le sous-sol d'un immeuble d'affaires de Princes Street, dans le quartier Est d'Ocean-City. Pour y arriver, il faut descendre un escalier aux marches usées et prendre un passage mal éclairé au bout duquel, sur un grand tableau de bois, on lit :

ACADÉMIE DE BOXE
DIRECTEUR — OLAF KRUGER

Je pousse la porte à double battant et suis accueilli par une odeur de résine et de transpiration, le bruit rythmé de poings habillés de cuir qui frappent des sacs, le glissement des pieds sur le lino, et ce reniflement particulier qu'ont les boxeurs.

Une grande pièce, meublée de tout ce qu'on peut concevoir comme appareils de culture physique, s'offre aux yeux.

Il y a plusieurs douzaines de sacs lourds et légers, deux rings de combat, éclairés par de puissants plafonniers, et tout ce que peut réclamer l'entraînement de boxeurs professionnels.

Une épaisse nappe de fumée de tabac se propage dans l'air chaud empuanti par la sueur. Une foule dense entoure l'un des rings où un nègre tape dans le sparring-partner qui fait partie de la maison depuis que je connais Olaf. Les autres boxeurs sont éparpillés dans tous les coins de la pièce; certains font du punching-ball, d'autres sautent à le corde ou font du shadow : ils se préparent pour les combats de fin de semaine qu'Olaf organise à l'*Athletic Club*.

Je traverse la salle et me dirige vers le bureau d'Olaf.

— Tiens, salut Vic!

Hughson, le chroniqueur sportif de l'*Herald* fend la foule qui entoure le ring et m'attrape le bras.

— Comment ça va? je dis.

Hughson est un grand type maigre à l'allure cynique, plus ou moins chauve; son foie malade lui dessine des poches sous les yeux et les revers de son veston sont saupoudrés de cendre de cigarette. Un chapeau graisseux est juché au sommet de son crâne et un mégot de cigare éteint est planté dans sa bouche épaisse.

— Va jeter un coup d'œil, Vic, il dit en désignant le ring. Le nègre va étriper Hunter. Vas-y avant qu'il soit trop tard.

Ses petits yeux brillants se posent sur le cocard qui orne mon cou; ça doit l'intéresser énormément, car il prend son cigare et s'en sert pour pointer :

— Dis donc, qui est-ce qui t'a collé un marron pareil?

— Laisse tomber, vieux, occupe-toi de ton nègre et fous-moi la paix. Olaf est là?

— Dans son bureau. — Il continue à fixer attentivement mon cocard. — Et le meurtre? Du neuf? Je parie que c'est ce salaud de Leadbetter qui a fait le coup. Il est toujours à se faufiler dans les dunes comme un putain de serpent, pour épier les couples.

Son visage jaunâtre se détend.

— Une fois, il est tombé sur moi. Nom de Dieu!

Ce que j'ai eu les jetons! J'ai cru que c'était le mari.

— Que ça soit qui ça voudra. Brandon s'en occupe. Adresse-toi à lui.

— Eh! t'en va pas! il dit en me rattrapant par le bras. A propos d'affaires de mœurs, ça me rappelle quelque chose : y a une poupée dans le coin, là, qui vaut le dérangement. Elle a un châssis qui fait autorité dans le milieu voitures. J'ai essayé de savoir qui c'était, mais personne n'en sait rien, à moins qu'ils ne veuillent pas l'ouvrir.

Je regarde dans la direction de son index braqué : au bout d'une rangée de bancs disposés autour du ring est assise une jeune femme. La première chose qui vous saute aux yeux, c'est la teinte rousse de sa chevelure, ensuite on remarque son visage maigre aux pommettes hautes, saillantes, puis ses grands yeux bridés aux longs cils épais qui donnent à son regard une saveur orientale et font tout de suite penser à des intrigues, à des lettres secrètes dans l'Orient-Express.

Elle observe, d'un œil critique de connaisseur, le nègre qui glisse sur le ring et elle pince la bouche chaque fois que le Noir enfonce les côtelettes du sparring-partner. De peur de manquer quelque chose, elle s'assoit de plus en plus en avant sur le rebord du banc.

— C'est quelque chose, je dis. Pourquoi tu ne t'en occupes pas?

— Je préférerais me couper la carotide, répond Hughson. Hank lui a fait du rentre-dedans, mais elle l'a envoyé sur les roses. C'est pas du toc, cette fille. Elle doit avoir une drôle de protection pour venir se balader toute seule dans le coin.

Quelqu'un appelle Hughson et il retourne vers la foule. Je jette encore un coup d'œil attendri à la tête rousse et je continue mon chemin vers l'antre d'Olaf.

C'est un petit burlingue miteux aux murs couverts de photos de boxeurs professionnels et d'affiches annonçant les quelques centaines de combats qu'a organisés Olaf depuis son arrivée à Ocean-City. Il est assis derrière un bureau sur lequel repose une rangée de douze téléphones qui s'arrangent pour ne jamais sonner séparément. A un pupitre, une fausse blonde tape à tour de bras sur une machine à écrire, mâche de la gomme et emplit l'atmosphère d'un parfum tellement bon marché qu'à vingt ronds la bonbonne de cinq litres, il volerait encore son monde.

— T'as une minute ou t'es occupé? je demande en refermant la porte d'un coup de talon.

Olaf m'indique une chaise. Il est élégant, chauve comme un œuf, et guère plus important qu'un jockey. Il est en manches de chemise, sa fine chaîne de montre en or retient les deux pans de son gilet, sa cravate pend sous son col déboutonné.

— Comment ça va, Vic? Non je ne suis pas occupé. Il n'y a rien à foutre dans ce coin perdu. J'ai tout le temps de m'occuper de toi.

Sur ce, histoire de lui prouver qu'il est un menteur, trois téléphones se mettent à tinter ensemble et la porte s'ouvre d'un coup pour livrer passage à deux types qui braillent quelque chose à propos des robes de chambre qu'ils veulent porter pour leur prochain combat; deux types aussi énormes, aussi laids, aussi mauvais qu'un couple de rhinocéros, mais Olaf les expédie comme s'il avait affaire à une paire de Lilliputiens.

Il crie :

— Vous allez mettre les voiles, espèce d'abrutis! et ils s'en vont.

Puis il empoigne deux téléphones, gueule dedans qu'il est occupé, les raccroche, prend le troisième, écoute un instant et dit : « Déchire son contrat et fous-le à la porte », et raccroche aussi sec.

— Tu veux un cigare, Vic? — Il pousse la boîte vers moi. — Qu'est-ce qui ne va pas? J'ai entendu parler du meurtre. Je ne connaissais pas cette gosse, mais si ça t'a fait de la peine, ça m'en fait aussi.

— C'était une chouette fille, Olaf, et je lui renvoie les cigares. Pensons plus à ça. Tu connais un nommé Mills?

Il passe sur sa tête chauve une main à laquelle il manque le pouce, regarde la fausse blonde et fait une grimace.

— C'est un nom courant dans le métier. Quel est son prénom?

— J'en sais rien. Il est beau gosse, vingt-trois, vingt-quatre ans. Il sait se servir de ses poings. Il est rapide comme une tornade et se tient comme un professionnel; mais il n'est pas marqué.

Olaf se rassoit.

— Tu parles si je le connais. Cesar Mills. Ouais, c'est lui. S'il ne s'était pas occupé de femmes, il serait champion du monde des welters. Personne ne pouvait le toucher. Il a débuté chez moi. Je croyais avoir mis la main sur un champion, mais ce petit crétin ne voulait pas s'entraîner. Il a gagné trois combats à la file, mais quand j'ai voulu l'opposer à des gars qui connaissaient leur affaire, il n'a pas tenu le coup. Il m'a quitté il y a environ six mois.

— On a un petit peu discuté le coup tous les deux. — Je me tourne pour qu'il voie mon cou. — Maintenant, il se sert aussi de ses pieds.

Olaf ouvre les yeux tout grands.

— La vache! Laisse tomber, Vic. Il est dangereux. Tu crois le coincer et il te prépare déjà autre chose. Même maintenant, je suis sûr qu'il est encore difficile à sonner. Je ne mettrais personne en face de lui, à part un lourd de classe, et encore, je me ferais des soucis pour mon fric. Comment l'as-tu rencontré?

— Il est garde à *Santa-Rosa.* J'avais été là-bas pour le boulot et il y a eu du tirage entre nous.

— Garde? dit Olaf étonné. Mais il est plein de fric. On ne doit pas parler du même type.

— Si, sûrement. Qu'est-ce qui te fait croire qu'il a de l'argent?

— Mais vingt dieux, son train de vie! Il vient faire un tour ici de temps en temps. Il est habillé comme un milliardaire, il a une Rolls bleue et crème et une maison à Fairview, je ne te dis que ça!

Je me rappelle le briquet-étui à cigarettes que Mills a sorti de sa poche, mais je n'en parle pas.

— Personne ne sait d'où il sort son fric, continue Olaf. Quand il est venu me voir pour la première fois, il était raide comme un passe-lacet et ravi d'avoir à bouffer. Garde.. Bizarre. Il est peut-être à la corde. Je ne l'ai pas vu depuis un mois.

— Il s'est occupé de femmes, tu disais?

Olaf écarte les mains.

— Je veux! Il leur file un petit coup de chapeau et elles tombent en digue-digue.

Je réfléchis un peu, puis je repousse ma chaise.

— Merci Olaf. — J'appuie délicatement mes doigts sur mon cou. — Tu sais le coup que Battler m'a appris? Eh ben, sur le Mills, ça n'a pas fait plus d'effet que si je l'avais touché avec un sac de cacahuètes.

— Ça ne m'étonne pas. Il est vite, dit Olaf, sérieusement. Mais si tu le touches, il se dégonfle. Seulement le tout, c'est d'en placer un.

Je m'arrête à la porte :

— Olaf, qui est cette rousse, là dehors? Avec des yeux de Chinetoque et le pantalon fantaisie?

Le visage d'Olaf se plisse en un sourire.

— Gail? Gail Bolus? Elle est là? Ça alors, c'est le comble! Ça fait des semaines que je ne l'ai vue. Elle pourra te parler de Mills. Elle a été sa maîtresse. C'est une mordue du noble art. Quand Cesar a cessé de s'entraîner, elle l'a viré. Il y a six mois de ça, elle venait ici tous les soirs. Puis elle est partie. On m'a dit qu'elle avait quitté le patelin. Une personnalité, Vic, on n'en fait plus des comme ça.

— Viens avec moi, tu vas rompre la glace. Je voudrais lui parler.

II

A l'heure du déjeuner chez Finnegan, c'est bondé, bruyant, sans façons. Au centre de la pièce, sont entassées des tables supplémentaires pour le coup de feu de midi. Mais sur le pourtour, il y a des tables dressées dans des sortes de boxes que Finnegan réserve jalousement pour ses clients de marque.

De ma table sélectionnée, près du bar, je vois arriver Kerman et Benny et je leur fais signe. Ils me répondent et s'amènent vers moi en jouant des coudes. Parfois, Kerman s'arrête pour s'excuser, avec une politesse très talon rouge, d'être entré dans quelqu'un ou d'avoir dérangé un chapeau féminin. Benny le suit, remet le chapeau en place en l'enfonçant jusqu'aux oreilles de sa propriétaire et fait un large sourire si la dame n'est pas contente. Ils m'ont l'air mûrs tous les deux, mais c'est bon signe. C'est dans cet état-là qu'ils donnent leur maximum de rendement.

Comme ils approchent de ma table, ils découvrent Mlle Bolus. Ils s'arrêtent pile, se cognent l'un dans l'autre, puis s'élancent comme des fous pour tâcher de se griller mutuellement.

— Doucement, les basses, je dis en les repoussant. Inutile de prendre le mors aux dents. Asseyez-vous et faites semblant d'être bien élevés. Rien d'intéressant pour vous.

— Tu ne trouves pas que ce gars-là a tous les culots? dit Benny à Kerman. Il nous envoie user nos semelles jusqu'à l'os à longueur de journée et pendant ce temps-là il rigole avec des femmes. Et pour tout arranger il nous dit que ça n'a pas d'intérêt pour nous.

Kerman arrange son nœud de cravate d'un geste affecté et contemple Mlle Bolus avec une admiration non dissimulée.

— Madame, commence-t-il, très régence, je manquerais à mes devoirs en ne vous mettant pas en garde contre cet individu et la notoriété de mauvais aloi qu'il s'est acquise. Sachez, Madame, que cet homme est une menace permanente pour les jeunes filles sans protection. Des quatre coins de notre pays, des pères, armés de fusils, le pourchassent afin de venger l'honneur de leur famille. Chaque fois qu'il passe devant l'Assistance publique, de pauvres enfants abandonnés tendent leurs petits bras en criant « Papa! » Toutes les charmantes jeunes filles que vous trouvez dans les ruisseaux de notre belle ville y ont été jetées par cet homme. Les femmes ne sont pour lui que des joujoux qu'il met au rebut quand il en est las: aujourd'hui, ici, demain, à l'égout. Puis-je vous raccompagner chez madame votre mère?

— Et si elle vous ressemble un tout petit peu, ma jolie, ajoute Benny, l'œil concupiscent, je m'inscris.

Mlle Bolus me regarde, interrogative, sans avoir l'air particulièrement intéressée.

— Ils sont toujours aussi soûls?

— Oui. A peu près. Je ferais peut-être bien de vous présenter. Je crains que vous n'ayez à les voir souvent. L'élégant pochard que voici, c'est Jack Kerman. L'autre, celui qui a l'air d'avoir dormi tout habillé, c'est Ed Benny. Ils ne sont pas dangereux. Messieurs, je vous présente Mlle Bolus.

Kerman et Benny s'assoient. Ils appuient leurs bras croisés sur la table et commencent à étudier Mlle Bolus avec une admiration qui pourrait être gênante pour elle, mais il lui faut plus que ça pour la démonter.

— J'aime ses yeux, Jack, dit Benny en portant ses doigts à sa bouche et en envoyant un baiser au plafond.

— Et la courbe délicate de ses oreilles, et la ligne de son cou... particulièrement la ligne de son cou.

Kerman déclame avec des gestes spectaculaires :

Apparition exquise
A mes yeux éblouis
Qu'à jamais je me guise
De l'heure où je te vis.

Benny et moi nous le regardons, suffoqués.

— Où as-tu dégotté ça? je lui demande. Je croyais que tu ne savais pas lire?

Benny s'est emparé d'un crayon et écrit les vers sur sa manchette. Puis il demande, anxieux :

— Ça ne te ferait rien que je l'utilise, Jack? C'est très joli, et je n'ai rien dit de gentil à ma fiancée depuis des semaines.

Kerman fait de la main un geste méprisant :

— Vétilles, mon cher. Nous avons de l'instruction, nous. C'est ce qui plaît aux femmes... l'instruction.

— Et le reste? fait Mlle Bolus, suavement.

Le garçon arrive à ce moment-là avec le déjeuner et pendant qu'il dispose les assiettes devant nous, nous restons silencieux.

— Amenez une bouteille de Scotch, demande Kerman. — Puis il se penche pour demander à Mlle Bolus : — Me permettrez-vous de vous offrir un hanap d'hydromel, Madame?

Elle rit.

— Il est idiot! me dit-elle. Ils sont toujours comme ça?

— La plupart du temps. Tant que vous ne les prendrez pas au sérieux, tout ira très bien. Mais s'ils commencent à essayer de deviner votre poids et à vouloir se rendre compte au toucher, alors il sera temps de hurler au secours.

Kerman découvre mon cocard.

— Regarde, il dit tout joyeux à Benny, il y a quelqu'un qui le déteste encore plus que nous!

Benny examine mon cou, se lève, fait le tour de la table et vient coller son nez sur mes cercles bleus et verts.

— C'est elle qui t'a fait ça? il demande d'une voix étouffée par le respect.

Pendant que nous mangeons, je leur raconte mon histoire avec Mills.

— Et tu veux me faire croire qu'un type t'a fait un bleu et qu'il a assez de souffle pour aller s'en vanter? demande Benny, très choqué. Tu te fous de nous!

— Si tu crois t'en tirer mieux que moi, je peux te le présenter. Demande à mademoiselle. Elle le connaît. Il est beaucoup plus fort que nous.

Mlle Bolus hausse ses élégantes épaules d'un air indifférent :

— Je n'en suis pas tellement sûre. Evidemment, il n'est pas mal, mais il y a mieux. Il est toujours ouvert pour laisser passer un contre du gauche. S'il frappe du droit il faut l'attendre avec un crochet du gauche.

— Théories! je dis en ricanant. Quand il vous touche du droit, vous êtes touché, un point c'est tout. La prochaine fois que j'irai le voir, j'emporterai un revolver. — Je me tourne vers les autres : — Mlle Bolus vous aidera à résoudre l'affaire. Elle s'intéresse à la criminologie.

— Faut ça pour être copain avec toi, dit Benny avec amertume. — Puis il se tourne vers elle et avec un sourire avenant : — On pourrait prendre la relève de nuit tous les deux. Je lirai dans vos bosses.

— *Monsieur* Benny! s'exclame Kerman, choqué.

— Les bosses de son crâne, eh! face d'œuf! continue Benny furieux. La phrénologie est une science mathématique.

— On pourrait en rester là et en arriver au boulot? je demande au moment où le garçon apporte une bouteille de Scotch.

J'en offre à Mlle Bolus, mais elle me répond qu'elle ne boit rien d'alcoolisé avant sept heures.

— Moi non plus... fait Benny. Je parle de sept heures du matin, évidemment.

— Alors, Jack, quoi de neuf du côté de Leadbetter? je demande, en me servant un verre et en passant la bouteille à Benny.

— Je l'ai vu, répond Kerman en clignant des yeux et en fronçant les sourcils. Je n'en ai pas sorti grand-chose. C'est un drôle de client. Il habite une petite baraque au bord des dunes et sur le toit il a installé un gros télescope. Il y est la plupart du temps, à bigler ce qui se passe et de la façon dont il s'est léché les babines en me disant ça, je me demande si ça ne vaudrait pas le coup d'aller y passer un après-midi.

— Pas de commentaires, je dis, t'en as sorti quelque chose?

— Il en sait plus qu'il ne l'admet. Il raconte qu'il était en train de chercher un nid de goélands — mais pourquoi il le cherchait à cette heure-là, il ne me l'a pas dit — et il est tombé sur le sac de Dana: il a vu les taches de sang et il a couru tout droit au poste de police. Il prétend n'avoir vu personne, mais quand je lui ai fait sentir que j'étais prêt à payer pour un renseignement, il m'a dit qu'il n'était plus tellement sûr qu'il n'y avait personne, mais que sa mémoire était mauvaise et qu'il lui fallait un petit bout de temps pour y repenser.

— Je suis tranquille qu'il n'a pas dit ça à Mifflin! Kerman, secoue la tête.

— Il a peur de la police. J'ai comme l'impression qu'il sait quelque chose, mais il veut que ça lui rapporte.

Je dis pensivement :

— Il espère peut-être trouver le meurtrier. S'il y arrive, il essayera peut-être de le faire chanter.

— Oui, j'y ai déjà pensé; c'est assez son genre.

— Je crois que je vais aller le voir, Jack. Peut-être qu'en s'y prenant de la bonne façon, il parlera. Je m'arrangerai pour qu'il ait plus peur de moi que de la police.

— Essaye si tu veux, mais fais attention. Tu connais Brandon. S'il apprend que tu piétines ses plates-bandes...

— Je ferai attention. Rien d'autre?

— Je suis allé jusqu'au grand garage, près de *Santa-Rosa.* Je pensais qu'Anita s'y était peut-être montrée avant de se tirer, mais non. Pendant que je parlais avec un des mécanos, le chauffeur philippin des Cerf est arrivé. Il avait un pneu à plat et la flemme de le réparer lui-même. Pendant que le mécanicien s'en occupait, j'ai essayé de lui tirer les vers du nez. C'est un de ces types qui adorent le son de leur propre voix. Il a suffi que je lui allonge cinq dollars pour qu'il me parle de Mme Cerf. Je lui ai dit que j'étais journaliste au *Herald* et que je voulais la voir. Il m'a répondu qu'elle était partie. Mais voilà où ça devient intéressant : elle a tenu à ce que la Packard soit à la petite porte de la maison à dix heures, hier soir. Il a attendu qu'elle revienne, mais à deux heures, comme elle n'était pas rentrée, il est allé se coucher en se disant qu'elle resterait dehors toute la nuit. Depuis, la voiture n'est pas rentrée; elle non plus.

— Elle n'est pas rentrée? je demande en le regardant fixement.

— C'est comme je te le dis. Il est allé prévenir Cerf que la voiture n'était pas rentrée au garage et Cerf lui a répondu que c'était normal, qu'il était au courant.

— Ça, c'est quelque chose, je dis. Il semblerait qu'elle soit venue me voir, puis qu'elle soit allée autre part et qu'elle y ait passé la nuit. Elle ne pouvait pas être chez elle quand Cerf a dit à Paula qu'il allait lui faire quitter la ville, bien que Paula ait pensé le contraire. On dirait presque qu'Anita était au courant du meurtre et qu'elle a mis les voiles presto.

— C'est bien ce que je pense, dit Kerman. A part ça, j'ai laissé traîner mes oreilles un peu partout ce matin, mais je n'ai rien ramené d'autre. J'ai le numéro de la Packard et je m'en occupe. Mais jusqu'à présent, personne ne l'a vue, pas plus que sa propriétaire, et pour cause. Mais une bagnole de cette taille-là, c'est difficile à cacher longtemps.

— Occupe-toi de la voiture, Jack. C'est ce que tu as de mieux à faire. Tu devrais visiter tous les garages tous les hôtels, toutes les auberges à dix milles à la ronde.

Mlle Bolus a écouté tout cela avec autant d'intérêt que lorsqu'elle regardait le boxeur noir Elle dit :

— Et n'oubliez pas les boîtes de nuit!

— Elle a raison, essaye l'*Etoile*, Jack. — Je regarde Benny. — Tu y es allé ce matin?

Benny fait un signe affirmatif :

— Oui, mais il n'y avait personne; enfin personne d'intéressant à qui parler. J'ai vu Bannister, mais lui ne m'a pas vu. L'équipe de nuit n'arrive qu'à six heures.

— Bon. — Je me tourne vers Kerman. — Va à l'*Etoile*. Je veux savoir si Dana s'y est montrée. Fouine un peu et vois si tu peux découvrir la Packard; ça ne m'étonnerait pas qu'Anita soit planquée par là.

— Moi, j'ai quelque chose, dit Benny en se servant un verre de whisky après avoir repoussé son assiette; quelque chose qui vaut son pesant d'or.

— Oui. Je sais. Anita était chez Dana hier soir! C'est ça? et je lui fais un chouette sourire.

Dégoûté, Benny lève les bras au ciel.

— C'est pas malheureux de voir ça, il dit. Je me ruine la santé toute une matinée, je m'use les doigts à sonner aux portes, je fais l'aimable avec une espèce de vieille souris ravageuse imbibée de whisky qui habite en face de chez Dana, et ce salaud, qui n'a même pas eu la peine de se déplacer, me fout par terre tout mon numéro.

Je lui tapote le bras :

— Désolé, Ed. C'est Brandon qui me l'a dit.

— Brandon?

— Oui. Brandon. Il est persuadé qu'on protège un client et il m'a promis que la prochaine fois que j'irai le voir il me mettrait entre les mains de ses masseurs.

Et je lui donne tous les détails de ma conversation avec Brandon.

— S'il envoie son signalement aux journaux, quelqu'un sera bien foutu de la reconnaître, dit Kerman inquiet.

— Je sais. — Je hausse les épaules. — C'est un truc auquel il faudra faire attention quand il se produira. Quoi d'autre, Ed?

— Ben, pas grand-chose. Moi qui pensais faire sensation! La vieille Mme Selby qui habite de l'autre côté du passage, en face de la porte de Dana, passe le plus clair de son temps à épier les voisins. Elle m'a dit avoir entendu quelqu'un monter l'escalier vers onze heures et quart hier soir et avoir regardé qui c'était par la fente de sa boîte aux lettres. Je suppose qu'elle, s'attendait à voir Dana faire monter un homme chez elle, auquel cas elle se préparait à alerter les flics. Tu parles d'une tordue! Elle m'a dit que Dana et une femme en robe du soir fauve étaient entrées dans l'appartement. Elle n'a fait qu'entrevoir la femme, si bien qu'elle ne peut pas la décrire sauf pour la robe et le collier. Elles sont restées environ une demi-heure dans l'appartement. Remarque que ça n'intéressait pas spécialement Mme Selby, mais dès qu'elle a entendu la porte d'entrée s'ouvrir, elle a foncé à sa boîte aux lettres juste à temps pour voir la femme à la robe fauve qui s'en allait toute seule dans le passage.

» Elle en a conclu qu'il n'y avait plus rien à voir et elle est allée se coucher. C'est le téléphone, en sonnant chez Dana, qui l'a réveillée vers une heure. Cinq minutes après, elle a entendu la porte de Dana s'ouvrir et se refermer. Elle pense que l'assassin a appelé Dana, l'a envoyée dans les dunes sous un prétexte quelconque et l'a assaisonnée. Voilà ce qu'elle a raconté aux flics.

— C'est drôle, je dis, absorbé. Si Dana a quitté son appartement à une heure, elle ne pouvait se trouver dans les dunes avant deux heures moins le quart et d'après la police, elle aurait été tuée à minuit et demi.

— C'est ce que Brandon a raconté, dit Benny. Il est tellement menteur qu'il t'a sûrement dit une fausse heure, histoire de garder la main.

— Ça m'étonnerait, je dis, mais je demanderai à Mifflin.

— Enfin, ça nous indique au moins la direction à suivre, dit Kerman.

— Oui, mais je ne sais pas ce que ça nous rapportera. En tout cas, une chose semble certaine, maintenant : Anita a réussi à acheter Dana et à lui faire dire pourquoi elle la suivait.

Benny se redresse.

— Eh! minute! il s'écrie, tout échauffé; c'est rudement dégueulasse ce que tu dis là.

— Je sais, mais il faut voir les choses en face, Ed. Anita m'a offert mille dollars pour que je le lui dise. Je n'ai pas marché. Une demi-heure plus tard, elle et Dana sont vues chez Dana, et le lendemain matin on retrouve un collier de vingt mille dollars sous son matelas. J'ai peut-être l'esprit mal tourné, mais ça m'a tout l'air d'une corruption.

Kerman paraît dégoûté.

— Ça m'en a tout l'air aussi. Remarque, il aurait fallu qu'elle soit drôlement blindée pour ne pas accepter, si Anita lui a offert ce collier.

— Allez vous faire foutre! coupe Benny. Il n'y a pas si longtemps, tu disais que le collier pouvait très bien avoir été déposé là par Nathalie Cerf. Tu ne pourrais pas avoir un peu de suite dans les idées?

— Mais à ce moment-là, je ne savais pas qu'Anita était allée chez Dana. La vieille fouine de Selby n'a ni vu ni entendu qui que ce soit d'autre entrer chez Dana après le départ d'Anita, hein?

— Non. Mais elle dormait, n'oublie pas! Elle peut très bien ne pas avoir entendu quelqu'un se glisser chez elle.

— Je comprends tes sentiments, Ed. Nous aimions tous beaucoup Dana mais après tout, ce n'était qu'une gosse. Ce collier était vraiment tentant.

Benny fait la grimace.

— Oui. Peut-être, mais je n'aime pas penser que...

— Moi non plus, mais le fait est là. C'est une idée qu'on ne peut pas rejeter *a priori*. Il faut trouver Anita. Les deux endroits où il y a le plus de chances qu'elle soit cachée sont : l'*Etoile* ou chez Barclay. A moins évidemment qu'elle n'ait quitté la ville. Moi, je vais voir Barclay cet après-midi. Toi, Ed, tu retournes chez Dana et tu tâches de savoir par Mme Selby si Anita portait son collier quand elle est partie. De là, tu iras à l'endroit où on a retrouvé Dana, en te renseignant tout le long du chemin. Quelqu'un l'a peut-être vue. Je n'y crois pas beaucoup, car il n'y avait pas beaucoup de gens dehors à cette heure-là. Mais on ne sait jamais : si quelqu'un l'a vue, il se souviendra d'elle.

— D'accord, dit Benny.

— Jack, tu recherches la Packard en commençant par l'*Etoile*.

Mlle Bolus dit :

— Je peux m'en occuper. Je suis membre du club.

— Vous voulez? je demande, surpris.

— De toute façon, je voulais aller là-bas prendre un bain. Ça ne me dérangera pas de jeter un coup d'œil.

— Vous devez être drôlement bien en maillot de bain, dit Benny admiratif.

— Je suis encore mieux sans maillot de bain, elle répond en appuyant ça d'un regard approprié qui fait avaler Benny de travers. — Elle repousse sa chaise : — Donnez-moi la description de la voiture et je verrai ce que je peux faire.

Kerman écrit le numéro et les caractéristiques de la Packard sur le dos de sa carte.

— Si jamais vous vous ennuyez un jour, dit-il, il y a mon téléphone au verso.

— Est-ce que j'ai une tête à m'ennuyer? elle demande. — Puis elle tourne vers moi ses yeux de Chinoise : — Où je peux vous toucher?

Je lui dis où j'habite.

Elle me fait un petit signe de tête; son regard glisse sur les deux autres comme s'ils n'existaient pas et elle s'en va d'un pas long et souple qui vous l'emmène comme si elle était montée sur roulettes.

Benny se frotte les mains avec un enthousiasme frénétique :

— Aïe! Aïe! les gars, ce soir je vais rêver en technicolor et en relief. Où tu l'as pêchée, Vic?

— Et qu'est-ce que tu vas en faire? renchérit Kerman.

— Je n'en sais rien encore. L'idée vient d'elle, pas de moi. Elle était la maîtresse de Mills. Kruger nous a présentés. Je voulais savoir d'où Mills tenait le pognon qui lui a permis d'acheter une maison à Fairview. Elle n'en sait rien, mais elle croit pouvoir se renseigner. Vous voyez, une chose mène à une autre. Ce qui est sûr, c'est qu'elle est de taille à tirer des renseignements d'un sourd-muet. D'abord elle a un compte à régler avec Mills. Comme ça, on est deux. J'ai dans l'idée qu'elle va nous être utile.

III

En allant chercher ma voiture au parc, je me rends compte que je m'occupe beaucoup de Cesar Mills et pas assez de l'assassin de Dana. Je me rappelle à moi-même que mon orgueil blessé est une affaire personnelle et privée et qu'il n'est pas question de venger l'outrage avant d'avoir trouvé qui a tué Dana. Mais je ne peux pas m'empêcher de penser combien il serait agréable si, d'une façon ou d'une autre, je pouvais impliquer Mills dans le meurtre, afin d'être à même de me concentrer sur lui sans remords.

Remarquez, je sais que le boulot qui urge, c'est d'aller à Wilshire Avenue m'occuper de George Barclay, mais après m'être bagarré dur avec ma conscience, je finis par me persuader que ça ne serait pas une bien grande perte de temps si je m'occupais d'une petite chose concernant Cesar Mills qui demande un peu de doigté et d'attention.

Je monte dans ma voiture, je vais jusqu'au plus proche drugstore, je range mon engin, j'entre et je consulte l'annuaire. Une petite vague de satisfaction m'enveloppe quand mon doigt en courant le long d'une colonne de noms s'arrête à la ligne : MILLS CESAR, 235, Beechwood Avenue, FAIRVIEW 34257.

Je repose l'annuaire sur l'étagère, puis je sors en vitesse, je saute dans ma bagnole et je vais jusqu'à l'hôtel de ville, au coin de Feldman Street et de Centre Avenue.

Le bureau des transactions immobilières se trouve au premier. Il est tenu par un vieux fonctionnaire triste, d'humeur acariâtre, vêtu d'alpaga noir. Il faut d'abord que je le persuade, puis il se décide à me fournir le registre demandé. Le n° 235, Beechwood Avenue, a été acheté par Nathalie Cerf, il y a un an. A aucun endroit il n'est question du copain Mills dans la transaction.

Je referme le registre sur le comptoir, je fais une

remarque sur la température pour montrer au fonctionnaire que je suis un gars bien élevé et je descends lentement les marches de pierre de l'hôtel de ville sous le soleil de l'après-midi.

Je m'assois dans ma voiture et j'embraye le compartiment matière grise. Plus je pense à ma découverte, plus je me sens joyeux. On dirait que l'hameçon que j'ai balancé au hasard dans les profondeurs a ramené quelque chose d'intéressant. La Rolls crème et bleue appartient aux Cerf, le 235, Beechwood Avenue appartient à Nathalie Cerf et tous les deux sont utilisés par un garde, employé par les Cerf aux fins de s'adosser à la porte d'entrée et flanquer des coups de pied dans le cou des visiteurs. Et en dehors de ses heures de travail, le garde en question trimbale sa pomme comme un milliardaire et range ses cigarettes dans un étui-briquet en or massif qui doit lui avoir coûté au moins deux mois de salaire. Peut-être que tout cela n'a rien à voir avec le meurtre de Dana, mais la combinaison m'intéresse. Kruger m'a dit que Mills était fauché en arrivant à Ocean-City. Mais depuis ce jour-là, il a fait un pas en avant. Le chantage est un moyen rapide de faire fortune et ça me semble offrir l'explication la plus satisfaisante d'une opulence aussi soudaine. Peut-être qu'il fait chanter la famille tout entière. Il a eu toutes les facilités pour se rendre compte qu'Anita est kleptomane. Pourquoi habiterait-il la maison de Nathalie s'il ne la tenait pas par quelque chose?

« Continue, Malloy, je me dis, tu te défends pas mal. Continue d'avancer. Tu t'es décidé à coller Mills dans l'histoire, maintenant mets-l'y jusqu'au cou. »

Sur ce, je raisonne ainsi : « Si Mills est un maître chanteur, n'est-ce pas lui qui a descendu Dana? Spéculation pure? Peut-être, mais c'est tout à fait le genre de pensée qui convient à ma tournure d'esprit actuelle. Rien ne me ferait plus plaisir que de voir cette gueule d'amour marcher vers la chambre à gaz.

Maintenant que je me suis occupé du copain Mills — tout au moins provisoirement — et conscient que ma visite chez George Barclay va être une séance pas marrante du tout, je roule vers Wilshire Avenue, une gentille petite rue sans grand caractère, élégante et calme, bordée de deux haies d'arbustes qui dissimulent les maisons à l'affût derrière. Celle de Barclay est située au fond du cul-de-sac, face à moi. Je freine devant un portail de chêne bardé de fer, je descends de voiture et je regarde à droite et à gauche si quelqu'un m'observe. Personne.

J'appuie sur la lourde porte et elle s'ouvre toute grande en grinçant. Je jette un bref coup d'œil sur un grand jardin bien entretenu. A cinquante mètres de moi se dresse la maison; elle surplombe un court de tennis uni comme un billard et comprend deux étages; le tout est bâti de briques et bois, très joli si on aime le genre faux chalet suisse. Un escalier de bois grimpe le long d'un des côtés jusqu'à une véranda sur le toit de laquelle quatre colombes blanches m'observent, la tête penchée comme si elles s'attendaient que je lance une tyrolienne.

Je gravis les marches du perron, j'enfonce mon pouce dans le trou de la sonnette et j'attends. Rien ne se produit, alors, je resonne. Il n'y a personne à la maison cet après-midi.

Ça ne doit pas être bien difficile d'entrer là-dedans; je me demande de combien de temps je peux disposer avant le retour de Barclay. Je me dis qu'une rapide inspection des lieux risque de me rapporter quelque chose, mais que la présence de ma voiture devant la porte indiquant que cette fripouille de Malloy est à l'intérieur en train de faire des choses pas comme il faut, n'est peut-être pas recommandée.

Je redescends les marches à contrecœur, je retraverse le jardin, je repasse la porte et je grimpe dans ma voiture. Je roule jusqu'au bout de l'avenue, je gare sous un hêtre, j'enlève la plaque d'identité et je repars à pied chez Barclay.

Les colombes sont toujours là qui m'observent. Je sonne encore une fois, mais il n'y a toujours personne. En une demi-minute, grâce à la lame de mon couteau, j'ai soulevé le panneau d'une fenêtre à guillotine; je jette un dernier coup d'œil aux alentours, et je me glisse par la fenêtre. Une douce quiétude toute faite d'ombre m'accueille. Les doubles rideaux tirés colorent tout en vert.

Le rez-de-chaussée est occupé par une pièce unique. Au bout, un escalier conduit à un balcon et aux pièces supérieures.

J'habitue mes yeux à la pénombre et je commence à bouger, sans faire de bruit, l'oreille tendue. Personne ne crie, nul cadavre ne dégringole des placards, personne ne me tire dans le dos. Au bout d'un moment, je me détends et je commence à m'intéresser à l'endroit.

La pièce a un aspect on ne peut plus masculin. Les murs sont couverts de vieux sabres, de haches d'abordage et autres agréables brimborions. Le manteau de la cheminée est décoré par une paire de fleurets et un masque. Il y a au moins une demi-douzaine de rateliers à pipes, tous remplis de pipes usagées; sur une table roulante, une boîte à tabac voisine avec une bouteille de Black and White et des verres.

A en juger d'après les armes, les clubs de golf, les pipes, les oiseaux empaillés, les gravures sportives et autres fascicules d'une littérature dite d'atmosphère pour enfants attardés, qui pullulent ici, je n'ai pas besoin d'être Sherlock Holmes pour en déduire que Barclay fait partie de cette classe de solides mâles à la poitrine velue qui prônent la belle vie en plein air.

Je n'ai pas l'impression que je vais trouver quoi que ce soit d'intéressant dans cette pièce : c'est beaucoup trop ouvert; genre rien-dans-les-mains rien-dans-les-poches; entrez, ne vous gênez pas, je vis dans une maison de verre.

Aussi, je monte l'escalier sur la pointe des pieds et je m'arrête sur le balcon pour écouter.

Je pense tout à coup que Barclay pourrait très bien faire sa sieste dans une des pièces de dessus : cette idée ne me sourit qu'à moitié. Mes nerfs ne sont pas encore remis de ma rencontre avec Mills et je n'ai pas la moindre envie de me trouver nez à nez avec un gars dont la manie est de collectionner les tomahawks. Alors j'écoute, et comme aucun bruit de respiration ne me parvient, je prends mon courage à deux mains, j'ouvre la porte la plus proche de moi et je regarde.

A mes yeux s'offre le spectacle d'une salle de bains d'homme : baignoire, douche, machine à ramer et cabinet pour bain turc. Mais pas trace de sels de bain, ni de poudre, ni de flacon de parfum. Quant aux serviettes qui pendent à l'essuie-main, elles ont l'air d'être tressées en fil barbelé.

Je me dirige vers l'autre pièce et, passé le seuil, je conclus que j'ai trouvé l'endroit où Barclay passe ses nuits. Il y a un grand lit à deux places, une table de toilette avec glace, une robe de chambre, une presse à pantalon.

Je laisse la porte entrouverte, je me glisse jusqu'à la table et j'ouvre un des tiroirs. Une grande photo brillante s'offre à mes yeux, dans un cadre de cuir travaillé. Voilà qui met une fausse note dans cette atmosphère de plein air et de joyeuse rigolade masculine.

C'est une photo en pied d'Anita Cerf éclairée par un projecteur et se détachant sur un fond sombre. Elle est strictement nue, à part les mains, qui sont habillées de gants à revers de fourrure noire et elle les place comme une danseuse à l'éventail, mais l'effet est beaucoup plus violent. C'est un cliché sensationnel qu'on pourrait vendre cinq dollars pièce, à la douzaine à la sortie du métro. En bas, il y a écrit à l'encre bleue : *Pour mon George chéri, son Anita qui l'aime.*

J'aimerais bien l'emporter, mais elle n'entre pas dans

ma poche. Je la sors du tiroir, je l'extrais de son cadre et je la retourne. Au dos, un tampon indique : *Louis — Photographe de théâtre — San Francisco.* J'étudie la photo. Elle date déjà de quelques années. Anita a l'air plus jeune et son expression hautaine ne transparaît pas encore. Je pense aux occasions perdues. Il y a des moments, je me dis, où l'honnêteté vis-à-vis des femmes frise la bêtise. Si j'avais vu cette photo avant qu'elle vienne chez moi, je n'aurais pas eu besoin qu'elle s'y reprenne à deux fois pour me demander de coucher avec elle.

Je remets la photo dans son cadre et je la replace dans le tiroir. Dans les autres, rien d'intéressant; je porte mon attention sur la garde-robe.

Dana disait que Barclay s'habillait comme une vedette. D'après le contenu de la garde-robe, elle n'avait pas tort. Je me dis qu'il n'y a rien d'intéressant là-dedans, mais par acquit de conscience, je repousse tous les costumes d'un côté pour voir le fond du placard.

Une veste et une jupe bleues apparaissent, accrochées à un porte-manteau. Je reste immobile durant un long moment, puis un frisson me parcourt l'échine et je fonce, j'enlève le vêtement et je le porte à la fenêtre. Je le reconnais. Il appartient à Dana. Benny avait dit qu'il manquait à sa garde-robe et qu'elle devait le porter la nuit où elle a été tuée. Eh bien! le voilà. La piste qui menait à Mills, mène maintenant à Barclay.

Avant d'avoir eu le temps de décider de ce que je vais faire avec ma trouvaille, j'entends un bruit de pas dans la pièce du bas. Je me retourne brusquement et sens ma moelle épinière qui fait des nœuds.

Je roule la veste et la jupe en paquet et je cours vers la porte. Quelqu'un se déplace en dessous. J'entends une porte claquer, un tiroir s'ouvrir et des papiers qu'on froisse. Je me glisse sur le balcon et je jette un coup d'œil à travers la balustrade, tout en restant hors de vue.

Cesar Mills est debout devant le bureau, dans le coin

le plus éloigné de la pièce, une cigarette pincée entre ses lèvres fines, l'air las et blasé. Il porte un complet bleu en fresco et un large panama à ruban voyant. Comme dit Kruger, il s'habille en milliardaire.

Je rentre en vitesse dans la chambre à coucher, j'ouvre le tiroir de la table, je chope la photo, je la roule dans le costume de Dana, j'ouvre la fenêtre de la chambre et je me laisse glisser sur la véranda.

J'ai comme une idée que Gueule d'amour cherche la photo d'Anita. Je vais faire tout ce qu'il faudra pour qu'il ne la trouve pas.

IV

En suivant la route de la plage qui est à angle droit avec Wilshire Avenue, je repère le cabriolet Ford rouge et orange de Benny; il est parqué devant une rangée de baraques où l'on vend de tout, depuis des glaces et de la gnôle jusqu'à des asticots pour la pêche.

Je m'arrête, je prends un ticket de parc, mais la vieille ruine à qui je l'achète est brusquement atteinte de paralysie des mains au moment de me rendre la monnaie, alors je lui dis de la garder. Je me dirige vers la baraque où j'ai la quasi-certitude de trouver Benny.

Je ne me suis pas trompé.

Il soutient une conversation enveloppante avec une petite brune mince aux yeux coquins, dont le rire rappelle un grincement de gonds rouillés. Ils sont séparés par le comptoir du milk-bar, mais ce n'est pas une raison pour qu'elle soit en sécurité. Elle porte un surtout qui la moule comme une seconde peau et elle se penche au-dessus du comptoir de façon que Benny puisse avoir une vue plongeante dans l'échancrure en V. Ça m'a l'air d'être intéressant, alors je jette un coup d'œil aussi.

La brune me lance un sale regard appuyé, se relève,

rejette la tête en arrière et s'en va, le menton en avant. Benny se retourne avec un air de surprise outrée.

— J'aurais dû m'en douter, dit-il amèrement. T'arrives toujours au moment où il ne faut pas. On ne t'a jamais dit qu'il ne fallait pas déranger un client et une serveuse quand ils échangent des serments?

— C'est ça que tu étais en train de faire? je demande. On ne l'aurait pas dit. Je croyais que t'avais laissé tomber un dollar dans son décolleté et que tu t'apprêtais à aller le rechercher.

— C'est parce que tu as été élevé par des grippe-sous, rétorque Benny, furieux. J'étais en train de lui dire qu'elle avait de l'esprit.

— Curieusement placé, son esprit! A propos, puis-je te rappeler que tu es censé travailler, en ce moment?

— Mais, bon Dieu! s'exclame Benny en rougissant, qu'est-ce que tu crois que j'étais en train de faire? Tu m'as dit de guigner tout le long du chemin qu'a pris Dana, de chez elle à l'endroit où elle a été tuée. Eh ben, c'est ce que je faisais.

— Tu es sûr que Dana est passée entre les nichons de cette fille pour aller dans les dunes?

Il regarde par-dessus son épaule et fait un clin d'œil à la brune qui le lui rend.

— Viens jusqu'à la voiture, qu'on puisse parler tranquillement.

Je vais jusqu'à la voiture, j'allume une cigarette et je demande : — Quoi de neuf, alors?

— Je n'ai pas rencontré une seule personne qui ait vu Dana hier soir, il dit. — Et il se penche vers moi et me tapote la poitrine : — Mais j'ai trouvé deux types qui ont vu Anita.

— Anita?

— Oui. Le premier est un chauffeur de taxi qui l'a conduite au bord des dunes. Il en est sûr, rapport à la robe fauve. Il s'est arrêté sous un lampadaire et il l'a bien reluquée. Elle l'intéressait d'autant plus qu'elle faisait tout son possible pour tâcher de n'être pas reconnue. Il trouvait bizarre qu'elle se fasse déposer dans un coin aussi solitaire sans lui demander de l'attendre.

— Quelle heure était-ce, Ed?

— Juste après minuit.

— Et quel est l'autre type?

— Un pêcheur. Il revenait de poser ses filets à homards quand il a vu une femme seule qui marchait dans les dunes. Elle était trop loin pour qu'il puisse la détailler, mais la lune s'était levée et il a pu voir qu'elle était en robe du soir.

J'expédie ma cigarette par la portière.

— On dirait qu'Anita était présente quand Dana a été descendue, dis-je en me passant la main dans les cheveux. C'est normal qu'elle se soit planquée.

— C'est tout de même formidable que je n'aie pas pu retrouver la piste de Dana nulle part, tu ne trouves pas? dit Benny, inquiet. J'ai demandé à tous les chauffeurs de taxis près de chez elle, mais aucun ne l'a vue.

Je me penche au-dessus du siège arrière, j'attrape la jupe et la veste de Dana et je jette le paquet sur les genoux de Benny.

— Jette un coup d'œil là-dessus.

Sa bonne bille cramoisie devient couleur de thé pas infusé; il se retourne pour me regarder, les yeux comme des soucoupes, les mains crispées sur les vêtements.

— Son tailleur, Vic!

— Oui. Il était dans le placard de George Barclay.

Je lui raconte ce que j'ai appris sur Mills et la maison de Beechwood Avenue et je lui montre la photo d'Anita. Il est tellement secoué par la découverte des vêtements de Dana dans le placard de Barclay qu'il ne fait aucune sortie à propos de la photo.

— Alors, c'est Barclay qui a fait le coup, il dit. C'est peut-être pour ça que je n'ai pas pu retrouver sa trace.

Tu crois qu'il l'a tuée chez lui, qu'il l'a déshabillée et qu'il l'a emmenée dans les dunes en voiture? Dis, tu crois que c'est comme ça que ça s'est passé?

— Je n'en sais rien, Ed. Maintenant je me méfie des conclusions hâtives. Chaque fois que je crois avoir trouvé quelque chose, il se manigance autre chose qui remet tout en question. La seule façon de résoudre cette affaire, c'est de récolter tous les renseignements qui nous tomberont sous la main, de garder notre sang-froid, et quand il n'y aura plus rien à récolter, et seulement alors, nous verrons ce que ça représente. Maintenant, je m'en vais foutre les jetons à Leadbetter. Tu ferais bien de me suivre.

En sortant la voiture par la porte étroite du parc, je dis :

— Après avoir parlé à Leadbetter, on retourne au bureau. A quoi bon ramasser des tas de trucs si on ne se préoccupe pas de chercher à quoi ils peuvent servir?

— Pourquoi Mills est-il allé fouiner chez Barclay? Tu as une idée?

— Non. Mais je suis content d'être passé le premier. Je suis sûr qu'il n'aurait pas raté la photo. Je crois que je vais t'envoyer faire un petit voyage à San Francisco, histoire de se renseigner sur le passé d'Anita. Elle devait faire beaucoup plus de music-hall que de défilés dans les maisons de couture, si j'en juge d'après la photo. Tu tomberas peut-être sur quelque chose d'intéressant.

Benny se penche au-dessus du siège et ramasse la photo sur le plancher. Il ne cesse de la contempler pendant que je longe Ocean-Boulevard.

— Oui, je crois qu'un voyage à Frisco ne serait pas une mauvaise idée. — Il tient la photographie à bout de bras : — Qu'est-ce que je donnerais pour qu'elle me fasse de l'œil. Ça serait une bonne idée de coller cette photo au bout du télescope de Leadbetter, je suis sûr qu'il ne penserait plus à aller dénicher les goélands.

Nous atteignons la fin du boulevard et nous avançons sur la route cahoteuse qui borde la plage. Je crois savoir où est la bicoque de Leadbetter. Si c'est celle que je pense, je l'ai vue de temps à autre en allant avec des amis pour une partie de baignade. C'est une petite maison solitaire, à un étage, en bois brun décoloré par le soleil. Elle se dresse sur une arête de terrain entourée par un demi-cercle de palmiers nains bleuâtres, mais de là, on a une vue très large de la côte, du rivage et des dunes.

La route devient impraticable et à un quart de mille de la maison, nous partons à pied, dans le sable mou et chaud, après avoir bouclé les vêtements de Dana et la photo dans le coffre.

— La lune donnait comme un projecteur, hier soir, je dis en avançant; si ce gars était à son télescope, Dieu sait ce qu'il a pu voir.

— Tu vas lui offrir du fric? me demande Benny.

— Je n'en sais rien. Je crois que le meilleur moyen, c'est de montrer les dents. Si on peut le mettre en train, il racontera peut-être sa vie sans qu'il nous en coûte un rond.

Nous coupons à travers un massif de palétuviers en nous frayant un chemin parmi les racines rampantes en forme de défense d'éléphant et nous débouchons dans l'immense paysage de dunes. A cinquante mètres de nous, presque entièrement dissimulée par la rangée de palmiers, se dresse la baraque de Leadbetter.

Sur le toit plat, à demi-caché par une palissade de bois, le tube de six pieds du télescope brille comme un miroir au soleil. Nul signe de vie à l'extérieur de la baraque. Elle a l'air aussi désolée et oubliée qu'une fille aux genoux cagneux dans un concours de beauté.

Nous avançons péniblement dans le sable jusqu'à la porte craquelée et disjointe par les intempéries. Par la fenêtre, je peux jeter un coup d'œil dans la pièce du bas.

C'est meublé de vieilles reliques recouvertes de peluche; sur la table s'étalent les restes d'un repas.

Benny frappe à la porte; elle s'ouvre toute grande à son premier coup. En attendant qu'on vienne, nous jetons un coup d'œil dans la petite pièce crasseuse et sordide. Rien. Personne ne répond.

— Il doit encore être à chercher un nid de poules, ou à en guetter une en train de prendre son bain de soleil, dit Benny.

— Il est peut-être sur le toit.

Nous nous reculons et nous regardons en l'air, mais nous ne voyons que l'œil scintillant du télescope pointé sur la mer. Benny lance un coup de sifflet qui fait s'envoler toute une famille d'ibis nichés dans les mangroves, mais pas de Leadbetter.

— Montons sur le toit, je dis. On pourra peut-être le repérer avec le télescope.

— Excellente idée, répond Benny. On ne sait jamais, on aura peut-être la chance de repérer autre chose, espion de mon cœur.

Nous entrons dans la cabane et nous grimpons les marches inégales qui mènent au second. Une échelle posée sur le plancher mène à une trappe qui ouvre sur le toit.

Je gravis trois échelons de l'échelle, je soulève la trappe et elle retombe de l'autre côté avec fracas. J'ai l'impression de pénétrer dans une fournaise comme je grimpe les derniers échelons. Benny me suit.

Nous restons immobiles à regarder le gros télescope posé sur son pied de cuivre à roulettes. Une caisse de bois servant de siège est disposée derrière l'appareil, entourée d'une quantité de bouteilles de bière vides. Il fait chaud, et un essaim de mouches, rendues furieuses par notre intrusion, s'envolent en bourdonnant, passent au-dessus de nous, puis retournent à leur festin.

Leadbetter est allongé sur le dos. Il a au milieu du

front un trou semblable à celui que fait un bon coup de marteau dans une plaque d'amiante. Il a beaucoup saigné et le sang commence seulement à se tarir. Une chose est certaine : il n'espionnera plus les couples énamourés, plus jamais.

— Nom de Dieu! articule Benny en m'agrippant le bras.

CHAPITRE IV

I

Il est cinq heures dix à la pendulette posée sur mon bureau. I es stores baissés obscurcissent la pièce et raréfient l'air. Ils nous protègent du soleil qui chauffe à blanc les trottoirs pour nous donner un avant-goût inattendu et prématuré de l'été proche.

Tandis que je me balade dans la pièce en bras de chemise, le col défait, la cravate dénouée, Paula est assise sur le bureau, aussi froide qu'un bloc de glace.

— Il n'y avait personne, je dis en essayant de recréer l'atmosphère, alors on est montés sur le toit. Il était là. — Je m'arrête près de la fenêtre pour regarder la rue brûlante tout en bas et je me casse le cou. — Il a été tué par un 45 pendant qu'il regardait dans son télescope. La balle lui a fait un trou d'un pouce dans le crâne et je crois qu'il était mort depuis vingt minutes, pas plus.

Paula n'a pas l'air affolé. Elle tiraille doucement sa lèvre inférieure entre le pouce et l'index : pas de doute, ce que je lui raconte ne lui plaît pas. Je continue :

— Il y a un bouquet de palétuviers près de la maison. Je suis sûr que le meurtrier s'est caché dedans en attendant que Leadbetter se montre. Joli travail. La balle doit être restée dans le crâne. Je parie qu'ils découvriront que c'est la même arme qui a tué Dana. — J'éteins ma cigarette, je bâille et me frotte les yeux. — Voilà, c'est à peu près tout. On s'est tirés à toute vitesse. Personne ne nous a vus. J'en suis sûr.

Paula me jette un long regard inquiet, prend une cigarette, l'allume, et jette l'allumette dans le cendrier.

— Je n'aime pas ça, Vic. On aurait peut-être pu empêcher ce meurtre en racontant l'histoire Cerf à Brandon.

— Peut-être, mais j'en doute. De toute façon, Leadbetter l'a bien cherché. Il n'avait qu'à dire aux flics ce qu'il savait, ou à Jack. Seulement voilà, il a préféré traiter avec l'assassin. Il pensait récolter un peu de fric; tout ce qu'il a récolté c'est un trou dans la tête.

Paula hoche la tête.

— Ça se pourrait. — Elle se retourne et lorgne à travers les rainures du store. — Brandon va tout casser en apprenant ça. On va se trouver juste entre l'arbre et l'écorce.

Elle médite une longue minute, puis hausse les épaules et se tourne vers moi :

— Et maintenant, qu'est-ce qu'on fait, Vic?

— J'ai expédié Benny à San Francisco pour qu'il essaye de pêcher quelque chose au sujet d'Anita. Il est à peu près certain qu'elle était là pendant le meurtre. Maintenant je vais aller dire deux mots à Barclay.

— Sale histoire, elle me fait remarquer. Le costume de Dana constituait une pièce à conviction tant qu'il était dans le placard. En l'enlevant, tu innocentes Barclay. Il peut toujours prétendre ne pas savoir de quoi il retourne.

— Oui. Mais c'est un risque que je devais courir. J'espérais apprendre quelque chose par ces vêtements. Clegg est en train de les examiner. Et puis, c'est peut-être que ça que Mills cherchait. Dès que j'aurai le rapport de Clegg, je les recolle dans la penderie et je m'attaque à Barclay.

— C'est risqué, mais je crois que c'est la seule chose à faire. Que sont devenus son linge, ses chaussures et ses bas?

— Je n'en sais rien. Ils sont peut-être cachés quelque part chez Barclay. Je n'ai eu que très peu de temps avant l'arrivée de Mills. Je les chercherai quand j'y retournerai.

— Tu vas aussi chez Mills?

Je fais la grimace.

— Je pense. Oui. Non pas que je tienne tellement à le rencontrer, mais c'est nécessaire. Il n'a peut-être rien à voir avec le meurtre. Je commence à le croire, mais je veux en être sûr avant de le laisser tomber.

— C'est une question de temps, tu sais. Il faut régler cette histoire avant la police.

— Dès que Clegg aura passé cette jupe et cette veste au crible, je retourne chez Barclay. Pour l'instant, on dirait que c'est lui l'assassin. Si je le coince, c'est dans la poche. Sonne Clegg, tu veux, et demande-lui ce qu'il en est.

Pendant qu'elle demande la communication, je retourne à la fenêtre. Il y a des tas de choses qui me laissent perplexe. Pourquoi Dana était-elle nue? Pourquoi Anita lui a-t-elle donné son collier? Vingt mille dollars de diamants, ça me paraît chérot en échange de ce qu'elle demandait. D'un autre côté, elle n'a peut-être pas donné le collier à Dana. Elle lui a peut-être demandé de le garder. Il se peut qu'elle ait eu rendez-vous avec le type qui l'a fait chanter et qu'elle ait craint de se le faire voler. De toute façon, je nc vois pas Dana se laissant acheter. C'est l'impression que cela donne, mais plus j'y pense, plus je trouve cela invraisemblable. Ça ne colle pas avec son caractère.

— Clegg au bout du fil. Il veut te parler, dit Paula.

J'attrape le récepteur. Clegg me dit n'avoir trouvé ni tache de sang, ni grains de sable, rien qui puisse me conduire à quoi que ce soit. Je le remercie, je lui dis que je reprendrai les vêtements en allant en ville et je raccroche.

— Rien, je réponds au regard interrogateur de Paula. C'est donc qu'elle ne le portait pas quand elle a été tuée. Elle avait le front écrabouillé. Ce qu'elle portait a forcément été taché.

— Il l'a peut-être déshabillée avant de la tuer, suggère Paula.

— Dans ce cas, il y aurait forcément des traces de sable sur les vêtements.

— Elle s'est peut-être déshabillée dans la voiture.

— Oui. — Je me passe la main dans les cheveux : — Je ferais bien d'aller voir Barclay. J'emmène Kerman avec moi. Il va peut-être falloir lui secouer les puces, et j'ai idée qu'il doit être difficile à remuer.

II

Je m'arrête sous le même hêtre, au début de Wilshire Avenue, j'enlève ma plaque d'identité et je sors de la voiture sous le soleil brûlant.

— Maintenant, à pince, je dis, c'est au bout de la rue.

Kerman s'extrait de la voiture à contrecœur.

— C'est si loin que ça? il fait, le regard inquiet. Zut! J'ai les arpions sans connaissance. Tu crois qu'il nous offrira un verre?

— Il nous offrira plutôt un coup de masse d'armes sur le coin de la tranche, je réponds, en glissant sous mon bras le paquet enveloppé de papier marron qui contient les vêtements de Dana. C'est un collectionneur d'armes anciennes.

— Parfait, dit Kerman. Une masse d'armes, hein!
Je n'ai encore jamais reçu un coup d'un truc de ce genre-là.

Nous remontons l'avenue côte à côte, à l'ombre des arbres.

— Il va falloir cacher les vêtements de Dana dans la penderie sans nous faire voir, je dis, comme nous nous arrêtons devant le lourd portail bardé de fer. S'il est dans le jardin, tiens-lui le crachoir jusqu'à ce que je revienne. S'il est dans la maison, faudra que je risque le coup sans qu'il m'entende. Avec un peu de chance, il ne sera pas chez lui.

— T'auras bonne mine s'il t'attrape et s'il appelle les flics, me dit Kerman en ricanant. Je vois la gueule de Brandon quand tu seras arrêté pour violation de domicile.

— Empêche-le d'atteindre le téléphone, j'explique. C'est pour ça que je t'ai amené. Nous sommes bien d'accord, hein? Va falloir agir brutalement.

— Je suis pour, tant que ce n'est pas lui qui est brutal avec nous.

Je pousse la porte et j'inspecte les alentours. Les colombes sont toujours sur le toit et il n'y a personne dans le jardin.

— Je me demande s'il ne s'est pas barré, je dis en regardant vers la maison.

— Je passe le premier? demande Kerman.

— Vas-y! Sonne, et s'il est là, tu l'amuses le temps que j'aille jusqu'à la chambre. Ça ne me prendra pas plus de deux ou trois minutes.

— Je l'espère, répond Kerman et il se dirige d'un pas alerte vers la maison.

Je le suis du regard jusqu'aux marches de bois et j'entends le tintement clair de la sonnette quelque part dans la maison. Nous attendons; il ne se passe rien. Kerman se retourne vers moi, lève les mains et secoue la tête. Du geste, je lui fais signe d'essayer encore. Il resonne. Et tout à coup, sans que rien ne l'ait fait pressentir, une voix dit :

— Ça serait indiscret de vous demander ce que vous fabriquez là?

Je ne saute peut-être pas très haut, mais j'ai l'impression d'avoir fait un bond d'un mètre. Je me retourne brusquement.

La stature imposante d'un homme épais comme un bœuf se dresse devant moi; c'est le genre de gars dont les femmes raffolent. Il a une jolie masse de cheveux noirs bouclés, et sa peau hâlée fait paraître ses yeux plus bleus qu'ils ne le sont en réalité. Il a l'air suffisant et désagréable des types auxquels on a dit tant de fois qu'ils étaient beaux gosses qu'ils finissent par le croire, d'ailleurs, celui-là n'a pas tort.

Pas besoin d'être fakir pour deviner que c'est Barclay.

Dana disait qu'il s'habillait comme une vedette de cinéma; c'est à peu près ça : il porte une chemise abricot, un pantalon de lin blanc, si bien repassé qu'il pourrait servir de couteau à pain. Il a des chaussures de chevreau blanches pointillées marron. Une chaînette d'or massif entoure son poignet puissant et il a autour du cou une écharpe de soie verte disposée de façon à mettre le monogramme bien en évidence.

— M. Barclay? je demande, peut-être pas aussi nonchalamment que je le voudrais, mais ça peut aller.

— Et alors?

Il a une voix mâle et bien timbrée, genre baryton d'opéra; une voix à donner le grand frisson à l'épine dorsale des collégiennes, mais la mienne reste impassible.

Je lui tends ma carte, celle au coin de laquelle est gravé l'en-tête de *Universal Services*, et je m'écarte d'un pas pendant qu'il examine le bristol. Il prend son temps pour la lire, il la retourne et contemple le recto vierge pendant un moment, après quoi, il me la rend comme si elle lui salissait les doigts.

— Désolé, il répond en adressant un sourire pensif à un dahlia qui se trouve être dans son champ de vision, mais je n'ai besoin de personne. Merci d'être venu; une autre fois, peut-être.

Kerman se joint à nous. Barclay fait semblant de ne rien voir.

— Je ne vous offre pas mes services, je dis. Nous travaillons pour le compte d'un client dont la femme se trouve être une de vos amies. Vous pourriez peut-être nous être utile.

Bien qu'il fasse tous ses efforts pour garder son air de distinction ennuyée, une lueur d'inquiétude passe dans ses yeux.

— Je regrette, il dit, en désignant sa porte, mais je suis assez occupé en ce moment et, de plus, je n'aime pas les curieux.

— Remarquez que nous pourrions obtenir ces renseignements à la police, je dis, mais vous savez comment sont les flics; ils n'ont aucun respect de la vie privée. Ce n'est pas comme nous.

Il tire une main de la poche de son pantalon, frotte sa mâchoire carrée et continue à se donner l'air immuable d'une montagne que rien ne peut toucher.

— Que voulez-vous? il demande. Réglons ça en vitesse.

— Je regrette, mais cette affaire est beaucoup trop grave pour pouvoir être réglée à la va-vite. Si on entrait, histoire de discuter le coup?

Il me passe devant et se dirige à longues enjambées vers la maison.

Nous le suivons.

— Toujours le plan de guerre numéro 1? me demande Kerman du coin de la bouche.

— Pas la moindre chance de réussir. Il va falloir le cuisiner ou lui taper dessus, mais il parlera. Rien d'autre à faire.

— Ça serait drôle de lui taper dessus, dit Kerman avec un air sinistre.

Barclay ouvre sa porte et entre sans regarder si nous le suivons. Il traverse la pièce en direction d'un grand bar encastré et en ouvre la porte à deux battants, révélant une fort intéressante collection de bouteilles. C'est ce que j'ai vu de mieux dans le genre armoire à boissons et, à voir Kerman se frotter les mains et se trémousser sur la pointe des pieds, il doit être de mon avis.

— Maintenant, faites votre numéro et vite, dit Barclay en prenant un verre et en le remplissant à moitié de whisky et en y ajoutant du soda et un cube de glace. Puis il referme bruyamment la porte du placard, ce qui me fait prévoir qu'il ne la rouvrira pas avant notre départ, se dirige vers le canapé et y installe son énorme carcasse.

J'attends qu'il soit bien à son aise puis je sors les vêtements du papier marron et je les lui colle sur les genoux.

— Comment ce costume se trouvait-il dans votre penderie? je demande.

Il pose le whisky sur la table roulante, s'empare de la veste avec un air soupçonneux, et une expression de surprise totale.

— Répétez un peu, il demande, et il tourne la tête pour me regarder.

— Ces vêtements étaient dans votre placard. Je veux savoir comment ils y sont arrivés.

Il envoie balader les vêtements sur le sol, empoigne son verre, prend une longue gorgée et le repose.

— Vous êtes ivre ou simplement dérangé? il éructe.

— Ne faites pas le malin. Je suis venu ici il y a environ deux heures. Il n'y avait personne et je me suis livré à une petite enquête. J'ai trouvé ce costume dans la penderie de votre chambre.

— Vraiment! — Il se remet de sa surprise. — Et vous l'avez emmené pour ensuite le ramener. Très drôle.

Et il s'offre un petit ricanement.

— Je l'ai emmené pour faire examiner s'il n'y avait pas de taches de sang.

Ça lui fait redresser brusquement la tête. Une lueur passe dans ses yeux.

— Comment ça... des taches de sang?

— Ces vêtements appartenaient à Dana Lewis, la jeune femme qui a été tuée dans les dunes hier soir.

Il ôte ses pieds du canapé, s'assied et demande :

— Qu'est-ce que c'est que tout ça?

— Je veux savoir comment ce costume, appartenant à une fille qui a été tuée et déshabillée hier soir, se trouve dans votre placard.

— Je ne sais pas de quoi vous parlez et je m'en moque. Ça suffit comme ça. Prenez vos vieilles frusques et foutez le camp!

— J'ai une preuve très nette pour vous situer dans cette affaire, par rapport à Dana Lewis, je dis calmement, c'était un de mes agents et elle surveillait Mme Cerf au moment où elle a été tuée.

Ça lui cloue le bec. Il freine comme un taureau devant une clôture de barbelés.

— Qu'est-ce que c'est... du chantage?

— Ce n'est pas aussi simple que ça. La victime était une amie. J'enquête sur sa mort. Je veux savoir pourquoi ses vêtements se trouvaient dans votre placard.

— Bon, bon, bon, il dit en se relevant lentement; — il est très fort, dangereusement calme et sûr de lui. — Malgré tout, ça sent le chantage. Avant d'aller plus loin, nous allons appeler la police; j'aimerais qu'ils sachent ce que vous venez de me dire; à ce moment-là vous leur sortirez votre preuve et si c'est du chiqué, ils se chargeront de vous.

Sa main va pour empoigner le téléphone, mais Kerman est un poil plus rapide que lui. Il rafle le téléphone, arrache le câble de la prise et balance l'appareil dans la pièce.

— Pas de téléphone, mon vieux, il dit.

La réaction de Barclay est instantanée. Terriblement rapide pour un type de son poids, il cueille Kerman à la joue. Un joli punch, et Kerman s'étale, entraînant la table avec lui. Le temps que Barclay se retourne vers moi, je suis déjà à l'œuvre. J'esquive un swing du gauche, je lui mets un crochet du gauche au corps qui le sonne un peu; après quoi je lui sers mon droit, celui que l'ami Cesar Mills a traité avec tant de dédain, mais Barclay n'est pas de la classe de Mills et il le prend au bouc. Ses yeux chavirent, montrent leur blanc, et il s'étale sur la figure avec un choc qui ébranle la maison.

— Joli, fit Kerman en se remettant lentement sur ses pieds. — Il se masse délicatement la joue. — Il tape fort. Tu crois qu'on pourrait s'offrir une goutte de son whisky?

— On va s'en offrir des masses, je dis en retournant le corps de Barclay du bout de mon pied.

Kerman va à l'armoire aux liquides, toujours en se frottant la joue. Il confectionne deux boissons, m'en tend une et avale l'autre d'un trait. Je bois la moitié de mon verre et je le pose sur la table. Je suis inquiet pour Barclay. Il ne s'est pas conduit comme un coupable et j'ai la désagréable impression qu'il était sincère en disant qu'il ne savait pas de quoi je parlais.

Il va falloir reprendre la situation en main avec beaucoup de doigté si on ne veut pas avoir affaire aux flics.

Kerman se sert un second verre. Maintenant qu'on a mis le nez dans le whisky, il est fou de joie.

— On a fait ce qu'il fallait. C'est lui qui a cherché la bigorne. Faisons-le parler. Il empoigne le siphon et en expédie un jet sur le visage de Barclay.

Barclay grogne, se retourne, se frotte la figure avec les mains, lève lentement la tête et nous regarde d'un air abruti.

— Lève-toi, p'tite tête, tu ne vas pas te tortiller comme ça longtemps, fait Kerman en reposant son siphon. On a beaucoup de choses à se dire. — Et il s'empare d'une massue indienne accrochée au mur. Il la balance légèrement dans sa main. — Et si tu recommences tes exhibitions, je te file un coup de cet engin sur le cassis.

Barclay se remet debout, enlève son écharpe mouillée et la jette à terre. Il a un regard explosif, mais sans un mot, il va lentement au canapé, s'y laisse tomber et tâte sa mâchoire où une bosse commence à apparaître.

— Alors... si on reprenait tout depuis le début, je dis, en allumant une cigarette. Comment ce costume se trouve-t-il dans votre placard?

Après un long moment, il dit d'une voix pleine de colère réprimée :

— Je vous dis que je ne sais pas de quoi vous parlez.

Et l'ennui c'est que je le crois sincère.

— C'est bon. Vous ne savez pas de quoi je parle. Eh bien! je vais vous le dire : il y a trois jours, Franklin Cerf nous a engagés pour surveiller sa femme. J'ai chargé Dana Lewis de filer Mme Cerf. Son rapport spécifiait que Mme Cerf et vous, étiez fort intimes et que vous vous rencontriez secrètement. Ce renseignement n'a pas été fourni à Cerf, soit dit en passant. La nuit dernière, elle a reçu un coup de téléphone vers une heure et elle est sortie de son appartement. Un peu plus tard, on la retrouvait dans les dunes de sable d'East-Beach avec une balle dans la tête.

» Son assassinat nous met dans une sale posture. Nous garantissons le secret à nos clients et si nous voulons aider la police, nous sommes obligés de rompre notre engagement en donnant le nom de Mme Cerf. Ce serait très mauvais pour nos affaires, aussi avons-nous décidé de mener l'enquête nous-mêmes.

» Nous cherchons Mme Cerf. Vous savez où vous ne savez pas qu'elle a disparu. Nous pensions que votre maison pouvait s'avérer une excellente cachette pour elle et tard cet après-midi, je suis venu ici voir si elle y était. Je n'ai trouvé personne, alors j'ai fouillé la maison. Je n'ai pas trouvé Mme Cerf, mais les vêtements de Dana Lewis dans la penderie de votre chambre à coucher. Je vous donne une chance de vous expliquer comment ils se sont trouvés là. Si vous ne pouvez pas me donner d'explication, j'en conclurai que vous êtes son meurtrier et je ferai ce que je crois devoir faire. Vous aviez un excellent motif pour vouloir vous débarrasser d'elle. Elle connaissait la nature de vos ébats avec Mme Cerf. Comme vous n'êtes pas le genre de type à se coller un mari outragé sur le dos, vous pourriez très bien l'avoir tuée pour qu'elle se taise. Maintenant vous voyez de quoi je veux parler?

Il me considère, stupéfait, durant une longue minute, puis il s'exclame :

— Mais vous êtes piqué! Je n'ai jamais vu cette fille et de plus je n'étais pas en ville hier soir, je viens de rentrer.

Kerman et moi échangeons un regard.

— Où étiez-vous?

— A Los Angeles. Je suis parti d'ici en auto hier soir à cinq heures et je rentre à l'instant. Vous trouverez ma valise dans ma voiture, si vous voulez regarder.

Il a perdu une bonne partie de sa suffisance et la colère a fait place à l'inquiétude.

— Où avez-vous passé la nuit?

— Avec une femme.

Kerman sort un carnet et un crayon.

— Nom et adresse? il dit.

Barclay le regarde froidement.

— En voilà des façons!

J'interviens :

— Ecoutez Barclay, faites comme vous voudrez, mais si vous nous donnez le nom et l'adresse, nous vérifions votre histoire et ça vous tire d'affaire. A moins que la dame en question n'y voie un inconvénient.

Barclay a un sourire forcé :

— Oh bon Dieu! Elle s'en fout. Kitty Hitchens. Appartement 4834, Astoria Court.

Rien à dire. Je vais envoyer Kerman vérifier, mais je sais qu'il dit la vérité. Il a donné l'adresse trop facilement pour que ce soit faux.

— Elle pourra toujours assurer que vous y étiez, même si ce n'est pas vrai, je dis, histoire de meubler la conversation.

— Le portier m'a vu. J'ai bu un verre au bar et le barman me connaît. Le liftier se souviendra de moi. J'y vais souvent. Ils se rappelleront que je ne suis reparti que cet après-midi à trois heures.

— Faut croire qu'elle est douée, dit Kerman, intéressé.

Barclay lui lance un sale regard.

— Mais ça n'explique toujours pas comment ces vêtements sont arrivés dans ce placard, je dis.

— Non, et je ne crois pas qu'ils y aient jamais été. J'ai plutôt l'impression que les deux crapules que vous êtes venaient me faire chanter mais que vous y avez renoncé.

— Ça ne vous ferait rien qu'on monte là-haut? On n'a toujours pas retrouvé son linge, ni ses chaussures. Je n'ai pas eu le temps de les chercher pendant ma première visite.

Il me fixe, en tambourinant sur la table avec ses doigts épais.

— Qui me dit que vous ne les avez pas cachés ici lors de votre première visite?

— Personne. Il faut me faire confiance. Montons.

On monte. Aucun de nous n'a le cœur à fouiller et c'est par hasard que Kerman tombe sur les chaussures. Elles sont cachées sous une pile de couvertures dans le placard de la salle de bains.

— Pas bête! dit Barclay en ricanant. Vous allez en faire quelque chose.

— Vous ne feriez pas tant le malin si nous étions des flics, je réponds. Maintenant on va vraiment fouiller.

Mais on ne trouve pas le linge de Dana.

Nous redescendons dans la pièce du bas et j'enroule les chaussures de Dana dans les vêtements. Pendant que Barclay nous sert à boire, nous gardons le silence. Il nous tend à chacun un verre et s'assoit sur le canapé.

Bien qu'il joue au dur, on sent qu'il a été sonné par la découverte des chaussures et l'inquiétude qu'il cherche à dissimuler me fortifie dans ma conviction qu'il ne sait rien sur la mort de Dana.

— Que se passe-t-il, maintenant? il demande, après avoir bu la moitié de son verre.

— Je crois que vous n'êtes pas dans le coup, je lui réponds. On dirait que les chaussures et les vêtements ont été cachés ici à votre insu.

— Je vous le jure! il fait d'un ton sincère. Mais par qui, je n'en ai pas la moindre idée.

— Attendez donc... C'est peut-être le meurtrier. Si c'était .a police qui avait trouvé ça, vous seriez derrière des barreaux à l'heure qu'il est.

— Vous avez raison.

— Je ne vois qu'une seule personne qui puisse nous aider; c'est Mme Cerf. Il faut la retrouver. Savez-vous où elle peut être?

Il secoue négativement la tête.

— Je l'ai vue pour la dernière fois il y a trois jours. Nous avons dîné ensemble.

— Comment avez-vous fait sa connaissance?

— Sur la plage. Elle s'ennuyait et je passais par là. Elle ne rigole pas beaucoup avec Cerf.

Je lui jette un regard dénué d'expression.

— Vous la connaissez depuis combien de temps?

— Une dizaine de jours. — Il lorgne de côté avec un

petit sourire. — Je n'y peux rien, elles me tombent toutes dans les bras; Anita a fait comme les autres.

— Vous avez eu des ennuis avec elle?

— Quel genre d'ennuis?

— Dans les magasins... vous a-t-on volé quelque chose?

Il est beaucoup plus réveillé qu'il n'en a l'air.

— Vous voulez dire qu'elle a la main leste?

J'acquiesce.

— Alors c'est pour ça que Cerf la faisait surveiller! Je croyais qu'il voulait des preuves pour un divorce. Elle aussi le croyait.

— Vous n'avez pas répondu à ma question?

— Non. On ne m'a rien volé.

Je me passe la main dans les cheveux.

— Elle se savait surveillée? Elle vous l'a dit?

— Oui. Elle m'a dit qu'une femme la suivait. C'est pourquoi je l'ai laissée tomber. Je n'aime pas les procès en divorce.

— Vous l'avez laissée tomber?

— Et comment!

— Nous pensions qu'on la faisait chanter. Elle n'a pas mentionné quelque chose de ce genre?

L'étonnement qui apparaît sur son visage est suffisamment éloquent.

— Non. C'est nouveau pour moi. — Sa bague heurte son verre et le fait tinter. — elle a essayé de m'emprunter de l'argent la dernière fois que nous nous sommes vus.

— Combien?

Il ricane.

— Je ne lui ai pas laissé le temps de donner un chiffre. Je n'ai pas l'habitude de prêter de l'argent à des femmes mariées.

— A-t-elle mentionné le nom de Ralf Bannister dans la conversation.

— Non. Il y a quelque chose à voir là-dedans?

— Vous le connaissez?

— J'ai fait sa connaissance. C'est le patron de l'*Etoile*. J'y suis allé quelquefois.

J'avance dans le néant avec une rapidité déconcertante.

— Anita est-elle venue ici?

Une expression méfiante passe dans ses yeux.

— Ça ne vous regarde pas.

Kerman lui caresse le bras avec la massue indienne.

— Répondez au monsieur, ne soyez pas cachottier, il dit, prévenant.

— Vous avez déjà vu un nommé Cesar Mills? je demande.

— Qui ça? le chauffeur? je l'ai vu une fois ou deux. Qu'est-ce qu'il vient faire là-dedans?

— Je croyais qu'il était le garde de la propriété.

— Peut-être aussi. Il sert de chauffeur quelquefois. Je ne sais rien sur lui.

— J'ai trouvé une photo de Mme Cerf dans un de vos tiroirs. Je suppose qu'elle vous l'a donnée.

— Jolie photo hein? il dit en riant. Oui, elle me l'a donnée.

— Quand a-t-elle été prise?

— Il y a quelques années. Elle faisait du music-hall à Frisco. Avant de devenir mannequin. Et cette photo, qu'est-ce qu'elle est devenue? Vous l'avez prise?

— Oui. Et ne comptez pas la revoir.

Il hausse ses massives épaules.

— Aucune importance. J'en ai une pleine malle de ce genre de photos. Les femmes sont marrantes. Dès qu'on les a vues à poil...

Je le coupe :

— Je vais m'en aller. — Il commence à me fatiguer. Les tombeurs de femmes mariées me font mal au ventre. Je me lève. — Si j'ai autre chose à vous demander, je reviendrai vous voir.

— Vous avez l'intention de faire quelque chose avec ces chaussures? il demande négligemment.

Mais son regard trahit son inquiétude!

— Je ne crois pas. Vous pouvez dire que vous avez de la veine.

Je ramasse les vêtements et les chaussures de Dana, je fais un signe de tête à Kerman, nous ouvrons la porte, et de concert, nous descendons l'escalier de bois.

Nous traversons le jardin, nous atteignons le portail et nous débouchons dans l'avenue où nous retrouvons la voiture.

— Tu as bien fait de le sonner, dit soudainement Kerman. C'est le genre de gars qui mérite une bonne correction, de temps en temps.

— Ça ne nous avance pas, Jack. Si ce n'est que nous pouvons le rayer de la liste des suspects. Nous revenons à Mills, mais si c'est lui qui a caché les vêtements chez Barclay pour porter les soupçons sur lui, pourquoi est-il revenu cet après-midi? — Je m'installe au volant et j'appuie sur le démarreur. — Il va falloir vérifier l'alibi de Barclay. On ne peut pas se contenter de ce qu'il nous a raconté. Tu veux y aller voir cette dame? Et vérifier l'histoire de A jusqu'à Z.

— J'y pars dès ce soir, dit Kerman soudain enthousiaste. Kitty Hitchens, hein? J'ai connu dans le temps une rousse qui s'appelait Kitty. Elle était contorsionniste... En parlant d'acrobates... Il pousse un gros soupir puis continue, brusquement réveillé : — Dis donc? Si la môme Hitchens s'est laissé faire par un idiot comme Barclay, qu'est-ce que ça va être avec moi!

— Elle appellera les flics! Bon Dieu tu ne pourrais pas cesser de penser tout le temps aux femmes. On a un boulot à faire et jusqu'ici on n'a pas lieu d'être fiers du résultat.

Je quitte l'avenue et je fonce vers le centre.

III

Je freine devant ma baraque et je m'aperçois qu'il y a de la lumière à l'intérieur. Ça ne doit pas être quelqu'un qui veut se cacher, d'où je déduis qu'il ne s'agit pas d'un cambrioleur. Mais pour plus de sécurité, je monte tout doucement jusqu'à la véranda et je jette un coup d'œil discret.

Mlle Bolus est allongée sur mon lit, un illustré dans une main et un demi-verre de mon whisky dans l'autre. Une cigarette pend entre ses lèvres rouges et pleines et une petite ride fronce ses sourcils. Elle porte une robe du soir de taffetas blanc qui dégage largement ses épaules dorées par le soleil et s'évase en une jupe plissée couvrant ses escarpins de satin brodé.

Je reste à la porte, le regard fixe, à me demander si j'ai des hallucinations. Elle lève la tête, laisse tomber l'illustré et me fait un petit signe de tête inexpressif.

— Je pensais que vous n'arriveriez jamais, elle dit, assez agitée. Je vous attends depuis des heures.

— Si j'avais su que vous étiez là, je me serais dépêché, je dis en pénétrant dans la pièce. Que se passe-t-il?

— Dépêchez-vous. Nous sortons.

— Sans blague? Où allons-nous?

— J'ai retrouvé la Packard.

— A l'*Etoile?*

— C'est bien là que vous m'avez dit de la chercher, non? Elle était parmi un tas d'autres voitures, dans le garage du fond.

— Et vous l'avez trouvée... comme ça?

Je m'empare de la bouteille de whisky, je me verse à boire et je m'assois sur le bord du lit :

— Ça a été difficile?

— Ne vous asseyez pas sur ma robe, espèce de sauvage, elle dit, sans préambule. Non, ça n'a pas été très difficile. Je n'ai eu qu'à parler à un des mécaniciens. Elle me regarde du coin de ses yeux de Chinoise. — Les hommes adorent me parler.

— Je n'en doute pas. Vous n'avez pas eu à donner trop de détails?

— Non!

Elle vide son verre, le pose sur le plancher et s'allonge sur les coussins. C'est vraiment la fille la plus ravissante que j'aie jamais vue.

— Bon. Très bien, je dis, et vous m'emmenez là-bas, maintenant?

— Oui. Je pense avoir vu tout ce qu'il y avait à découvrir, mais on ne sait jamais. Vous feriez mieux de vous habiller. — Elle s'assoit et pose ses pieds par terre. — Vous avez vu Barclay?

— Je l'ai vu, mais il ne présente aucun intérêt. Il a un alibi pour l'heure du meurtre. Tous mes espoirs reposent sur Anita Cerf.

— Vous la trouverez peut-être ce soir. Allez vous changer.

Je vais me changer. Je suis en train de faire mon nœud de cravate quand Mlle Bolus ouvre toute grande la porte de ma chambre et s'adosse à l'encadrement de la porte.

— Vous avez un revolver? elle me demande.

Je regarde par-dessus mon épaule et je secoue la tête.

— Vous croyez que j'en aurai besoin?

— Peut-être. Il y a généralement des types pas accueillants dans le coin. Je suppose qu'ils seront là ce soir. Il s'agit de savoir si vous avez l'intention de faire du grabuge ou non. Si oui, prenez un revolver.

— Je ne fais jamais de grabuge. Pas besoin de revolver. Pourquoi? Qu'est-ce que c'est que ce bastringue? Je croyais que c'était une boîte de nuit ultra-chic?

— C'en est une. Mais on y joue gros jeu et tous les membres doivent se porter garants de leurs invités. Bannister est un coriace. Il a deux costauds qui sont là tout spécialement pour s'occuper des fouineurs. Je vous préviens, vous ne ferez pas ce que vous voudrez, une fois là-bas.

— Je pourrai toujours essayer, je dis, en donnant un coup de brosse à mes cheveux. — Je compte combien j'ai d'argent, je glisse la monnaie dans mes poches et j'annonce que je suis prêt :

— Allons-y. Vous ai-je dit que vous étiez à croquer?

— Vous ne trouvez rien de mieux à faire avec moi? elle demande, avec un regard de derrière ses cils.

— Oh si. Mais je n'ai pas encore essayé. — Je me rapproche : — Vous voulez que j'essaye?

Elle hausse les épaules et se coule hors de portée de mes mains.

— Gardez ça pour un jour de pluie.

Je la regarde déambuler nonchalamment vers la véranda. Jamais la pièce n'a paru aussi élégante. J'éteins la lumière et je suis la silhouette blanche jusqu'à la voiture.

Au moment où elle s'assoit à côté de moi, je dis :

— Cesar Mills était chez Barclay cet après-midi; il visitait les lieux.

Elle redresse la tête et se raidit.

— Cesar Mills ne m'intéresse pas, dit-elle froidement.

— Peut-être, mais j'ai l'impression que vous en savez beaucoup plus que vous n'en dites, sur lui. Si vous me racontiez ça?

Elle tire un étui à cigarettes de son sac, en prend une et l'allume. Elle garde la tête droite, le regard fixé sur le faisceau des phares.

— Je n'ai rien à dire sur Mills, elle dit d'une voix légèrement altérée. Il ne m'intéresse pas... je viens de vous le dire.

— Je croyais avoir compris que nous avions un compte à régler avec lui, vous et moi. Ce n'est pas pour le régler que vous êtes venue me trouver?

— Non. Je n'ai besoin de personne pour régler mes affaires avec Mills. Je peux sonner cette petite crapule quand je voudrai.

— Très bien. Si nous ne parlons pas de Mills, parlons de vous. — Je vire, je m'engage sur Ocean-Boulevard et je mets la sauce. — Que cachez-vous, Madame, sous la tristesse de vos yeux?

Elle a un mouvement d'impatience, se cale plus profondément dans le siège et ne répond rien.

— Allons, ne soyez pas aussi lointaine, je dis en jetant un coup d'œil sur la silhouette sombre de son menton tendu en avant. Parlez un peu. Je brûle de curiosité. Vous arrivez de nulle part, vous me traitez comme un ami d'enfance, et vous vous occupez d'une affaire qui, à vous entendre, ne vous intéresse pas. Qu'y a-t-il derrière tout cela? Qui êtes-vous?

C'est facile, elle répond avec un petit rire dur. Je ne suis personne. Tout ce qu'il y a de bien chez moi, c'est l'extérieur. Le reste est plutôt crasseux. J'ai été élevée à la dure et j'en ai drôlement bavé. Mon père faisait le pitre et demandait la charité aux gens qui faisaient la queue au bureau de location du théâtre de la Gaîté, à New York. Il ramassait dix dollars par semaine. Quand j'ai été en âge de quitter l'école, je devais avoir douze ans j'ai pris une casquette pour aller faire la quête le long de la queue et je vous jure que c'est le bon endroit pour se faire pincer les cuisses et peloter par les types qui vous filent vingt ronds. Ma mère est partie avec un vendeur quand j'avais trois ans. Je ne la blâme pas. Ça ne devait pas être réjouissant d'être mariée avec un crétin comme mon père. Mais il était brave, et à part moi, personne n'a le droit de dire du mal de lui. Il s'est tué à essayer de gagner de quoi me faire vivre. Le plus drôle, c'est que j'aurais pu en gagner pour nous deux sans que ça m'ennuie, seulement, il ne voulait pas. Il croyait peut-être que les bleus que j'avais sur les cuisses c'était un pic-vert qui me les avait faits. Il ne les avait peut-être même pas remarqués, d'ailleurs.

Je dis :

— Allumez-moi une cigarette. Maintenant je ne suis plus aussi sûr de vouloir en entendre davantage.

Elle se remet à rire.

— Personne n'aime ça, mais vous l'avez voulu, j'irai jusqu'au bout. Mon père est mort, j'avais quinze ans. A partir de ce moment-là, je me suis bien défendue. Je ne dis pas que c'était tout rose, ni que j'ai ri comme une petite folle, mais je m'en suis sortie. — Elle allume la cigarette et me la met dans la bouche. — Maintenant, écoutez : si vous ne voulez pas que je vous haïsse, ne m'offrez jamais d'argent, parce que je le prendrai, et j'ai horreur des hommes qui offrent de l'argent.

— Alors pourquoi le prendre?

— Par superstition. En refusant vingt ronds, j'aurais peur de rater un dollar.

— De toute façon je n'en ai pas assez pour vous satisfaire, je dis en scrutant la nuit.

Au sommet de la colline, à deux milles de là, je vois les lumières de Fairview. J'appuie sur l'accélérateur.

— Si vous essayez de m'extirper quelque chose, chérie, vous tombez mal.

— Ne faites pas l'idiot, elle répond d'une voix agressive. Je n'attends rien de vous. Je peux toujours ramasser un peu d'argent quand j'en ai besoin. Je sais jouer au poker et je peux gagner de quoi vivre en allant de temps à autre passer une nuit à l'*Etoile*. Mon père ne pouvait pas en faire autant, le pauvre imbécile. Maintenant, autre chose : ne jouez jamais aux cartes avec moi. Je ne peux pas m'empêcher de tricher et je vous ratisserais en moins de deux.

— Vous vous faites une drôle de réputation, je dis. Pourquoi?

Elle me fixe. La lumière du tableau de bord éclaire le

bas de son visage. Ses lèvres rouges brillent dans la lumière pâle.

— Je vais vous faire une proposition, elle dit soudain. Si vous me donniez un lit dans votre sordide petite bicoque...

— Pardon?

— Je vous propose de vivre avec vous. Rien qu'en pensant au loyer que je paye pour un deux pièces dont un cochon serait dégoûté, j'en ai des frissons dans le dos.

— Je n'ai qu'un lit, je lui fais remarquer.

— Ne le regrettez pas. Si j'étais à votre place, je ne le regretterais pas, elle dit en riant. Puis : — Si je comprends bien, vous ne voulez pas de moi!

— Quelque chose comme ça. C'est que j'ai l'habitude de vivre seul et que j'aime ma liberté. Vous n'avez rien à voir dans le coup, remarquez!

— C'est formidable! elle s'exclame et, pour la première fois de la soirée, elle a l'air de prendre cœur à quelque chose. — C'est ma faute. Je cherche toujours une combine pour dépenser le moins possible. Je coucherais avec un bossu pour ne pas payer de loyer. C'est un défaut que j'ai. Oubliez ça.

— D'accord. Je commence à me demander si vous êtes aussi dure que vous voulez bien le dire.

— Essayez, vous verrez.

Je la prends au mot. J'appuie sur le frein, je range la bagnole sur le côté de la route, là où il y a de l'herbe, je me retourne sur mon siège et je la regarde.

— Ne jamais remettre au lendemain, je dis. La dernière fois que j'ai raté une occasion j'ai fait des cauchemars. Je vais m'arranger pour que ça ne m'arrive plus ce coup-ci.

Je glisse mon bras derrière son cou et je l'attire vers moi. Elle se laisse faire, avec un petit rire moqueur dans les yeux.

— Vous ne voulez pas vivre avec moi, elle dit gentiment, mais vous ne refusez pas d'arrêter la voiture.

— Ne commençons pas à parler de ça, et je me penche sur son visage renversé.

Elle est belle et quand mes lèvres touchent les siennes, elle pousse un petit soupir et se laisse aller dans mes bras. Nous restons ainsi un long moment. En l'embrassant, on a l'impression d'arrêter les aiguilles du temps : rien ne compte plus. Le charme est rompu par une voiture qui klaxonne tellement qu'elle fait presque sursauter la nôtre. Je me redresse, j'essuie mes lèvres avec mon mouchoir, et je pose tendrement mon pied sur l'accélérateur.

— Le jour où il pleuvra, rappelez-moi que j'ai une option, je dis.

Et nous repartons vers Fairview.

IV

L'*Etoile* est bâtie sur un terrain qui lui appartient. On y accède par une allée que ferme une grille, gardée par deux faces-moches qui nous laissent passer dès que Mlle Bolus se montre à la portière. Ils la saluent comme une vieille amie sans prendre la peine de me regarder.

Nous atteignons le bâtiment de trois étages, trapu et rutilant de lumières. Sur le toit, une enseigne lumineuse en forme d'étoile brille comme un phare. La porte est couverte du dais vert et blanc habituel et le tapis rouge, non moins habituel, s'étale sous nos pieds. Le portier qui nous a ouvert la porte est vêtu d'un uniforme qui aurait fait grincer d'envie les dents de feu le maréchal Goering.

La fille du vestiaire, qui porte une jupe dont on pourrait largement faire un mouchoir de poche, me donne un numéro de vestiaire accompagné d'un sourire.

Mlle Bolus annonce qu'elle va faire un tour du côté du vestiaire des dames et me demande si je peux l'attendre.

Je n'ai pas le temps de répondre qu'elle a déjà disparu,

me laissant en plan dans une ambiance tellement chic que j'en ai le souffle coupé. Mais je récupère vite.

Un type maigre à tête de fouine et aux yeux en boutons de bottine se fraye un chemin à travers la foule qui s'engouffre par la porte. A la façon dont ses yeux se sont fixés sur moi dès qu'il m'a vu, je sens que ce type va me parler. Il vient se planter devant moi et je me dis qu'avec un smoking coupé comme ça, il ne peut être qu'un surveillant attaché à l'établissement. Je ne me trompe pas.

— Vous cherchez quelqu'un?

Il a une voix à casser des noisettes.

— Non, je réponds. Pourquoi, il y a quelqu'un de perdu?

Il se passe une langue blanchâtre sur les lèvres, me toise lentement et remet ça :

— Vous attendez quelqu'un?

— Là, je dis en désignant du pouce les toilettes des dames, elle va sortir d'une minute à l'autre... j'espère.

Il se décontracte un peu, mais pas beaucoup.

— Faut se renseigner, il dit l'air un peu moins agressif. Ici on n'aime pas les invités qui se baladent sans escorte. Rien que les membres, parfaitement... et leurs amis. Y a des tas de mecs qui se trimbalent dans le coin et qui ne devraient pas être là. J'ai bien peur de ne pas vous reconnaître.

— Moi aussi, il m'arrive de ne pas me reconnaître, surtout après une nuit blanche, je dis.

Il se gratte la joue et recommence à me toiser. Décidément, je ne lui inspire pas confiance.

— Et... quel est le nom de cette dame, il demande, histoire de sauvegarder les bonnes habitudes.

— Mlle Bolus.

On croirait qu'il vient de mordre dans un citron pas mûr.

— Ah, elle! il fait avec sa voix de casse-noix. Alors vous êtes en bonnes mains.

Pas d'erreur, ce gars-là se paie ma fiole. Et il s'en va jouer les Grands Inquisiteurs, avec un autre gars qui vient de garer son blum au vestiaire et qui jette des regards éperdus autour de lui.

Mlle Bolus surgit des lavabos et s'approche de moi. Je lui demande avec un geste du pouce :

— Qu'est-ce que c'est que ce zèbre à tête de fouine?

— C'est Gates, elle me répond, un des videurs de Bannister. Il est très sociable, tant qu'on n'a strictement rien à faire avec lui.

Elle me précède et nous pénétrons dans une grande pièce par une porte en glaces à double battant, sur laquelle on lit : *Grill-room.*

Le mobilier se compose de quelques douzaines de fauteuils en tube, d'un tapis épais comme du gazon et d'un bar en forme de fer à cheval derrière lequel quatre barmen en vestes blanches immaculées œuvrent avec rapidité et compétence.

On boit pas mal. Ce qu'on boit n'est pas plus mauvais pour la santé que ce qu'on peut ingurgiter n'importe où en ville, mais ça coûte beaucoup plus cher. Après le troisième whisky, je dis à Mlle Bolus qu'elle ferait bien de se tailler et d'aller jouer au poker.

— Et vous, qu'est-ce que vous avez l'intention de faire?

— Le voyeur, je réponds. Donnez-moi la disposition des lieux. Vous avez une idée de l'endroit où elle peut être?

— Il y a beaucoup de chances pour qu'elle soit au dernier étage. Bannister a un appartement en haut et il y a d'autres chambres sur le même palier. Si elle est dans la maison, c'est là qu'elle sera.

— Alors c'est là que je vais.

Elle hausse les épaules.

— C'est de la folie. Je vous ai dit que si vous cherchiez du grabuge vous seriez servi... mais puisque vous y tenez... allez-y, elle me dit sans enthousiasme. De toute façon, vous courez au-devant d'un échec. Alors, pas besoin de s'en faire. Mais ne vous amusez pas à avoir des idées lumineuses. Il y a déjà un ou deux gars qui ont essayé de jouer au plus malin avec Bannister et ils sont tombés sur un drôle d'os.

— Il y a quelque chose en vous que j'apprécie par-dessus tout : c'est ce don d'encouragement que vous possédez au plus haut degré. Avalez votre whisky et tirez-vous. Si j'ai des ennuis, laissez-moi m'en sortir tout seul; n'appelez pas les flics. Brandon n'attend que ça : l'occasion de me mettre le grappin dessus.

— Comptez sur moi. — Elle finit son whisky et se glisse à bas du tabouret — Après tout, c'est votre nez que vous allez fourrer dans le guêpier, pas le mien. Je monte au premier. On peut aller ensemble jusque-là.

Le dernier whisky en date me donne une assurance inébranlable. Je m'en ouvre à Mlle Bolus.

— Attendez que ça se calme, elle me dit, parfaitement indifférente.

Nous quittons le bar et nous enfilons le couloir menant à l'escalier. Un petit gars épais qui a l'air de n'avoir que son smoking comme pyjama est installé au bas des marches, les mains enfoncées dans ses poches de veste avec l'air de s'embêter ferme. Il a tout du boxeur retiré des cordes et ses pommettes sont sillonnées de cicatrices. Il jette un coup d'œil à Mlle Bolus, lui fait un léger salut, éjecte une main de sa poche et m'agrippe le bras.

— Où il va? il demande avec un grognement du pharynx.

— Il monte avec moi, elle répond. Fais pas de zèle. Ça ne te vaudra pas d'augmentation.

Il retire sa main, grogne, et nous fait signe de passer. Nous montons, et quand il ne peut plus nous entendre, je dis :

— C'est encore un copain à Bannister?

— C'est Shannon. Il était boxeur, mais il n'a pas réussi. Si je devais me bagarrer avec Gates ou lui, c'est lui que je choisirais : Gates est armé.

Du palier, nous enfilons un autre couloir au bout duquel s'élève un autre escalier. Tout près de là, c'est la salle de poker et si j'en juge par l'allure des gens, on ne joue pas des lentilles.

— Il y a un autre bar au bout du couloir, elle me dit. De là, on voit l'escalier. Attention à vous.

Et sans s'intéresser plus longtemps à moi, elle entre dans la salle de poker et se perd dans la foule.

Je longe donc le corridor. Comme elle me l'a dit, un autre bar, beaucoup plus petit que celui d'en bas, est installé au pied des marches. J'y jette un coup d'œil. C'est plein à craquer et personne ne regarde dans ma direction. Je regarde par-dessus mon épaule. Une blonde et un gros gars bovin qui titube s'avancent vers moi. La blonde a l'air ennuyé en poussant le gros type vers le bar. Aucun d'eux ne s'aperçoit de ma présence. Dès qu'ils commencent à jouer des coudes pour atteindre le bar, je bondis dans l'escalier. Je grimpe les marches quatre à quatre, sans bruit. J'atteins le haut de l'escalier sans avoir entendu crier : « Hé! » et sans avoir pris une balle entre les omoplates.

Devant moi, s'étend un couloir toujours aussi long et sur lequel ouvrent un tas de portes toutes aussi unanimement muettes quant à ce qui peut se trouver derrière.

Je suis là, en train de me tâter quand, d'une porte à dix mètres de moi, jaillit une femme blonde en pantalon rouge brique et en blouse blanche.

C'est Anita Cerf.

CHAPITRE V

I

L'espace d'une demi seconde, elle me regarde, l'air complètement ahuri, et soudain elle me reconnaît et elle aspire une longue gorgée d'air, comme quelqu'un qui rencontre un fantôme au pied de son lit. Mais elle ne se laisse pas autrement démonter. Elle recule de deux pas et essaye de repousser violemment la porte, mais je lance mon pied de façon à la bloquer, puis je flanque un grand coup d'épaule dedans.

Elle recule en vacillant pendant que je fonce dans la pièce. Je virevolte et je fais un plongeon jusqu'à une autre porte à l'autre bout de la pièce. J'attrape Anita avant qu'elle ait eu le temps de l'ouvrir, je lui serre les poignets et je la tire sans la ménager jusqu'à moi.

— Minute, je dis, j'ai à vous parler.

Elle se tortille, se libère et recule. Sa poitrine se soulève et s'abaisse violemment sous la blouse de soie blanche, ses yeux scintillent dans son visage couleur vieil ivoire. Elle n'a plus rien de la vamp qui a essayé de me tirer les vers du nez la veille au soir. Elle paraît plus vieille, plus dure : de la camelote défraîchie. C'est une ex-danseuse qui a pas mal vécu, qui a été menée en bateau, qui en a marre de faire marcher les hommes et qui, justement parce qu'elle en a marre a perdu la moitié de son standing et tout le charme qui donnait de la valeur à son type de beauté. Et par-dessus tout, elle a peur. Ses yeux gris sont agrandis par la terreur.

— Sortez, elle articule d'une voix à peine plus haute qu'un souffle.

Nous sommes dans une chambre à coucher; jolie pièce; pas du tout le genre du truc que l'on s'attend à rencontrer au deuxième étage d'une boîte de nuit. Une femme, même une femme de milliardaire, devrait se sentir heureuse dans un endroit comme celui-là, mais Anita Cerf n'est pas heureuse. Elle a l'air d'une victime d'un accident de chemin de fer sortant d'un wagon écrabouillé.

— Je vous ai cherchée partout, je dis, j'ai quelques questions à vous poser, Madame.

— Sortez! — Elle braque vers la porte un doigt agité. — Je ne répondrai pas à vos questions, je ne veux pas les entendre!

— Et le collier? Vous ne le voulez pas?

Elle chancelle, recule sur les talons comme si je l'avais frappée et porte la main à sa bouche.

— Je ne sais pas ce que vous voulez dire.

— Vous le savez très bien! Le collier que vous avez donné à Dana Lewis! Pourquoi le lui avez-vous donné?

Elle court dans la pièce et arrache un tiroir de la coiffeuse. J'ai vu assez de films pour me douter de ce qu'elle va en sortir. J'arrive sur elle au moment où elle extirpe du tiroir un automatique 25. Je plaque ma main sur la sienne comme elle lève le revolver : je sens ses doigts se crisper sous les miens pendant qu'elle essaye de repousser le cran de sûreté; je presse le plus que je peux en écrasant ses doigts sur la crosse.

— Lâchez-le! Ne faites pas l'idiote!

Elle m'envoie son coude dans la poitrine et tombe sur moi; je perds l'équilibre. Je lui passe ma main autour des reins et je la colle sur moi. C'est comme si j'essayais de maintenir un chat-tigre; elle se bat avec l'énergie du désespoir. J'use de toute ma force pour la retenir. Nous faisons du catch à travers la pièce.

— Suffit maintenant ou je vous fais mal! je gueule en esquivant de justesse un vache coup au menton.

Elle abat son poing comme un marteau sur mon visage et m'assène des coups de talon dans les tibias. Elle est à bout de souffle et je sens ses muscles jouer sous mes doigts. Elle s'apprête à me filer une tarte épouvantable, mais je lui tords le bras et je la force à me présenter son dos. Puis je lui remonte les mains à hauteur des omoplates. Elle se penche en avant, en râlant de douleur. Je pousse encore un peu et ses doigts desserrent leur étreinte et lâchent le revolver qui tombe sur le tapis. D'un coup de pied je l'envoie sous le lit.

— Vous me cassez le bras, elle geint en tombant à genoux.

Je lui lâche le poignet, je la prends sous les coudes, je la remets d'aplomb sur ses pieds et je m'écarte d'un pas.

— Désolé, ma p'tite dame, je dis, conscient de n'avoir pas le moins du monde l'air désolé. Si vous en avez marre du pancrace, on pourrait causer. Pourquoi avez-vous donné ce collier à Dana Lewis?

— Je ne lui ai pas donné, elle dit en se tenant le poignet, les yeux braqués sur moi.

— Vous l'avez accompagnée chez elle. Vous portiez le collier en entrant. Vous ne l'aviez plus en sortant. On l'a trouvé chez elle. Qui le lui a donné Pourquoi?

— Je vous dis que je ne le lui ai pas donné!

— On vous a vue. A qui voulez-vous dire la vérité? A moi ou aux flics? Comme vous voudrez... mais décidez-vous.

Elle se décide pour un plongeon vers le lit. Elle tombe à quatre pattes et racle désespérément le sol pour récupérer le revolver. Mais il est trop loin.

Je fonce sur elle, je la relève et elle entame à nouveau

la bagarre. Elle commence à me fatiguer. Je la balance sur le lit avec une telle violence qu'elle en a le souffle coupé. Elle reste allongée, les bras écartés, les mains crispées sur le couvre-lit vert.

Je me plante devant elle et je remets ça :

— Pourquoi lui avez-vous donné ce collier?

— Non, elle articule, le souffle court. On me l'a volé. Je ne le lui ai pas donné.

— Pourquoi êtes-vous allée à East Beach en taxi, après l'avoir quittée?

Elle fait un effort pour s'asseoir. Ses traits sont figés par la terreur.

— Je ne sais pas ce que vous voulez dire. Je n'ai pas été à East Beach.

— Vous vous y trouviez quand elle a été tuée. C'est vous qui l'avez tuée?

— Non. Je n'y ai jamais été. Sortez, je ne veux plus vous entendre! Sortez!

Le plus étrange c'est qu'elle dit tout cela d'une voix contenue, comme si elle avait peur d'être entendue de l'extérieur. Sa terreur m'inquiète. Ce n'est pas de moi qu'elle a peur. C'est de ce que je pourrais dire. Chaque fois que je vais pour parler je la sens se raidir comme on se raidit quand la roulette du dentiste frôle le nerf.

— Vous ne savez rien, n'est-ce pas? Alors pourquoi vous cachez-vous? Pourquoi ne rentrez-vous pas chez vous? Cerf sait que vous êtes ici. Alors il est temps de parler.

Elle est mi-assise, mi-couchée sur le lit, prostrée comme un chien qu'on va battre. Elle s'apprête à dire quelque chose, mais le murmure s'éteint sur ses lèvres et elle se raidit. Ses yeux s'élargissent et une expression de terreur résignée qui n'est pas belle à voir envahit son visage.

Je n'ai pas entendu la porte s'ouvrir, celle qui est à l'autre bout de la pièce. Je n'ai entendu entrer personne.

Mais je vois quelqu'un bouger dans le reflet de l'armoire à glace. Je me retourne lentement.

La main sur la poignée de la porte, Raph Bannister est là, planté sur le seuil. C'est un homme de taille moyenne, aux épaules carrées, vêtu d'un smoking blanc bien coupé. Ses cheveux noirs, grisonnants, soigneusement plaqués dégagent son front haut et large. Sous ses petits yeux profondément enfoncés, des poches violettes lui donnent un regard perpétuellement fatigué, comme s'il ne dormait pas beaucoup. Sa bouche est mince et pâle, sa peau incolore. Je l'ai vu quelquefois dans les meilleurs restaurants de la ville, mais je ne lui jamais parlé et je ne crois pas qu'il m'ait remarqué. Ce n'est pas le genre de personnage à s'intéresser à qui que ce soit, ni d'ailleurs à tenir un cabaret louche, cómme l'*Etoile*. Il a plutôt l'air d'un avocat célèbre ou encore d'un spécialiste de je ne sais quelle maladie.

Du coin de l'œil, je vois Anita fermer les poings.

Il ne se soucie pas d'elle. Ses yeux inexpressifs me détaillent et son calme finit par créer une atmosphère désagréable et menaçante.

— Que savez-vous à propos de ce collier? il demande, d'une voix calme et posée comme un sacristain qui s'excuserait de vous faire asseoir sur un banc mal placé.

— Vous feriez mieux de ne pas vous occuper de ça, je réponds, à moins que vous ne teniez à être mêlé à ce meurtre.

— Où est ce collier? il demande.

— En sûreté. Vous a-t-elle dit qu'elle était mêlée à un assassinat? En la gardant ici, vous devenez son complice. Mais peut-être goûtez-vous ce genre de plaisanterie?

Son regard impassible se pose sur Anita.

— Est-ce lui, l'homme dont vous me parliez?

Elle acquiesce, raide de terreur. Les veines de son cou saillent comme des cordes.

Il se retourne vers moi :

— Comment avez-vous fait pour entrer?

Je ne vais pas mettre Gail Bolus dans le bain si ce n'est pas nécessaire. Aussi je réponds :

— Comme ça... c'est défendu?

Ses petits yeux scrutent mon visage, puis se posent autre part. Sa bouche pâle se crispe et il s'avance dans la pièce. Il a les gestes mesurés d'un cardiaque. Il presse un bouton au mur, puis recule pour prendre position au milieu de la pièce.

Je pense à l'automatique qui est sous le lit. Je sens soudain le besoin de l'avoir en ma possession, mais à moins de me mettre à quatre pattes et de ramper sous le sommier, pas question... Et je me dis que malgré son air nonchalant, Bannister ne va pas rester à me regarder pendant que je ferai mon petit numéro de plat ventre. J'accepte donc avec regret d'attendre et de voir ce qui va se passer. Ça ne fait pas long feu. La porte s'écarte brutalement et Gates apparaît. Il m'aperçoit et un revolver surgit dans sa main.

— Comment est-il entré? fait Bannister.

Gates s'avance. Une rage féroce colore son visage osseux.

— C'est Gail Bolus qui l'a amené, il répond d'une voix frémissante de colère.

Un martèlement de pas retentit dans le couloir et Shannon apparaît dans l'encadrement de la porte. Ses yeux se posent sur moi, puis sur Bannister, puis reviennent sur moi. Ses muscles énormes lui font des épaules de déménageur sous le smoking de confection.

— Va la chercher, dit Bannister.

Shannon obéit précipitamment et sa course ébranle le couloir.

Bannister fait un geste de la main à Anita.

— Passez à côté.

Elle se lève.

— Je ne sais pas ce qu'il raconte, elle dit d'une petite

voix frêle. Il ment. Il cherche à m'attirer des ennuis.

Bannister la regarde comme on regarde un chat crevé allongé dans le ruisseau.

— Passez à côté, il répète de sa voix de sacristain.

Elle s'en va.

Dès que la porte est refermée, Bannister s'approche de Gates :

— Je t'ai dit que personne ne devait monter ici. Si ça se reproduit encore une fois, je vous flanque à la porte, Shannon et toi.

Gates reste muet. Il ne regarde même pas Bannister. Ses petits yeux en boutons de bottine sont rivés sur moi comme s'il voulait me bouffer tout cru.

— Ayez un peu de jugeote et ne vous occupez pas de cette histoire, je dis à Bannister. Mettez Mme Cerf dehors et en ce qui vous concerne, ça en restera là.

Il me jette un coup d'œil et s'assoit dans le seul fauteuil qu'il y a dans la pièce. Il se meut comme un très vieux bonhomme tout perclus de rhumatismes.

— Ce serait vraiment trop facile, il dit.

Le pas d'éléphant de Shannon résonne dans le couloir. La porte s'ouvre et Mlle Bolus entre. Shannon la suit, referme la porte et s'adosse contre.

Mlle Bolus paraît calme, indifférente. Elle embrasse la scène d'un bref coup d'œil. Son regard glisse sur Gates et son revolver pour s'arrêter sur moi, puis il se pose sur Bannister et revient à moi.

— Bonsoir, elle fait, l'air ravi. Comment êtes-vous monté ici? En voilà une idée de sortir un revolver.

Bannister pointe vers moi un long doigt blanc.

— C'est toi qui l'a amené? il lui demande.

— Oui. — Elle lève les sourcils. — Tu ne veux pas de clients?

— Pas comme lui, ni comme toi. Je savais que tu finirais par m'attirer des ennuis.

— Charmant! elle réplique. Toujours infaillible, à ce

que je vois! Ça ne te ferait rien de dire à ton chien de garde au rabais de rengainer son outil. — Elle me regarde. — Venez. Sortons d'ici. Ils ne peuvent pas nous en empêcher.

Petit discours plein de courage, mais qui ne m'inspire pas grande confiance. Jusque-là, je n'ai pas bougé d'un centimètre. Je n'aime pas le regard de dogue affamé que Gates me lance. J'ai dans l'idée que si je lui offre le plus petit prétexte, il va cracher du plomb.

— Tire, s'il bouge, lui dit Bannister, puis il fait un signe à Shannon : un rapide mouvement du poignet.

Shannon vient se placer à côté de Mlle Bolus et lui tapote l'épaule. Elle s'écarte et se retourne furieuse, il la frappe à la mâchoire. C'est un coup à assommer Joe Louis. Elle traverse la pièce comme si elle avait été soufflée par une bombe et elle s'étale sur la coiffeuse. Son bras tendu rafle les bouteilles et les boîtes qui s'écrasent par terre. La coiffeuse se renverse et Mlle Bolus s'étend sur un lit de verre cassé; un filet de sang coule le long de sa joue d'une coupure au-dessus de l'œil. Elle reste là, immobile, les yeux à demi ouverts.

Tout ça s'est passé en l'espace d'une seconde. Gates, qui n'a pas vu le signal de Bannister, paraît abasourdi et il se détourne pour regarder Mlle Bolus.

Je lui fonce dessus et du plat de ma main droite, je lui écrase le poignet. Le revolver lui voltige hors de la main pour glisser sur le tapis et aller atterrir aux pieds de Bannister.

Gates pousse un cri étouffé, s'attrape le poignet et recule en vacillant. Je lui écrase le museau et je l'envoie valdinguer dans la pièce au moment où Shannon se rapproche de moi. Il me frappe au corps d'un gauche. J'ai l'impression d'entrer en collision avec un butoir de locomotive. Je me baisse pour éviter sa droite qui rase mon oreille et je lui file deux courts crochets dans les plates côtes : j'ai l'impression de cogner dans un sac de sable.

Shannon grogne et va au tapis. Je saute hors de portée de Gates qui s'avance sur moi en titubant. Je lui écrase l'os nasal et je lui en colle un aux pommes dans le buffet. Il se met à quatre pattes. Shannon arrive à la rescousse et je me retourne une fraction de seconde trop tard. J'arrive à éviter son gauche mais c'est pour offrir ma mâchoire à un uppercut qui monte tout droit de la cave. Une lueur aveuglante explose devant mes yeux et je dégringole dans un trou sans fond.

II

Une seule ampoule pend du plafond, un plafond marbré de larges taches d'humidité. La lumière crue projette des ombres nettement dessinées sur le mur de brique en face moi : les ombres de deux hommes qui jouent aux cartes sur une caisse retournée.

Je ferme mes yeux à la lumière et j'essaie de me rappeler ce qui s'est passé. La scène de la chambre à coucher me revient par bribes. Je me demande ce qu'est devenue Mlle Bolus. Je rouvre les yeux et j'examine l'endroit où je me trouve : c'est une sorte de cave, pleine de caisses. Pas de fenêtres. Je porte mon examen sur les deux ombres qui se découpent sur le mur d'en face : Shannon et Gates. L'ombre de la fumée de leurs cigarettes monte en spirales sur le mur. Gates bat les cartes et au moment où je l'observe, il commence à donner. Il les distribue sur la caisse à une telle vitesse que l'ombre de ses mains et les cartes jetées se fondent en une seule traînée sombre sur le mur.

Je suis allongé sur les ressorts nus d'un sommier. Ils ne se sont pas donné la peine de m'attacher, et l'effet de l'uppercut de Shannon commence à se dissiper. Mais je ne veux pas leur montrer que je suis prêt à passer à l'action avant d'avoir retrouvé toutes mes facultés. Je me tiens tranquille en pensant au revolver de Gates. Si j'étais sûr de pouvoir mettre Shannon hors d'action, je m'en sortirais facilement avec Gates. Mais avec Shannon, il y a un os. Il faudrait que je frappe assez fort pour l'assommer. Mais à voir son visage couturé, il a dû se faire sonner pas mal dans son jeune temps et je ne me fais aucune illusion : je ne cognerai pas plus fort que mes devanciers.

Soudain, comme s'il avait capté les émanations de ma matière grise, Gates dit :

— Il serait temps que cette grosse couenne se réveille. Le patron veut lui parler.

— Quand je sonne quelqu'un, il reste sonné, déclare Shannon avec suffisance. — Puis, d'un ton ironique : — Qu'est-ce qui te prend? Je croyais que tu tenais absolument à perdre ta liquette?

Je tourne lentement la tête. Ils sont assis à environ trois mètres de la tête de mon lit. Je ne pensais pas qu'ils étaient si près : les ombres sont trompeuses. Mon geste attire l'attention de Gates. Il se retourne brusquement au moment où je mets la main sur les ressorts pour donner plus de force à mon bond. Son revolver apparaît et se pointe vers moi.

— N'essaye pas de faire le malin, il dit d'une voix de mélé-cass. Ça t'attirerait des ennuis.

Je le regarde, puis j'observe Shannon qui s'étire en faisant jouer les muscles noueux de ses épaules.

— Va prévenir le patron, dit Gates sans me quitter des yeux; je le surveille.

Shannon se lève, me jette un sale regard et s'en va d'un pas pesant vers la porte de la cave.

— Qu'est devenue Gail Bolus? je demande en tâtant délicatement ma mâchoire endolorie.

— On s'en occupe. — Il a un vilain petit sourire qui lui tord les lèvres. — Maintenant ferme ta gueule et tiens-toi tranquille ou je te file un noyau dans les tripes.

Je jette un coup d'œil sur ma montre. Il est onze

heures moins vingt. Je suis dans la boîte de nuit depuis plus d'une heure et demie. Je n'ai aucune idée de ce qui va se passer, mais je n'ai pas besoin d'être fakir pour deviner que ça ne sera pas agréable.

Durant de longues minutes, c'est le silence total troué à intervalles irréguliers par une goutte d'eau qui tombe d'un tuyau percé et s'écrase sur le sol, à l'autre bout de la cave. Gates fume tout en gardant son revolver pointé sur moi. Il ne me quitte par une seconde des yeux et je n'ai pas la moindre chance de le prendre par surprise.

La porte claque brutalement et Bannister entre, suivi de Shannon. Bannister avance vers moi très lentement, les mains dans les poches, le regard indéchiffrable. Il s'arrête au pied du lit et me regarde. Shannon passe à la tête de mon lit. Il est suffisamment près pour que je sente l'odeur rance de vieux tabac et de sueur qui imprègne ses vêtements.

Les premiers mots de Bannister me surprennent totalement.

— Je vous dois des excuses, monsieur Malloy. Pourquoi ne m'avez-vous pas dit qui vous étiez? Je le regrette. Je vous ai pris pour quelqu'un d'autre.

Je pivote sur le lit en lançant mes jambes à terre et je me passe la main sur la mâchoire.

— Vous ne m'avez pas laissé beaucoup de temps pour me présenter, je crois.

— Vous n'aviez aucune raison de vous trouver au deuxième étage. J'ai été induit en erreur par Mme Cerf. Désolé de vous avoir un peu bousculé. Vous êtes libre de partir quand bon vous semblera.

— Alors, dites donc à votre face de belette de ranger sa pétoire.

Gates ricane, mais sur un signe de Bannister, il rengaine son revolver et s'éloigne dans l'ombre pour m'examiner de plus loin.

— Très bien, je fais. Où est Mme Cerf?

— Partie. Je l'ai renvoyée.

— Où est-elle allée?

— Je n'en sais rien. Je lui ai dit de faire sa valise, de prendre sa voiture et de partir. C'est ce qu'elle a fait il y a environ dix minutes. — Il me tend un étui à cigarettes en cuir : — Ce collier m'intéresse; vous avez l'air d'être renseigné à ce sujet?

Je prends la cigarette, l'allume et souffle la fumée dans sa direction.

— Pourquoi? je demande. Vous n'avez aucun droit sur ce collier.

— Elle me l'a promis, il dit en tiraillant d'un air pensif le bout de son long nez pointu. C'est d'ailleurs pourquoi elle était ici.

— Qui... Mme Cerf?

— Oui. Il y a deux jours, elle est venue me voir. Elle voulait être protégée et ne demandait qu'à payer. Cinq cents dollars pour une chambre au club, pour huit jours. — Un demi-sourire apparaît sur sa face blême. — Ce n'était pas suffisant. Elle avait certainement de gros ennuis et, de plus, elle a épousé plusieurs millions de dollars. J'ai finalement accepté de lui louer une chambre et de la protéger, en échange du collier. Vous voyez que je suis tout à fait franc avec vous. Mais en arrivant, la nuit dernière, elle m'a annoncé qu'on lui avait volé le collier. Je me suis dit qu'elle mentait, mais on ne sait jamais. Elle était dans un drôle d'état. Folle de peur. Elle n'a pas voulu me dire pourquoi. J'étais prêt à l'accueillir pour la nuit. Nous étions en train de négocier les conditions quand vous nous avez interrompus. Le collier m'appartient. Ou tout au moins ai-je une option dessus. Où est-il?

— Il ne peut plus vous appartenir, je réponds, il a été trouvé dans la chambre d'une jeune femme qui a été tuée la nuit dernière : Dana Lewis. Vous avez dû voir ça dans les journaux. La police ne sait pas que nous sommes en possession du collier, mais ils finiront par l'apprendre un jour ou l'autre. Oubliez-le, c'est ce que vous avez de mieux à faire. Et pendant que vous y serez, oubliez aussi Mme Cerf.

Il tambourine sur son genou de ses doigts blancs, puis il hausse les épaules avec lassitude.

— Qui est Dana Lewis? Quel rapport a-t-elle avec Mme Cerf?

— Dana était un de mes agents. Cerf l'avait engagée pour surveiller sa femme. Voilà tout ce que je peux vous dire, mais gardez-le pour vous.

— Vous croyez qu'elle l'a tuée?

— Je ne sais pas. Je ne le crois pas, mais je ne peux pas l'affirmer.

— Alors oublions le collier, il dit, en partie pour lui-même.

— De quoi avait-elle peur? je demande. Vous avez vu cette tête qu'elle faisait?

— Elle ne me l'a pas dit. Elle est restée dans cet état-là depuis la première minute. Chaque fois qu'elle entendait un bruit dans le couloir, elle bondissait de son fauteuil. Quand je lui ai dit de partir, elle a eu l'air de quelqu'un qui va à la mort. J'étais ravi de la voir s'en aller.

— En venant vous voir, elle vous a demandé de la protéger... c'est bien ça?

— Elle m'a dit qu'un homme, un personnage dangereux, la menaçait, et qu'elle voulait se mettre hors de sa portée pour quelque temps. Elle voulait être sûre que s'il venait la réclamer ici, je prendrais soin de lui. C'est la raison pour laquelle vous avez été reçu de la sorte. J'ai cru que vous étiez le personnage dont elle avait peur. En fouillant vos poches, nous avons vu à qui nous avions affaire et je me suis rendu compte qu'elle avait menti. Voilà. — Il se lève. — C'est tout. J'ai à faire maintenant. Ne remettez plus les pieds chez moi. Je ne veux plus que de semblables histoires se renouvellent.

Je me lève à mon tour.

— Et Gail Bolus?

— Elle est dans votre voiture, elle vous attend.

— Vous ne lui donnez pas un dédommagement pour le coup de poing? Elle pourrait vous poursuivre pour coups et blessures.

Bannister a un sourire las.

— Elle le pourrait, mais elle ne le fera pas. Nous la connaissons. Cela fait des semaines qu'elle vient ici tricher. Un coup de poing dans la mâchoire lui fera beaucoup de bien. Je l'espère, tout au moins.

— Bon. Si vous prenez la chose comme ça... je dis en haussant les épaules. Par où la sortie?

— Conduis-le, dit Bannister à Shannon. Ni elle ni Malloy ne doivent remettre les pieds ici. Compris?

Je traverse la pièce pour gagner la porte qui ouvre sur un couloir faiblement éclairé. Shannon martèle le sol derrière moi.

— Tout droit, il dit. Au bout il y a une porte qui donne sur le garage. Maintenant barre-toi, et si t'as envie de te faire aplatir le museau, t'as qu'à revenir le promener dans le coin.

Je me tourne et je lui rigole au nez.

— Et toi, je lui réponds, ne t'amuse plus à sonner les femmes à coups de poing dans la figure. Tu pourrais tomber sur un bec.

Je le cueille au moment où il commence à ricaner. Je ne lui donne même pas le temps de se baisser. Mon poing a traversé quatre pouces d'air libre et il y a tout mon poids derrière. Sa mâchoire craque comme une branche morte. Pendant qu'il dégringole, je remets ça juste au même endroit et je me recule pour le voir se ramasser. Puis je lui attrape le bras et je le retourne pour qu'il soit sur le dos. Il faut que je me dépêche. Gates pourrait s'amener pour chercher la cause du barouf. Quand il est bien allongé, je pose mon talon sur son nez et sur sa bouche, bien à plat, et j'appuie de tout mon poids. Il n'y a rien qui me mette plus en boule qu'un salaud qui frappe une femme.

III

Je freine devant le portail d'enceinte de *Santa-Rosa* et je klaxonne plusieurs fois. Il doit être un peu plus d'une heure du matin et je ne sais pas s'il y a un garde de service à cette heure-là. Il y en a un et ce n'est pas l'ami Cesar. La porte de la maisonnette du garde s'ouvre et un grand type large, casquetté et botté, ouvre un des grand vantaux et vient à moi.

— M. Cerf est-il rentré? je demande, comme le faisceau d'un projecteur se pose sur moi.

— Oui. Il est rentré, mais je ne sais pas s'il reçoit. Il est tard, m'sieu. Qui êtes-vous?

Je le lui dis.

— Restez-là, il répond, je vais voir. Et il rentre dans sa baraque.

Je sors de la voiture et commence à faire les cent pas comme un père qui attend des nouvelles à la clinique d'accouchement. En quittant l'*Etoile,* j'ai raccompagné Gail Bolus chez elle, à son deux pièces de Jefferson Avenue et j'ai continué en direction de *Santa-Rosa* dans l'espoir qu'Anita serait rentrée chez elle ou qu'au moins Cerf saurait où elle est.

Le garde revient.

— Il va vous recevoir, il dit; je vais ouvrir les portes, vous pourrez rouler jusqu'en haut.

Je roule.

La maison est plongée dans l'obscurité, mais le maître d'hôtel à l'allure stylée est là qui m'attend sur le perron. Il me prend mon chapeau sans le moindre commentaire.

On traverse le grand hall, on passe entre la haie de complets-vestons blindés, on grimpe au second et on se tape encore un bon kilomètre de couloirs avant d'arriver au bureau de Cerf.

Le maître d'hôtel ouvre la porte et annonce d'une voix lugubre :

— M. Malloy, Monsieur.

Cerf est installé dans un grand fauteuil, un cigare à la main, un livre ouvert sur les genoux. Comme je traverse la pièce pour aller à lui, il ferme le livre et le pose.

— Alors? Que voulez-vous? il demande, avenant comme une perforeuse pneumatique.

— Je veux Mme Cerf, et en vitesse, je dis sur le même ton que lui.

Il se raidit et son visage violacé s'assombrit un peu plus.

— Vous n'allez pas recommencer! J'ai prévenu cette fille ce matin de ce qui se passerait si vous essayiez d'entraîner Mme Cerf dans cette histoire Si c'est tout ce que vous aviez à me demander, vous pouvez prendre la porte.

Je lui réponds :

— Cela se passait ce matin. Il est arrivé du nouveau, depuis. J'ai pêché quelque chose qui prouve que votre femme a trempé dans le meurtre. La police ne tardera pas à l'apprendre.

— Qu'avez-vous... pêché?

— C'est une longue histoire... Où est Mme Cerf?

— Elle a quitté la ville. Je ne veux pas qu'elle soit mêlée à cette histoire, Malloy. Oubliez-la. Je ne vous laisserai aucune chance de lui parler. J'y veillerai moi-même.

— Je lui ai déjà parlé.

Son cigare lui glisse entre les doigts et tombe par terre. Il se penche en marmonnant pour le ramasser et il reste penché, le visage caché, beaucoup plus de temps qu'il n'en faut pour ramasser un cigare. Quand il se redresse, son joli teint d'aubergine bronzée a un tantinet pâli et il semble inquiet.

— Vous lui avez...

— Oui, je fais en tirant une chaise à moi. Et je m'assois : — Ce matin vous avez dit à Mlle Bensinger que vous envoyiez Mme Cerf à la campagne, alors qu'en vérité, Monsieur, vous n'aviez pas revu votre femme depuis son départ hier soir et vous n'aviez pas la moindre idée de l'endroit où elle avait pu passer la nuit. Vous supposez qu'elle a quelque chose à voir dans le meurtre de Dana Lewis. Vous pensez peut-être que c'est elle qui l'a tuée et vous essayez de la couvrir. Mais ça ne prend pas. Et je vais vous dire pourquoi : Mme Cerf est venue me voir la nuit dernière un peu après dix heures. Elle voulait savoir pour quelle raison elle était surveillée. Je ne le lui ai pas dit. Elle a voulu m'acheter mais je lui ai conseillé de s'adresser à vous. Elle est donc partie de chez moi et a contacté Dana Lewis. Elles sont allées ensemble à l'appartement de Dana. Elles y sont arrivées à environ onze heures et demie. Elles ont été vues ensemble. A peu près vingt minutes plus tard, Mme Cerf est repartie en taxi pour East Beach. Une heure plus tard, Dana recevait un coup de téléphone et partait à son tour. Peu après, un dénommé Owen Leadbetter la découvrait, assassinée, dans les dunes d'East Beach. Un de mes agents est allé chez elle pour s'assurer qu'il n'y avait rien qui puisse dévoiler un rapport entre elle et vous. Il a trouvé le collier de Mme Cerf sous le matelas de Dana.

Il a écouté tout cela, sans rien dire, sans un mouvement. Son visage est à peu près aussi expressif que le mur, mais quand je mentionne le collier, il se trahit : ses mâchoires s'affaissent soudain et il s'en faut de peu qu'il ne lâche son cigare à nouveau.

— Vous mentez!

Il parle les poings serrés.

— J'ai le collier, monsieur Cerf. Et où ça se complique c'est que nous n'avions pas le droit de le prendre dans l'appartement. Mais j'essaie de vous tenir hors de l'enquête de police. Je vous ai pris comme client et je maintiendrai ma promesse de secret aussi longtemps que je pourrai, mais cela dépendra du temps que je mettrai à retrouver Mme Cerf.

Il s'assied et me regarde fixement. Il garde les poings fermés et une sale lueur passe dans ses yeux. Mais il ne dit rien.

Je poursuis :

— Pour tout arranger, un autre meurtre a été commis. Leadbetter, celui qui a découvert le cadavre de Dana, a été tué cet après-midi. Ou bien il a assisté au meurtre, ou bien même il a vu le meurtrier. Je crois qu'il a esssayé de le faire chanter et que ce dernier l'a fait taire à jamais. Quoi qu'il en soit, il a été assassiné cet après-midi.

Soudain, Cerf fait un geste furieux de la main et contemple la cendre tombée sur son pantalon.

— Il faut que je sois fou pour m'être adressé à vous, il explose, son teint tournant au mauve le plus profond. Je ne me laisserai pas entraîner là-dedans, vous m'entendez? Je vous attaquerai! Tout ça parce que cette maudite fille a été tuée...

— Dana Lewis a été tuée parce que vous l'employiez à surveiller votre femme, je lui fais sèchement remarquer. Et vous le savez très bien. Si votre femme n'avait pas été là, cette fille serait encore en vie. Vous en partagerez la responsabilité avec moi.

Il me regarde en marmonnant je ne sais quoi et toute sa colère se porte dans ses doigts qui tambourinent furieusement sur le bras du fauteuil.

— Je n'accepte pas cette responsabilité.

— Si je décide de raconter à la police tout ce que je sais, il faudra bien que vous l'acceptiez.

Il se passe le bout de la langue sur les lèvres, fixe

intensément le bout de ses chaussures immaculées et reprend d'une voix plus normale :

— Ecoutez, Malloy, arrangez-vous pour que je ne sois pas mêlé à cette histoire. Je dois penser à ma fille.

— Pensons à Mme Cerf. Où est-elle?

Il me lance un regard aigu :

— Vous venez de me dire que vous lui aviez parlé. Pourquoi vous adressez-vous à moi?

— Notre conversation a été interrompue. Je l'avais suivie jusqu'à la boîte de nuit l'*Etoile*. C'est là qu'elle se cachait. Est-elle revenue ici?

Il secoue la tête.

— Avez-vous eu de ses nouvelles?

— Non.

— Avez-vous une idée de l'endroit où elle pourrait être?

— Non.

Il commence à se calmer et l'inquiétude réapparaît sur son visage. Il demande :

— Elle a passé toute la nuit dans cette boîte?

— Oui. Elle a raconté à Bannister, le patron, qu'un homme la menaçait et qu'elle voulait se cacher. Elle lui a offert le collier en échange de sa protection, mais Bannister n'ayant pas reçu le collier, l'a fichue dehors.

— C'est fantastique! il murmure. — Puis il se lève :

— Qui est cet homme qui la menace?

— Mystère... Peut-être est-ce le même qui la faisait chanter.

Il commence à marcher de long en large puis s'arrête pile et me dévisage.

— Pensez-vous qu'elle ait tuée cette fille?

Je lui fais un sourire plutôt raisin pas mûr que figue.

— Non. Dana et Leadbetter ont été tués avec un 45. La balle qui a tué Leadbetter a été tirée à environ vingt mètres. A cette distance avec un 45, une femme ne toucherait pas une meule de foin, sans parler d'une cible aussi petite qu'une tête d'homme. Mais il n'est pas dit que la police n'essayerait pas de lui coller l'un des meurtres sur les bras. En agissant comme elle le fait, elle se met numéro un sur la liste des suspects.

— Je suis idiot de l'avoir épousée, il dit en broyant quelque chose entre son poing fermé et sa paume. Tâchez de me laisser en dehors de cette affaire, Malloy. Il faut que je m'occupe de ma fille. Je sais que je ne me suis pas montré raisonnable, mais vous comprenez quelle est ma position. Si je peux faire quoi que ce soit pour vous aider, je le ferai. Mais arrangez-vous pour que ni les journaux ni la police, n'apprennent le rôle que j'ai joué.

— Je m'y emploierai. Mais il faut que je retrouve Mme Cerf. Y a-t-il moyen de lui couper les vivres? Si vous pouvez bloquer son compte, elle reviendra...

— Ça, je peux le faire et je le ferai. J'irai à la banque dès demain.

Je me lève :

— Il commence à être tard. Je ne vous dérangerai pas plus longtemps. Encore une chose : mon chèque.

Il hésite, puis va à son bureau, s'assoit et me signe un chèque.

— Voilà, dit-il en me le tendant. Sortez-moi de ce pétrin, Malloy, je suis prêt à payer.

Je glisse le chèque dans ma poche.

— Si je ne vous en sors pas, je vous rends l'argent, je dis en mettant le cap sur la porte. — Puis je m'arrête pour demander : — Depuis combien de temps Mills est-il à votre service?

Il a l'air stupéfait.

— Mills? Pourquoi? Que vient-il faire là-dedans?

— Je n'en sais rien. J'ai appris qu'il vivait sur un grand pied. Je me demande si ce n'est pas lui qui fait chanter Mme Cerf.

— Mills? — Il frotte son menton épais, le regard fixé sur moi. — Je ne sais rien de lui. Il est à mon service depuis un mois à peu près. C'est Franklin, mon maître d'hôtel, qui engage le personnel. Voulez-vous lui parler?

— Non. Pas encore. Je veux d'abord être renseigné sur toutes les petites saletés qui s'accrochent à Mills. Laissez-le moi. Et si vous apprenez quoi que ce soit au sujet de Mme Cerf, vous me faites signe à mon bureau?

Il me dit que oui et au moment où j'ouvre la porte, il entame :

— Je regrette la façon dont je me suis conduit, Malloy, et sachez que j'apprécie tous vos efforts en ma faveur.

Je lui assure que je continue à m'occuper de l'affaire et qu'il ne s'inquiète pas. Il a changé du tout au tout. Je le laisse, le dos contre la cheminée, son cigare éteint serré entre le pouce et l'index et un air de maladie répandu sur sa face massive de gars bien nourri.

La maître d'hôtel, Franklin, rôde à l'autre extrémité du couloir. Dès qu'il me voit sortir, il vient silencieusement vers moi.

— Mlle Nathalie demande à vous voir, Monsieur, il me dit, l'air désapprobateur comme un évêque assistant à un numéro de boogie-woogie. Si Monsieur veut me suivre.

C'est un truc auquel je ne m'attendais pas, mais je suis son dos en manche à balai jusqu'au bout du couloir. Il frappe à une porte qui donne en face de l'ascenseur, l'ouvre et annonce : « Monsieur Malloy, Mademoiselle », avec une voix d'esquimau glacé. Puis il s'efface pour me laisser entrer dans une grande pièce haute de plafond, éclairée par une lampe de chevet qui dispense une lumière douce sur un lit-divan et laisse le reste de la pièce dans la pénombre.

Nathalie Cerf est allongée dans le lit. Elle porte un pyjama noir et ses mains croisées reposent sur un drap lilas. Ses cheveux noirs, brillants, sont disposés sur l'oreiller de façon à encadrer son maigre visage. Ses yeux noirs me scrutent avec le même air inquisiteur que lors de notre première rencontre et j'ai la même impression désagréable qu'elle pourrait compter la petite monnaie dans ma poche et lire les lettres contenues dans mon portefeuille.

J'approche du pied du lit et j'attends. Elle reste immobile, elle me regarde, elle attend que la porte se referme doucement et que le bruit léger des pas de Franklin s'éteigne dans le lointain du couloir. Alors, elle dit d'une petite voix dure et soutenue :

— Vous l'avez trouvée?

Je secoue la tête.

— Pas encore.

— Avez-vous essayé l'*Etoile*?

— Vous croyez qu'elle y serait?

Elle a fait un rapide hochement de tête.

— Elle est là ou chez George Barclay. Elle n'a aucun autre endroit où aller

— Pourquoi en êtes-vous si sûre?

Une petite grimace relève les coins tombants de sa bouche.

— Je la connais. Elle est dans de sales draps, n'est-ce pas? — Et son regard noir s'imprègne d'une intense satisfaction. — Elle ne peut aller chez personne, à part chez Barclay ou à l'*Etoile*.

— Qu'est-ce qui vous fait croire qu'elle est dans de sales draps, Mademoiselle?

— Elle a tué votre agent.

— Nous ne sommes pas du tout sûrs que ce soit elle. Vous l'êtes, vous?

— Elle s'est entraînée à tirer au revolver.

— Quelle sorte de revolver?

Elle a un haussement d'épaule irrité.

— Un revolver! Quelle importance? Toute la semaine dernière, elle a tiré sur une cible à East Beach.

— Comment le savez-vous?

Le regard noir cesse de me fixer.

— Je la fais surveiller... depuis son arrivée dans la maison.

Je me demande si c'est Mills qui s'est chargé du travail.

— Ce n'est pas parce qu'une femme tire sur une cible qu'elle est forcément une meurtrière.

— Mais alors pourquoi se cache-t-elle? Pourquoi ne revient-elle pas ici? Il faut que ce soit quelque chose d'important pour qu'elle reste éloignée de tout ce dont mon père lui a fait cadeau.

— Elle a peut-être une autre raison. Que savez-vous au sujet de Barclay?

Une nouvelle grimace vient tordre sa bouche.

— C'est son amant. Elle allait tout le temps chez lui.

— On la faisait chanter. Le saviez-vous?

— Je n'en crois rien.

— Votre père le croit.

— Il veut lui trouver des excuses. Elle distribue son argent à ses amants.

— Très bien. J'irai rendre une nouvelle visite à Barclay.

— Vous l'avez déjà vu?

Elle fronce les sourcils.

— Je fais mon métier, Mademoiselle. Votre père est-il au courant des relations de Barclay avec Mme Cerf?

Elle secoue la tête.

— Votre père vous a-t-il dit qu'il avait trouvé dans son placard une valise pleine de souvenirs ramassés chez ses amis? je demande.

— Il n'a pas besoin de me le dire. Elle m'a pris des objets à moi aussi. C'est une voleuse.

— Vous la haïssez, n'est-ce pas?

Ses mains maigres se referment comme des serres de rapace.

— Je ne l'aime pas, elle répond d'une voix aussi impersonnelle que possible.

— On peut très bien avoir caché cette valise dans son armoire et à son insu. C'est une chose qui s'est déjà vue.

— Vous êtes un idiot si vous croyez une chose pareille. C'est une voleuse. Elle a même chipé des affaires à Franklin, dans sa chambre. Ici, tout le monde sait que c'est une voleuse.

— A-t-elle volé quelque chose à Mills?

Sa bouche se pince et un éclair de colère passe dans ses yeux.

— Cela se pourrait.

— Mais il vous l'aurait dit, je suppose.

— Il en aurait fait part à Franklin.

— Mills était au service de Mme Cerf, n'est-ce pas? Comme chauffeur?

Un peu de couleur monte à ses joues maigres.

— Et quand bien même?

— Mais... elle est très attirante. Quant à lui, il m'a l'air d'avoir pas mal d'argent à la caisse d'épargne. Je me demandais s'ils n'ont pas été ensemble à un moment où à un autre.

— Ensemble... pourquoi? elle demande avec un léger frémissement dans la voix.

— Je pensais qu'à votre âge vous étiez au courant des choses de la vie, Mademoiselle.

Elle tire un mouchoir de dessous son oreiller et commence à le mordiller. Son rouge à lèvres laisse de petites marques carminées sur le fin tissu de batiste.

— Vous êtes un grossier personnage!

— Vous n'êtes pas la première qui me le dise, mais on finit par s'y habituer, je lui réponds tout en me demandant si j'ai des hallucinations.

Je crois avoir décelé un léger mouvement dans les doubles rideaux qui couvrent la fenêtre près du lit. Je fais bien attention de ne pas porter mon regard dans cette direction, mais je me mets à écouter intensément.

— Quand vous l'aurez trouvée, la livrerez-vous à la police?

— C'est ce que vous voulez que je fasse?

— Là n'est pas la question. La livrerez-vous ou non?

— Si je suis sûr que c'est elle qui a tué Dana Lewis, oui. Mais je veux d'abord en acquérir la certitude.

— Vous en doutez encore?

Elle a l'air surprise.

— Je n'ai pas trouvé de motif. Pourquoi l'aurait-elle tuée? Dites-le-moi et je serai peut-être convaincu.

— Mon père lui a assuré une sorte de rente qu'il doit commencer à lui servir dans deux ans, si elle est toujours avec lui; cela représente beaucoup d'argent. — Elle redresse la tête pour me regarder et ses longs cheveux noirs se rabattent en arrière et dégagent son visage. — Ce n'est pas un motif, ça?

— Vous pensez que votre père pourrait demander le divorce en apprenant les relations de sa femme avec Barclay et que Dana a été tuée parce qu'elle les avait surpris?

— C'est assez clair, il me semble!

Maintenant, j'en suis sûr, il y a quelqu'un derrière les doubles rideaux; je l'entends respirer. Je sens de petits frissons me parcourir l'épine dorsale.

— Si elle était tellement décidée à entrer en possession de cet argent, elle serait revenue ici après le meurtre. En allant chez Bannister, elle s'en frustre elle-même.

— Elle n'aurait pas été chez Bannister s'il ne s'était pas passé quelque chose d'anormal; si elle n'avait pas été vue.

— Pour quelqu'un qui ne peut pas marcher, Mademoiselle, vous m'avez l'air remarquablement renseignée.

— Oui. — Elle me regarde calmement. — Comme je ne peux pas marcher, je prends mes précautions. J'espère que vous tirerez profit de ce que je viens de vous dire. J'ai sommeil maintenant. Je suis fatiguée.

Elle prend à nouveau son air abattu.

— Vous pourriez me remercier. Je vous ai dit qui avait tué votre amie. A vous de faire le reste! — Elle tend la main vers la porte. — Franklin va vous reconduire. Je n'ai plus envie de parler.

— S'il vous venait d'autres idées au sujet de Mme Cerf, faites-moi signe. Jusqu'ici vous ne vous en tirez pas mal, je dis.

— Je n'ai plus envie de parler, elle répète fermement en fermant les yeux. Puis elle fait glisser ses mains sur le drap et les cache dessous.

Maintenant je sais comment il faut s'y prendre avec elle et je ne tiens pas à perdre de temps. D'ailleurs, moi aussi je suis fatigué. La journée a été longue et la nuit plus longue encore. Je me dirige vers la porte. En l'ouvrant, je jette un rapide coup d'œil sur les doubles rideaux. Je ne vois pas grand-chose dans l'ombre mais j'aperçois un scintillement, quelque chose qui pourrait bien être une botte, le genre de botte que l'ami Mills aime à porter. Je me demande si Nathalie sait qu'il est là. Tout bien considéré, oui, elle doit le savoir.

IV

Absorbé dans mes pensées, je sursaute au bruit d'une soudaine pétarade. J'ai cru que c'était une mitraillette. Je suis furieux : si je me mets à sursauter chaque fois qu'une voiture aura des ennuis avec son échappement, autant abandonner mon boulot tout de suite et aller donner des leçons de danse dans un pensionnat de jeunes filles. D'ailleurs, plus j'y pense, plus je me demande si ça ne serait pas une bonne solution.

Je roule en direction de ma baraque le long de la route

cahoteuse qui suit la plage. La route sablonneuse, surchauffée dans la journée, dégage encore un peu de chaleur, mais une faible brise qui vient de la mer rend la température agréable. Mes phares font une grande plaque de lumière sur le sable.

Depuis que j'ai quitté la résidence de *Santa-Rosa,* j'ai fait travailler ma matière grise et je commence à avoir quelques idées : les premières idées tangibles depuis le meurtre. Je me dis que je serai très bien chez moi, assis sous la véranda à classer mes idées, devant un « high-ball » glacé. Je ne me sens plus fatigué. Je me propose de repenser à tout ce qui m'intéresse, de regarder l'aube se lever derrière les collines puis d'aller me coucher. A première vue, ça m'a l'air d'un programme excellent et j'appuie sur l'accélérateur. La voiture bondit sur la route sablonneuse; je longe les autres maisons de la plage, toutes obscures, je traverse le demi-mille de lotissements non bâtis qui séparent mon chalet des autres et je grimpe sur la petite colline d'où j'ai une vue distincte de ma cabane au clair de lune.

Par la porte ouverte de la véranda, je vois de la lumière. Quand je suis parti en compagnie de Mlle Bolus, j'ai éteint et fermé les portes. Et voilà que c'est allumé et que les portes sont ouvertes.

En freinant devant la clôture de bois, je me dis que si ce genre de chose doit se produire tous les soirs, je ferai mieux de coller une enseigne sur le toit et de m'établir tout de suite comme taulier. Peut-être Kerman est-il de retour de Los Angeles, peut-être Paula m'attend-elle pour me parler, ou encore peut-être Benny est-il de retour de Frisco avec du neuf?

Je ne suppose rien de grave jusqu'au moment où j'atteins l'escalier de la véranda; là, je m'arrête brusquement.

Une légère fumée grise, venant de l'intérieur, s'échappe par la porte ouverte : de la fumée qui sent la poudre.

Je me rappelle le pot d'échappement qui m'a fait sursauter et je me sens soudain très mal à l'aise.

Je monte les marches comme un vieillard atteint de la goutte. J'avance sur la pointe des pieds jusqu'à la porte ouverte.

L'odeur de poudre est beaucoup plus forte dans la pièce. Sur le tapis, près de la fenêtre, il y a un 45 automatique. C'est ce qui me saute aux yeux pour commencer. Ensuite, mon regard monte jusqu'à mon lit du fond : les poils que j'ai sur la nuque se hérissent comme des baguettes de tambour. Une femme est allongée là, une femme en blouse de soie blanche et en pantalon rouge brique. Elle a un trou au milieu du front et son sang coule sur mon gros coussin jaune, celui sur lequel se sont posées tant de têtes féminines. Dans l'état où il est maintenant, personne ne viendra plus y mettre sa tête.

Je traverse lentement la pièce et je m'arrête au divan. Evidemment, elle est morte. Un 45, ça fait du dégât. C'est un instrument brutal, un peu trop lourd et qui demande un poignet costaud, mais dans la main qu'il faut ça fait un sacré boulot. Ses yeux sont écarquillés par une peur affreuse... Un visage inondé de sang n'est jamais beau à voir. Même le genre de beauté d'Anita Cerf s'accommode mal d'un front défoncé et d'un maquillage sanglant.

Je reste là, les yeux fixes, quand une ombre se détache du mur d'en face : une silhouette d'homme au chapeau rabattu, les bras levés, une matraque à la main. Ça se passe très vite. Je vois l'ombre, j'entends le sifflement de la matraque et je me baisse, mais beaucoup, beaucoup trop tard. J'ai l'impression que le couvercle de ma boîte cranienne s'envole et je dégringole.

CHAPITRE VI

I

Deux rayons de soleil passent de chaque côté du store et font deux stries brillantes sur le plancher. Il n'y a pas d'air, il fait une chaleur de four et il règne là-dedans une odeur de gnôle épaisse à couper au couteau. Et ce qu'il y a de mieux c'est qu'elle semble prendre sa source en moi; une odeur effroyable : comme si je venais de prendre un bain dans une barrique de whisky. Ça me dégoûte. Je me dégoûte moi-même. J'ai la tête comme une maison. Le lit sur lequel je suis allongé est trop doux, trop chaud. J'ai à portée de mémoire un visage de femme aspergé de sang, au front orné d'un trou assez large pour y glisser son doigt, et ça aussi, ça me dégoûte.

Je fixe les deux raies brillantes sur le sol. Je n'ai peut-être pas les yeux en face des trous, mais le tapis a un air familier. Il y a des marques dedans, des brûlures que j'ai faites en écrasant des cigarettes. Dans le coin près de la fenêtre, je vois une déchirure qui a été faite par le jeune épagneul de Benny. Il ne vaut pas grand-chose, ce tapis, mais je le contemple avec un plaisir immense, car il signifie que je suis chez moi, dans mon lit et que la femme au visage ensanglanté était du domaine des cauchemars... probablement...

— Il pue comme un alambic; il est ivre-mort, dit une voix d'homme. — Une voix qui me fait passer des frissons dans le dos : la voix de Brandon. — Qu'est-ce que c'est que cette femelle? continue la voix. Tu la connais?

La voix de Mifflin répond :

— Je ne l'ai jamais vue.

Je laisse passer un regard à travers mes cils. Ce sont bien eux. Brandon est assis sur une chaise et Mifflin se tient debout au pied de mon lit.

Je ne bronche pas. Je reste à mariner dans ma sueur. J'ai la curieuse impression qu'on m'a arraché les os de la nuque. C'est doux et spongieux comme si j'avais un trou à cet endroit-là. Un trou par où pénétreraient les plumes de mon oreiller qui s'agite soudain.

Mifflin ouvre la fenêtre près de mon lit. Pour l'ouvrir, il a remonté le store et un paquet de soleil rutilant me frappe au visage et m'envoie des pointes douloureuses dans tout le crâne.

Je pense à Anita Cerf couchée sur mon divan, à mon coussin jaune taché de sang, et au Colt automatique. Un spectacle qui doit mettre Brandon en joie. Pris sur le fait, pas d'alibi : un don du ciel pour flic en retraite. Brandon n'ira pas chercher le meurtrier plus loin. Je me rappelle la façon dont il me regardait en m'interrogeant sur le meurtre de Dana :

« *Mais elle devait passer devant chez vous pour aller à l'endroit où elle a été tuée, n'est-ce pas? C'est drôle qu'elle ne soit pas entrée vous voir.* »

Si un petit fait comme celui-là lui met la puce à l'oreille, imaginez ce qu'il peut tirer comme déduction de cette série de coïncidences : même revolver, Dana, Leadbetter et maintenant Anita. Tous descendus d'une balle dans la tête; même méthode, même assassin. Le mobile? Je ne me fais aucune illusion, ce n'est pas une petite chose comme un mobile qui va arrêter Brandon. Depuis qu'il est en place, les règlements de l'administration policière gémissent comme des vieux ressorts sous le poids des infractions. S'il veut clouer le bec aux questionneurs, s'il veut museler la presse là où il est, il faut qu'il résolve cette série de meurtres en vitesse. Il me fabriquera un bon petit motif. Il ne va pas laisser passer une occasion pareille.

— Hé Malloy! Réveille-toi! hurle Mifflin.

Il abat sa main épaisse sur mon épaule et me secoue. Des éclairs fulgurants éclatent devant mes yeux, et la douleur que j'ai dans le crâne me descend dans les talons, me remonte au cerveau.

Je repousse sa patte, je m'assois et je n'ai que le temps de me prendre la tête à deux mains et de me pencher en avant en grognant.

— Grouille-toi! insiste Mifflin. Qu'on s'explique. Hé! Malloy! Remets-toi, bon Dieu!

— Qu'est-ce que tu crois que je fais en ce moment... la danse de l'éventail? je ricane.

Je pivote et pose mes pieds par terre.

— Qu'est-ce que vous avez fabriqué? questionne Brandon en se penchant en avant pour mieux m'examiner. Vous avez fait une orgie, ou quoi?

Je soulève ma tête maintenue par mes doigts pressés contre les tempes et je le regarde. Il est gras, en bonne santé, bien rasé. Son linge est immaculé, ses chaussures luisent au soleil, chaque centimètre carré de sa silhouette dénonce le flic. A côté de lui, je dois avoir l'air d'un clochard. Je me râpe les doigts en les passant sur ma mâchoire; l'odeur de whisky me submerge et me fait mal au cœur, ma chemise de smoking me colle à la poitrine.

— Qu'est-ce que vous voulez? je demande, comme si je ne le savais pas; qui vous a fait entrer?

— Ne vous occupez pas de ça! il aboie en brandissant un cigare à demi fumé sous mon nez.

Il a dû le ramasser dans une boîte à ordures, sur son chemin, tellement il sent mauvais.

— Que se passe-t-il, ici? Qu'est-ce que c'est que cette femelle qui est de l'autre côté?

Je suis assez perplexe. Ce n'est tout de même pas une façon de parler. Ces deux zèbres sont peut-être blindés, mais pas au point de rester indifférents devant un meurtre comme celui qui a été commis dans la pièce à côté. Ils sont calmes, désapprobateurs, moralisateurs et moroses comme s'ils n'avaient jamais bu un coup de leur vie, si vous voulez, mais ils sont calmes.

— Il y a une femme à côté? je demande.

Ce n'est pas très fort, mais c'est ce que je trouve de mieux étant donné les circonstances. Cela a un avantage : je ne me mouille pas.

— Qu'est-ce qu'il lui prend? demande Brandon en se tournant vers Mifflin.

— Il est soûl, répond catégoriquement l'autre. Fin soûl!

— Je commence à le croire, dit Brandon. Amenez cette femme.

Ça sort de moi avant que je puisse l'arrêter.

— Non! Je ne veux pas la voir! Je ne...

On se croirait au cinéma, quand le gangster a été coincé et qu'il hurle de terreur avant d'être abattu. Je coupe ça le plus tôt possible, mais je crois l'avoir fait drôlement bien car Brandon se lève et Mifflin reste pétrifié.

Puis une voix dit, de la porte :

— Qu'est-ce que vous lui faites? Vous ne voyez pas qu'il est malade?

Et voilà qu'apparaît Mlle Bolus avec ses yeux de Chinetoque qui vont de Brandon à Mifflin puis à moi et retour.

— Je vous ai dit de ne pas l'ennuyer, elle continue en s'adossant au chambranle et en se passant une main dans les cheveux pour les remettre en place. Vous ne pouvez pas lui fiche la paix! — Elle se tourne vers moi : — Tu veux boire quelque chose, chéri? Mais peut-être que ta gueule de bois ne le supporterait pas?

— Il n'a pas envie de boire, dit Brandon. Qu'est-ce qu'il avait à crier qu'il ne voulait pas vous voir? Que se passe-t-il dans cette baraque?

Je commence à me demander si je n'ai pas la carafe fêlée. Juste derrière Mlle Bolus, dans l'autre pièce, il y a mon divan. Rien qu'en regardant par-dessus son épaule, d'où elle est, elle peut le voir. Elle doit donc avoir vu ce qu'il y avait dessus lorsqu'elle est entrée dans ma chambre. Brandon doit l'avoir vu. Mifflin doit l'avoir vu. Et pourtant ils sont là, placides comme des huîtres; ils ne cherchent pas à me passer les bracelets, ils me disent que je suis soûl et ils me proposent même de boire un coup.

Brandon dit quelque chose au moment où je me lève, mais je ne l'entends pas. Il faut que j'aille voir ce qui se passe à côté. Je me mets debout.

Brandon s'arrête soudain de parler. Personne ne bouge. Ils se rendent peut-être compte qu'il y a quelque chose qui ne tourne pas rond dans les replis de ma matière grise. Peut-être que mon allure ne leur plaît pas. Le fait est que si ce que je ressens à l'intérieur transparaît à l'extérieur, ça doit valoir le dérangement. Ils me regardent traverser la pièce en titubant.

Mlle Bolus pose sa main sur mon bras. Ses ongles s'enfoncent dans mes muscles, mais je ne suis pas en état de recevoir des avertissements. Je la repousse brutalement de côté. Tout ce que je veux, c'est jeter un coup d'œil dans la pièce : je veux voir Anita Cerf couchée sur mon divan, le visage ensanglanté et son trou dans le front assez large pour y enfoncer mon doigt.

Je regarde autour de moi, je fixe le divan : j'entends ma respiration siffler entre mes dents serrées et je sens que je transpire; je sue comme un boxeur qui a été frappé en dessous de la ceinture.

Pas de Colt sur le tapis, pas de blonde couchée sur mon divan, pas de coussin jaune maculé de sang. Rien... rien de rien.

II

Je me retrouve sur mon lit. Je ne sais pas comment j'y suis revenu, mais j'y suis et Mlle Bolus est debout à côté de moi, un verre de whisky à la main. Comme je fais un effort pour me soulever, elle se penche sur moi et met le whisky à portée de mes lèvres. En buvant, je me surprends à jeter un coup d'œil à l'intérieur de sa blouse. Elle n'a pas de soutien-gorge. Il faut que je sois vraiment malade car dès que je me rends compte qu'elle n'en a pas, je ferme les yeux. Parfaitement : je suis malade à ce point-là.

Je bois le whisky. On dirait qu'il y en a des litres, mais comme ça ne me brûle pas les lèvres, je continue à boire jusqu'à ce que j'aie vidé le verre. Il faut croire que c'est un bon médicament, car à peine Mlle Bolus s'est-elle éloignée, que je commence à en ressentir les effets. Je le sens qui parcourt tout mon corps comme un chien courant après ses moutons, mais ce ne sont pas des moutons après lesquels court le whisky, ce sont mes nerfs et je le sens qui les tire par ici, les pourchasse par là, les redresse, les discipline, et les remet à leur place pour leur dur boulot de tous les jours.

Au bout d'une minute, bien que j'aie toujours mal à la tête, je me sens soudain miraculeusement bien.

Des doigts frais me prennent mon verre. Mlle Bolus me sourit :

— J'ai déjà vu des gens prendre une cuite; mais une cuite comme la vôtre, jamais!

— Oui, je dis en me mettant avec précaution sur mon séant. Que cela vous serve d'exemple. Moi je suis guéri. A partir d'aujourd'hui...

J'arrête les frais pour fixer sur Brandon des yeux écarquillés. Il est assis au pied de mon lit, sur la chaise à dossier droit : rien n'échappe à ses yeux de serpent :

— Hé! je crie. Mais j'ai des hallucinations. Je vois des

flics. Regardez! — Je les montre du doigt. — Vous voyez des flics, vous aussi?

— J'en vois un, dit Mlle Bolus, c'est même le capitaine. Si j'étais vous, je ne les traiterais pas de flics. Ça pourrait leur déplaire!

— Assez rigolé, Malloy, fait Brandon exaspéré. Nous avons à vous parler.

— Donnez-moi un autre verre, je dis à Mlle Bolus. — Et, comme elle traverse la pièce pour aller chercher la bouteille, j'ajoute : — Je serais curieux de savoir qui vous a appelé ici, Brandon?

— Ça va, ne continuez pas sur ce ton-là? Que se passe-t-il? Qui est cette femme? Que fait-elle ici?

Je me rends compte tout à coup que le plastron de ma chemise est gluant de whisky et je comprends la provenance de cette puanteur.

Je me mets debout tant bien que mal, je dégrafe mon col et je le jette avec une grimace de dégoût.

— Faites-moi du café, je demande à Mlle Bolus qui arrive avec le whisky. Un baquet, et du fort, je ne crains pas l'insomnie.

— Vous avez entendu ce que je vous demandais? grogne Brandon en se levant.

— Oui, mais ce n'est pas une raison pour que je vous réponde, je dis en renvoyant Mlle Bolus d'un geste de la main. De quel droit êtes-vous entré chez moi? De quel droit voulez-vous savoir qui est cette fille? Et ce qui se passe ici? — Tout en parlant, je me débarrasse de mon smoking et de ma chemise. — Je vais prendre une douche. Attendez-moi si vous voulez. J'en ai pour une seconde.

C'est seulement en ouvrant la porte de la salle de bains que je me demande si le cadavre n'est pas là. J'entre, je referme la porte et j'examine la pièce. Pas de cadavre. Je fonce sur la douche et j'écarte les rideaux. Toujours rien. Pas d'autre endroit où regarder. Je me déshabille entièrement et je me mets sous la douche. Deux minutes de jet froid me clarifient les idées. Je me suis repris en mains. La pendule électrique m'apprend qu'il est onze heures vingt. Anita Cerf a été tuée à quatre heures moins le quart, ce matin. Je suis resté dans les limbes pendant sept heures. Du bout des doigts, j'explore ma nuque. C'est tout mou et enflé mais autant que je puisse en juger, il n'y a rien de cassé et c'est encore une chance.

Le cadavre est parti. C'est clair. S'il avait été caché où que ce soit dans mon chalet, Brandon l'aurait trouvé. Qui l'a emmené et pourquoi? Je mets la prise du rasoir électrique et je commence à me raser. Pourquoi emmener le corps? Pourquoi? L'assassin est-il fou? En laissant là le corps et l'automatique, il y avait toutes chances pour que Brandon m'inculpe de meurtre. Peut-être pouvait-on retrouver le propriétaire du revolver? Est-ce là la raison? Peut-être n'est-ce pas l'assassin qui a emmené le corps. Quelqu'un d'autre? Mlle Bolus? Je ne vois pas du tout Mlle Bolus transportant un cadavre sur ses belles et jeunes épaules. Après tout, pourquoi pas? Elle a assez de cran, mais je n'arrive pas à me faire à cette idée. Qui, alors? Et qui est ce type au chapeau rabattu qui m'a sonné? L'assassin?

Voilà où j'en suis. Ce n'est pas très fort, mais je ne suis pas en état de me livrer à de brillantes déductions. Brandon ébranle la porte.

— Sortez, Malloy! il braille.

Je pose le rasoir, je passe une robe de chambre et j'ouvre la porte.

Je me trouve nez à nez avec Brandon. L'air aimable comme un tigre et beaucoup plus féroce.

— J'en ai assez, il dit violemment. Vous allez me répondre à la minute, ou je vous emmène au poste.

— Parlons, je dis en m'approchant de la table où Mlle Bolus a posé une tasse de café. Qu'y a-t-il?

Je l'entends qui chantonne dans la cuisine. Elle ne

chantonnerait pas comme ça, je me dis, en versant du café, si elle avait transporté Anita Cerf sur son dos. Ce n'est pas elle. Qui, alors?

— Où est Benny? demande Brandon.

Je ne m'attendais pas à celle-là. Je ne savais même pas qu'il connaissait Benny. Je prends la tasse de café, je la tiens à quelques centimètres de mon nez et je regarde le liquide à travers la vapeur. C'est du bon café fort. L'odeur me fait monter l'eau à la bouche.

— Vous voulez parler d'Ed Benny?

— Oui. Où est-il?

— A San Francisco!

— Qu'y fait-il?

— Ça vous regarde? je demande en m'asseyant sur le lit.

— Ça regarde la police de San Francisco!

— Tiens! Pourquoi ne s'adressent-ils pas à lui? En voilà des façons!

Sans aucune raison, je sens un frisson me courir le long de l'échine. Je pose la tasse de café sur la table de chevet.

— Ce serait difficile, dit Brandon, il est mort.

Le frisson repart dans l'autre sens.

— Benny mort? — Je ne reconnais pas ma propre voix.

— Oui. La police du port l'a repêché dans le bassin des Indes, continue Brandon, sans me quitter des yeux. Il avait les pieds et les mains attachés avec de la corde à piano. On croit qu'il est mort hier soir aux environs de neuf heures.

III

Je suis debout à la fenêtre et je les regarde partir. Brandon descend lourdement jusqu'à la porte du jardin, le cigare mâchonné et éteint bloqué entre ses dents serrées, ses lèvres pincées, un air maussade répandu sur sa grosse face molle. Un flic en uniforme lui ouvre la portière de sa voiture et le salue, mais même cette marque de considération le laisse insatisfait. Il se jette dans l'auto et lance un sale regard sur ma baraque comme s'il avait eu envie d'y mettre le feu et d'en jeter les cendres à la mer.

Mifflin entre à son tour dans la voiture. Il n'a pas l'air furieux, lui; plutôt absorbé, et quand la voiture démarre, il a toujours l'air absorbé.

Je reste à la fenêtre, à regarder l'océan sans le voir. Dana, Leadbetter, Anita et maintenant Benny. Ça tourne à la folie : ce n'est plus un crime, c'est un jeu de massacre.

Je sens plus que je n'entends Mlle Bolus s'approcher de la porte. Je sens son regard posé sur moi.

— Comment se fait-il que vous soyez venue? Je lui demande sans me retourner.

— Je vous ai téléphoné ce matin vers neuf heures. On m'a répondu que votre appareil était décroché et que personne ne répondait. — Elle me rejoint à la fenêtre. — Je ne pouvais rien faire de mieux que de venir ici. Vous étiez allongé sur le plancher. Les lumières étaient allumées, les portes grandes ouvertes. Je vous ai mis sur votre lit et j'essayais de vous réveiller quand j'ai entendu leur voiture. Je vous ai aspergé de whisky et je leur ai raconté que c'était votre anniversaire. Je les ai empêchés de vous réveiller aussi longtemps que j'ai pu. Je ne voulais pas qu'ils se rendent compte que vous aviez été assommé. Vous n'y teniez pas spécialement non plus, hein? Ils ne s'en sont pas rendu compte, je crois.

— Non. — Je prends un paquet de cigarettes, je lui en tends une et j'allume les deux. — C'était une bonne idée, le whisky. Vous n'avez rien vu d'autre en entrant?

— Non, rien d'autre. Que s'est-il passé?

— Quelqu'un m'attendait. Je suis entré et pan! Voilà!...

Elle s'approche du lit et le retape un peu.

— Il n'y a personne pour faire votre ménage?

J'oubliais Tony, mon boy philippin; mais c'est vrai que nous sommes dimanche. Son jour de sortie.

— Pas le dimanche. Le dimanche, c'est une adorable rousse qui s'occupe de moi.

Sur ce, je vais dans l'autre pièce. Je m'arrête pour contempler mon divan. Si le coussin jaune était encore là, je me dirais que j'ai fait un mauvais rêve. Mais le coussin jaune n'est plus là.

C'est dommage pour ce divan. Il va falloir que je le balance. Par chance, il n'y a pas de taches de sang, mais il sent la mort. On n'amène pas une fille sur un divan qui sent la mort. Même un Malloy peut avoir des moments de délicatesse.

Je me balade dans la pièce. Rien pour témoigner qu'Anita Cerf est passée par ici. J'examine le tapis sur lequel reposait l'automatique. Je me mets à quatre pattes, je colle mon nez sur le tapis et je le flaire. Il y a peut-être une légère odeur de poudre, mais comment être sûr que je ne m'autosuggestionne pas?

A la porte, Mlle Bolus m'observe. Ses sourcils se rejoignent en une petite ride au-dessus du nez.

— Ça ne va pas? elle me demande. Ou bien êtes-vous toujours comme ça?

Je me relève et je me passe la main sur la nuque. Je réponds sans trop réfléchir :

— Vous devriez voir comment je me comporte quand je n'ai pas pris un coup sur le citron.

— Je crois que vous ne vous sentez pas bien. Vous ne voulez pas vous recoucher?

— Vous n'avez pas entendu ce qu'a dit Brandon? Il faut que j'aille identifier le corps de Benny à Frisco.

— Ridicule, elle fait d'un ton sec. Vous n'êtes pas en état d'y aller. Je pourrais m'y rendre à votre place moi ou tout au moins quelqu'un de votre bureau?

Je me dirige vers le placard où se tient l'aspirine.

Je prends quatre comprimés dans le tube et je me les expédie un à un dans le gosier. Un bon café chaud les fait descendre.

— Mais j'irai quand même. Benny était un copain.

— Vous feriez mieux de voir un docteur pour votre tête, dit Mlle Bolus. Vous avez peut-être une fêlure?

— Les Malloy sont célèbres pour leur crâne de granit, je rétorque. Il faudrait au moins un marteau-pilon pour me le fêler.

Je me demande pour quel motif Anita Cerf est venue me voir, et comment le meurtrier a su qu'elle était là. C'est alors qu'une idée très désagréable se fait jour. Il ne le savait peut-être pas et c'est moi qu'il attendait. C'est beaucoup plus vraisemblable. Il s'est sans doute dit que je devenais beaucoup trop curieux et il est venu ici mettre fin à ma curiosité de la même façon que pour Dana, et il a tué Anita pour se faire la main... Il faut que je médite là-dessus.

— Je voudrais bien savoir ce que vous aviez dans l'idée tout à l'heure? demande Mlle Bolus, d'un air bizarrement hésitant. Il s'est passé quelque chose? Enfin je veux dire... à part Benny?

— Je suis heureux que ça soit quelque chose pour vous, je dis, pour certaines gens ça a de l'importance. Non, rien à part Benny. Rien du tout. Ma migraine commence à céder du terrain. — Pourquoi ne partez-vous pas? Je continue. Vous devez avoir des choses à faire?

Elle tire sur sa blouse de façon à couvrir les hanches. De jolies hanches : la bonne cambrure et juste assez étoffées. Ce n'est pas une découverte, d'ailleurs. Je m'en étais déjà rendu compte.

— Ah! C'est magnifique, elle dit amèrement, après tout ce que j'ai fait pour vous. Me flanquer à la porte! Je ne sais pas pourquoi je m'occupe de vous. Vous pourriez peut-être me le dire?

— Pas maintenant. — Je ne voudrais pas la froisser,

mais je tiens tout spécialement à ce qu'elle s'en aille. — Nous parlerons de ça une autre fois. Je vous rappellerai dans un jour ou deux. Il faut que je m'habille en vitesse. Si ça ne vous fait rien, je vous dis au revoir maintenant.

Et là-dessus, je fonce dans la salle de bains et je m'y enferme.

Deux minutes après, j'entends démarrer sa voiture.

IV

Il est trois heures vingt. L'avion-taxi se pose sur la piste de l'aérodrome de San Francisco. Nous atterrissons derrière un avion de ligne transportant une pleine cargaison de vedettes de cinéma. Il y a une foule énorme aux portes du terrain pour les accueillir. Deux collégiennes excitées agitent frénétiquement leur mouchoir et saluent le passage de notre voiture par des hurlements hystériques.

Kerman me dit :

— Tu sais Vic, c'est quand même drôle, il faut qu'un type soit mort pour apprendre quelle était sa vie. Je ne me serais jamais douté qu'Ed avait une femme et deux gosses. Il n'en a jamais parlé. Il ne m'a jamais dit non plus qu'il avait encore sa mère. Il n'avait rien du père de famille! Il était toujours à chasser à droite et à gauche...

— Oh, la ferme! je lui fais, à quoi ça sert de parler de sa femme et de ses enfants?

Kerman sort son mouchoir et se tamponne le visage.

— Tu as raison. — Puis au bout d'un moment il reprend : — Vivement qu'il fasse froid. Etre en mars et déguster une chaleur pareille. Tout marche à l'envers.

Pendant le silence qui suit, tout en roulant dans Market Street, je passe en revue les événements de la matinée.

Paula est venue. Brandon avait déjà été la voir au

sujet de Benny. Elle lui a raconté la même histoire que moi : Benny est allé à Frisco pour le week-end. Pas pour le boulot. En touriste. C'était le genre de type à faire des choses comme ça, a prétendu Paula. J'ai raconté la même chose. Brandon ne nous a pas crus, mais il ne peut pas intervenir car le meurtre de Benny a eu lieu hors de son district.

Pendant que nous discutions, Jacques Kerman est arrivé. L'alibi de Barclay, nous a-t-il dit, est aussi étanche qu'un sous-marin. Il est bien resté avec Kitty Hitchens chez elle jusqu'à trois heures et demie, l'après-midi qui a suivi le meurtre de Dana. Ce qui met Barclay hors de cause.

Puis je leur ai tout dit au sujet d'Anita Cerf. De la façon dont Paula et Kerman ont examiné la baraque, j'ai pu me rendre compte qu'ils me prenaient pour un menteur. C'était évidemment difficile à avaler, vu qu'il n'y avait pas la moindre trace de son passage chez moi. Mais ils se sont rappelé le coussin jaune. Le fait qu'il ne soit plus là, les a convaincus de ma bonne foi : le coussin et la bosse spongieuse qui orne ma nuque.

Paula ne voulait pas que j'aille à San Francisco, mais j'ai tenu ferme. Vers une heure, j'ai téléphoné à l'aéroport d'Ocean-City et j'ai frété un avion-taxi.

Le voyage n'était pas fait pour soigner mon mal de crâne et de plus, je n'ai pas cessé de penser à Benny. Je le connaissais depuis bientôt quatre ans. On a travaillé et rigolé ensemble. C'était un cinglé, totalement inconscient, mais je l'aimais bien. Ça me fait mal au cœur de penser qu'il est mort.

Ed est arrivé à San Francisco hier vers quatre heures et demie. A une heure du matin, la police repêchait son cadavre dans le bassin des Indes. L'autopsie a prouvé qu'il était mort depuis quatre heures, autrement dit à neuf heures. Quatre heures et demie après son arrivée à San Francisco.

S'il a été tué à neuf heures, son meurtrier a eu le temps d'attraper un avion, d'arriver à Ocean-City et de descendre Anita.

Je n'ai pas la preuve que ça s'est passé comme ça, mais j'en ai l'intuition et j'aime mieux une bonne intuition qu'une preuve inexistante, comme c'est le cas pour l'instant.

Nous sommes arrivés dans Third Street et je freine devant le commissariat central.

— Tu me laisses parler, je dis à Kerman.

Nous grimpons les marches de pierre usées, je pousse la porte à double battant et je demande à un flic qui rentre chez lui de m'indiquer le bureau du lieutenant de garde.

Dès que je dis au lieutenant qui je suis et ce que je viens faire, il appelle un planton et lui enjoint de nous conduire à la brigade criminelle. Nous suivons le guide jusqu'au bas de l'escalier de pierre et le long d'un couloir. Il nous fait entrer dans une petite pièce meublée de quatre chaises et de deux pupitres. Les murs et le plafond sont jaunes. Il y a des barreaux devant la fenêtre. Ça sent la sueur, la crasse et la vomissure, l'odeur habituelle des postes de police.

Nous nous asseyons et nous attendons en silence. Cinq minutes s'étirent lamentablement, puis la porte s'ouvre et deux poulets en civil entrent.

L'un d'eux est un grand type à tête carrée, aux yeux durs, à la bouche dure, aux grands pieds. L'autre poulet s'installe à l'autre bureau.

— Je m'appelle Dunningan, il dit, comme s'il n'en était pas spécialement fier. Inspecteur-chef Etes-vous des parents du défunt?

Ça me paraît bizarre d'entendre parler de Benny comme d'un défunt. Je me sens refroidi. Je lui réponds que nous ne sommes pas des parents, mais des amis. Quand je lui donne nos noms, il serre les lèvres : Brandon a dû nous recommander chaleureusement.

— Je vais vous demander de l'identifier, il dit. Donnez vos noms et adresses à l'inspecteur, ensuite je vous emmènerai à la morgue.

Nous donnons un coup de main au poulet en civil qui remplit deux formulaires, puis nous suivons Dunnigan le long du couloir et descendons à sa suite l'escalier pour déboucher dans une cour, nous la traversons et pénétrons dans un bâtiment de brique.

En entrant, nous nous trouvons face à face avec une longue table sur laquelle reposent trois corps recouverts d'un drap. Le gardien en blouse blanche relève le drap qui couvre le corps du milieu.

Dunnigan demande brièvement :

— Est-ce lui?

C'est bien Benny.

— Oui, je réponds.

Il se tourne vers Kerman qui est devenu livide.

— Et vous?

Kerman acquiesce.

Le gardien laisse retomber le drap sur le visage de Benny.

— Remettez-vous, dit Dunnigan. Ne le plaignez pas trop. On finit tous comme ça et pour lui ça été vite fait : il a été sonné à coups de sac de sable sur la nuque. Il n'a pas senti l'eau. Venez, sortons d'ici.

V

Le garçon d'étage est un type maigre d'une trentaine d'années, au visage blême; il a l'air bizarre dans son uniforme trop court. Il nous conduit en haut de l'escalier et le long d'un corridor sombre. Il marche comme une danseuse et il a les fesses qui ressortent, soit parce que son pantalon est trop étroit, soit parce que c'est sa mère qui l'a fait comme ça.

Il farfouille dans une serrure avec son passe, ouvre une porte et grimace un sourire en nous montrant la chambre. Kerman et moi faisons la grimace tout court. Il y a deux lits, une table en bambou, un fauteuil où un éléphant se serait assis que ça ne m'étonnerait pas, un tapis qui a dû être élégant dans le temps, mais qui a perdu toute notion d'amour-propre. Par endroits on voit la trame. Au-dessus d'un des lits, est accrochée une gravure en couleurs représentant une jolie fille sur une échelle. En bas de l'échelle, un chien lève la tête vers la fille avec une lueur libidineuse dans l'œil. Elle fait semblant d'être embarrassée mais n'a pas l'air de faire grand-chose pour se tirer de là. Au-dessus de l'autre lit, pend une autre gravure représentant la même fille. Cette fois elle est sur une chaise et elle s'est relevé la jupe jusqu'au cou. Mais ce coup-ci, ce n'est plus un chien, c'est une souris qui a la lueur libidineuse dans l'œil.

— La douche est là, dit le garçon d'étage en indiquant l'endroit d'un coup de pouce. — Il va à la fenêtre, et déclenche le store qui s'enroule avec un claquement. — Tout marche bien, à condition de savoir s'y prendre, il dit. Faites attention en vous servant de la douche, c'est un système qui date des Croisades; il faut le prendre par la douceur.

Il laisse courir ses yeux au plafond, le long du mur, sur nos pieds et finit par nous regarder ouvertement.

— Vous avez tout ce qu'il vous faut? il demande, espérant bien s'entendre répondre non.

— Qu'est-ce que t'as d'autre? demande Kerman en faisant quelques pas dans la pièce.

— Alcool, femmes ou drogue. Si vous avez le fric, je vous procure n'importe quoi. Je connais une blonde qui peut être là dans trois minutes.

Nous arrêtons notre choix sur les boissons.

Quand il s'est éclipsé, Kerman me dit :

— Tu as vraiment l'intention de nous faire loger ici?

On pourrait s'offrir quelque chose de moins crasseux.

Je vais à la fenêtre et je fais signe à Kerman de m'y rejoindre. Je lui montre une maison de l'autre côté de la rue, en face de l'hôtel. Les deux premiers étages sont des logements tristes et sombres. Le rez-de-chaussée est occupé par une boutique de photographe. Ecrit en lettres noires sur fond jaune, un nom s'étale sur la façade : LOUIS.

— Tu vois, je dis, voilà où Ed a commencé son enquête. Un instant. Je vais te montrer.

J'extrais du fond de ma valise la photo d'Anita Cerf trouvée dans la chambre de Barclay.

— Tu n'étais pas au courant de ça, je dis, — et je lui explique comment je me la suis procurée. — En partant, Ed m'a dit qu'avant toute chose il commencerait par s'occuper de la photo. Je lui en avais fait faire un contretype avant qu'il prenne l'avion.

Je la retourne pour lui montrer au verso le tampon avec le nom et l'adresse.

— Voilà pourquoi je t'ai amené ici. — D'un mouvement de tête je désigne la boutique : c'est là.

— C'est plutôt moche, dit Kerman après examen.

Je remets la photo sur ma valise et je m'assois sur le lit. J'ai une migraine terrible et j'ai besoin de boire. J'espère que le garçon sera de retour avant demain matin.

L'inspecteur-chef Dunnigan nous a posé des tas de questions, mais nous lui avons répondu qu'Ed était venu ici pour le week-end, en touriste, et que nous ne savons pas pourquoi il avait échoué dans le bassin des Indes. Nous n'en avons pas démordu.

Je regrette pour Dunnigan. Il voulait bien découvrir le meurtrier. Mais nous ne pouvons pas l'aider sans parler de Cerf. Nous sommes donc restés dans la pièce aux murs jaunes à mentir comme des arracheurs de dents. Il nous a dit qu'il faisait le tour de tous les hôtels et ça m'inquiète. Tôt ou tard, il finira par apprendre qu'Ed a habité ici et ça pourrait le conduire chez le photographe d'en face. Mais j'en doute, bien que certains flics aient parfois des idées et qu'il pourrait être de ceux-là.

— Qu'est-ce qu'on fait? demande Kerman.

— Rien, ce soir, je réponds. La boutique est fermée, mais dès demain matin on y va. Nous n'avons qu'à suivre la trace d'Ed. Quelque part sur son chemin, il a rencontré ce qu'il ne devait pas rencontrer. C'est là qu'il faudra ouvrir l'œil. Pour obtenir un résultat rapide, Jack, il faut que j'agisse exactement comme Ed, avec toi comme couverture. Demain matin, je vais à la boutique et je montre la photo à Louis. Je ne sais pas ce qu'il va se passer, mais tu peux être sûr qu'il se passera quelque chose. Ton boulot consistera à rester collé à moi sans te faire voir. Si j'ai des ennuis, tu seras là pour m'en sortir. J'y vais carrément, comme si Ed n'était pas déjà passé par là. Je finirai peut-être dans le bassin des Indes, seulement cette fois tu seras là pour me repêcher. Tu piges?

Kerman lisse son élégante moustache et répond oui, puis :

— Je pourrais aussi bien faire le boulot avec toi comme garde du corps, mais ça sera comme tu voudras.

On frappe à la porte et le garçon s'insinue dans la chambre. Il apporte deux bouteilles de whisky, du ginger ale et des verres. Il pose le tout sur la table de bambou.

Kerman examine l'ensemble et demande :

— Pourquoi faire le troisième verre?

Le garçon lui fait un sourire en coin.

— On ne sait jamais. Si vous en cassiez un ou si vous vouliez offrir un verre à quelqu'un. Un troisième verre est toujours utile, m'sieu. C'est fou ce que j'ai pu rater comme occases dans ma vie parce qu'il n'y avait pas de troisième verre.

— Buvons, je dis. Bien tassés, Jack. — Puis au garçon : — Votre nom?

— Carter, il me répond, et après s'être fouillé, il

extrait de sa casquette une cigarette toute tordue, se la colle entre les lèvres et l'allume.

— Longtemps que vous êtes ici? je demande en me laissant tomber sur les coudes pour que le garçon ne me masque pas la fille sur l'échelle.

Je me demande ce que ce chien peut bien voir et que je ne vois pas, pour avoir une telle lueur dans l'œil.

— Dix ans, répond le garçon. Quand je suis arrivé, c'était pas mal ici. Mais la guerre a ratatiné la maison. La guerre a tout foutu en l'air.

Kerman lui verse assez de liquide pour qu'un canard puisse s'y ébattre à l'aise. Il renifle, s'en verse un peu dans la bouche et se rince les mandibules.

— Vous voyez à quoi sert le troisième verre? il fait, après avoir finalement avalé son rince-bouche.

Je secoue quatre aspirines hors du tube, je les ingurgite et je les fais descendre avec du whisky. Le garçon regarde ça d'un air indifférent.

— Vous voulez gagner un peu de fric? je lui demande.

— A quoi faire?

— A vous servir de votre mémoire.

Il s'en reverse un peu dans la bouche, se regargarise et avale.

— Qu'est-ce que ma mémoire vient faire là-dedans?

Je sors mon portefeuille, en extrais une photo d'Ed Benny et la lui tends.

— Déjà vu ce gars-là?

Il ne prend pas la photo. Il se contente de se pencher en avant et de la regarder. Les coutures de son pantalon craquent mais résistent. Puis il se redresse, s'asperge la glotte avec le reste du whisky, remet le verre sur la table de bambou et se glisse vers la porte.

— Compris, il dit, la main sur la poignée de la porte. C'est bien joué. Vous m'avez eu! Des flics qui payent à boire! Ce que j' peux être cul, quand même Mais j' vous dirai rien. J'parle pas aux flics.

Kerman bondit, chope le garçon par la peau du cou et l'assoit sur le lit à côté de moi.

— Est-ce qu'on a des gueules de flics? il demande, furieux. Je ne sais pas ce qui me retient de te faire avaler tes gencives!

— Quoi! Vous êtes pas des flics?

Je prends un billet de vingt dollars dans mon portefeuille et je le pose sur le lit, entre nous.

— On agit comme des flics?

Il jette un regard avide sur le billet.

— Non, je peux pas dire. — Et il se mouille les lèvres. — Ils sont venus cet après-midi demander des tas de trucs. Il est mort, hein? Ils m'ont montré une photo de lui : elle avait été prise à la morgue.

— Alors, il a couché ici?

Il avance la main vers le billet.

— Oui, il a habité ici. Le patron ne voulait pas que les flics viennent fouiller la maison. Il leur a répondu qu'il ne connaissait pas ce gars-là.

Je prends le billet et je le lui donne.

— Sers-lui à boire, je dis à Kerman. Tu ne vois pas qu'il a soif?

— Vous gardez ça pour vous? demande le garçon un peu inquiet. Je ne voudrais pas être foutu à la porte.

— Tu m'étonnes, dit Kerman. A t'entendre, on pourrait croire que tu ne demandes que ça.

Il lui colle dans la main un autre bain de pieds.

— Voilà, je dis, pendant qu'il remet ça avec son rinçage de bouche. Ce gars était un copain à nous. Quelqu'un l'a assommé et jeté dans le bassin. On essaye de savoir pourquoi. T'as une idée?

Le garçon secoue la tête.

— Non. Il a loué hier à cinq heures la chambre contiguë à celle-ci. Il est ressorti presque aussitôt, et depuis on ne l'a plus revu.

— Il a laissé une valise?

Le garçon baisse les yeux.

— Oui, mais c'est le patron qui l'a prise. Elle lui appartient. Le client n'avait pas payé sa chambre.

— Va la chercher, je dis.

Il me regarde, affolé.

— Je peux pas faire ça. Si le patron me voit...

— Va la chercher ou je vais parler au patron moi-même.

Il repose son verre à moitié plein sur la cheminée et après m'avoir jeté un long regard inquisiteur, il gagne la porte.

— J'aurai un petit boni? Ou bien c'est pour le tout, les vingt dollars?

— Tu en auras dix de mieux.

Quand il est sorti Kerman me fait :

— T'as un pot inouï. Comment as-tu deviné qu'Ed était descendu ici?

— Pourquoi t'imagines-tu qu'on soit venus ici? Remplis mon verre. De parler à ce crapaud ça me fout mal au crâne.

Pendant qu'il me confectionne mon whisky, j'ouvre ma valise et j'en sors la photo d'Anita. Je la retourne et je la pose sur le lit.

— Tu crois qu'il la connaît? demande Kerman.

— On peut toujours essayer. Ça fait dix ans qu'il est ici.

J'ai un peu moins mal à la tête, mais ce n'est pas brillant. J'avale encore deux aspirines.

— Tu en prends trop, dit Kerman, les sourcils froncés. Et tu devrais laisser tomber le whisky, pendant que tu y es. Pourquoi n'as-tu pas vu un docteur?

Le garçon entre avec la valise et la pose sur le lit.

— Faut que je la redescende, il dit, l'air inquiet. Je voudrais pas avoir d'ennuis.

Je fouille la valise. Je ne m'attends pas à trouver quoi que ce soit. Je suis pas déçu. C'est le genre de valise qu'on emmène en week-end. Il y manque une chose : la photo d'Anita Cerf. Je remets tout en ordre, je referme la valise et je la pose par terre.

— Bon, je dis, redescends-la. — Je prends un billet de dix dollars et je le pose sur le lit. — Prends ça avec, et motus. C'est d'accord?

Il ramasse la valise et le billet.

— C'est tout ce que je peux faire pour vous? il demande, plus du tout pressé de nous quitter.

Je retourne la photo d'Anita et je la lui jette.

— T'as déjà vu cette poule-là quelque part?

Il range le billet dans sa poche, pose la valise par terre et ramasse la photo. Il la tient à bout de bras et l'examine en clignant de l'œil.

— On dirait Anita Gay, il fait avec un regard interrogateur vers moi. C'est elle, non? Ça fait un bout de temps que je l'ai pas vue. Oui, c'est Anita Gay.

— Fais pas le zouave, je lui dis. Qui est-ce, Anita Gay? Qu'est-ce qu'elle fait? Où je peux la trouver?

— J' sais pas où vous pouvez la trouver, il répond, l'air désolé. — Et il repose la photo sur le lit : — Ça fait des mois que je ne l'ai pas vue. Elle faisait un numéro au *Brass Rail*. Et j'aime autant vous dire qu'il était aux pommes. Avec sa danse des gants de fourrure, elle faisait salle comble.

— Qu'est-ce que c'est le *Brass Rail*?

— Vous ne connaissez pas le *Brass Rail?* il demande, l'air étonné. C'est une boîte miteuse de Bayshore Boulevard. J'y suis pas retourné depuis qu'Anita est partie. C'est pas qu'elle reviendrait, des fois?

Je pense à un visage aspergé de sang avec un trou dans le front assez grand pour y enfoncer mon doigt.

— Non, je dis, elle ne reviendra pas.

CHAPITRE VII

I

Le lendemain matin, je quitte l'hôtel à onze heures. Il a fait chaud toute la nuit et j'ai mal dormi. Mais ce matin, j'ai roupillé jusqu'à dix heures.

Kerman m'a laissé dormir. Il dit qu'il n'y a rien de tel que le sommeil pour effacer un coup sur la tête. Mais comme j'ai toujours mal au crâne et que je me sens toujours aussi vaseux, j'en conclus que c'est un menteur. Enfin, après des litres de café noir, deux aspirines supplémentaires et une douche, j'ai fini par me persuader que j'étais assez en forme pour aller turbiner.

J'ai pris le parti de ne pas aller voir le photographe tout de suite. Je pense qu'il vaut mieux en apprendre le plus possible sur Anita en allant au *Brass Rail,* avant de rendre visite à l'ami Louis. Je vais tâcher de glaner tout ce que je peux comme renseignements avant que quelqu'un me balance dans le bassin des Indes; la zone dangereuse est autour de la boutique du photographe, je le sens.

Kerman quitte l'hôtel le premier. Je ne suis pas inquiet, il ne me perdra pas. Il est imbattable pour ce qui est des filatures et je n'ai pas l'intention de lui compliquer le boulot.

Le *Brass Rail* est le café-concert typique, la boîte miteuse à soi-disant grand spectacle où on finit toujours par échouer quand on se trouve dans une grande ville dont les habitants ne sont pas difficiles quant au choix de leurs distractions. L'ensemble pourrait paraître potable avec une couche de peinture sur les murs et de l'huile de coude sur les cuivres. Il y a trois portes à double battant, une petite guérite où s'ouvre le guichet d'entrée et des tas de photos encadrées qui couvrent chaque centimètre carré des murs.

Une pancarte au néon annonce :

50 GIRLS — LES PLUS GRANDES — LES PLUS BRONZÉES — LES PLUS PHÉNOMÉNALES

Je regarde les photos et j'en arrive à la conclusion que le spectacle ne doit rien avoir de très original. Pas de quoi mettre cette ville ni aucune autre à feu et à sang. On reconnaît les comiques au visage lugubre et aux yeux brillants dans des costumes d'un ridicule outrancier. Rien qu'à les voir, on est fixé tout de suite sur la somme d'esprit qui peut entrer dans leur répertoire. Les filles ne valent guère mieux. Et pourtant, elles ne font rien pour cacher leurs charmes. Elles arborent une ficelle en guise de slip et un sourire mort-né. L'une d'elles porte un chapeau, et ça lui donne l'air trop habillé. Les 50 filles-les-plus-grandes-les-plus-bronzées-les-plus-phénoménales sont, en effet, grandes et bronzées, mais en disant qu'elles sont phénoménalement moches on est beaucoup plus près de la vérité.

Pendant que je fais mon inspection, une des portes à deux battants s'ouvre et un petit mec à tête de furet débouche dans le soleil; il porte un manteau en poil de chameau bouffé aux mites, un chapeau rabattu sur l'œil droit et des chaussures, imitation croco, qui n'ont pas été nettoyées depuis qu'il les a achetées, c'est-à-dire un bon bout de temps, à en juger d'après les craquelures.

— Il n'y a personne au contrôle? je lui demande. Qui est le patron ici?

Il me toise, se racle la gorge et crache sur la chaussée avec une précision extrême.

— Vous n'êtes pas d'ici? il demande avec cette voix cassée de comique qui s'est bousillé les cordes vocales à essayer de faire rire les gens, sans y parvenir.

Je lui dis que je suis de passage et je répète ma question.

Son visage aux os pointus s'assombrit.

— Nick Nedick, il me répond et fait suivre ce nom d'un flot d'obscénités qui coulent de sa bouche comme le pus d'un drain.

Pour une raison ou une autre, il n'a pas l'air d'avoir une haute opinion de Nedick.

— En haut de l'escalier, il ajoute après avoir épuisé tout son répertoire. Deuxième porte à droite après l'entrée de la salle. Crachez-lui à la gueule si vous le voyez.

Et il s'en va penché en avant comme s'il voulait me faire croire que sa cervelle est trop lourde à porter.

Je le regarde partir, intéressé, me demandant ce qui a pu le mettre dans un état pareil. Puis, non loin de là, je découvre Kerman accoté à un lampadaire et lisant son journal. Il se fond très bien dans le décor. Ce n'est pas facile de s'immobiliser au milieu d'un trottoir sans attirer l'attention, mais Kerman y arrive.

Je pousse une porte et je traverse le vestibule sombre qui mène à l'escalier. Un vieux nègre en manches de chemise, avec un sac comme tablier, frotte la rampe de cuivre. Il frotte comme s'il avait les mains très fragiles, ses grands yeux injectés de sang perdus dans le vide.

En haut des marches, je trouve sur ma droite une porte marquée : *Bureau*.

Je frappe, je pousse et j'entre. C'est une petite pièce encombrée où il fait une chaleur étouffante. Il y a un bureau, deux classeurs métalliques et un tas de photos brillantes toutes semblables à celles qui ornent la façade. Un type en manches de chemise est assis derrière le bureau et il tape comme un sourd sur une machine à écrire. Il tape avec deux doigts, mais très vite. Il a une flopée de cheveux noirs et crépus et son visage a la couleur d'un ventre de crapaud.

Près de la fenêtre, dans un coin, j'aperçois une fille. Ses vêtements sont empilés sur un des classeurs métalliques. Ses dessous sont d'une propreté douteuse et ses bas filent comme des zèbres. Elle a réussi à se nouer d'une façon tellement fantastique qu'elle n'a plus figure humaine. Tout son corps est tendu en arrière comme si son dos était cassé, ses jambes lui pendent sur les épaules et elle se tient en équilibre sur les mains. Au moment où je l'examine, elle fait un léger bond et atterrit sur les pieds, toujours aussi nouée; puis elle retombe en avant sur les mains, refait un nouveau bond, et ainsi de suite.

— Pourquoi vous me regardez pas? elle dit à l'homme aux cheveux crépus. Si vous me regardez pas, vous verrez jamais que j'ai du talent.

Le type aux cheveux crépus continue à écraser sa machine comme s'il y allait de sa vie. Il ne lève pas la tête. même pour voir qui est entré. La fille continue à faire ses petits bonds, tout en lui demandant pourquoi il la regarde pas. Mais il s'en soucie comme d'une guigne.

Je reste là à reluquer la fille, car, si le spectacle n'a rien de très raffiné, il est assez sensationnel dans un sens. Ça serait beaucoup plus sensationnel si elle n'était pas aussi mal balancée et si ses dessous étaient plus propres, mais autrement ça vaut le coup d'œil d'autant plus que c'est gratuit. Je voudrais que Jack Kerman soit là. Kerman est un type qui a une passion pour les filles qui se disloquent.

Après m'être suffisamment rincé l'œil pour pas un

rond, je tape sur l'épaule du type. Mais il ne daigne même pas lever les yeux. Tout en tapant frénétiquement sur son clavier, il dit :

— Kèq vous voulez?

Je lui réponds que je voudrais parler à Nick Nedick.

Il lève la tête, mais sans s'arrêter de taper pour si peu.

— La porte au bout, il dit, après quoi il redouble d'ardeur.

Entre deux contorsions, la fille dit :

— Pensez à tout le mal que votre mère a eu pour vous mettre au monde et pour vous donner des yeux. Pourquoi vous vous en servez pas? Pourquoi vous me regardez pas?

Elle me fait de la peine, alors je lui dis :

— Vous faites ça drôlement bien, ma petite! Vous êtes sensationnelle! Je n'ai jamais vu quelque chose d'aussi réussi!

Son petit visage dur et tendu apparaît entre ses jambes croisées. Elle ouvre la bouche et profère un juron. Elle m'engueule avec des mots dont certains me sont inconnus, mais qui n'en sont pas moins expressifs. Le type aux cheveux crépus pousse un cri pointu, mais ne relève pas la tête et continue à taper.

Je ne la blâme pas. Ça ne doit pas être très drôle de faire ce qu'elle fait, et le seul gars qui pourrait lui donner du boulot ne la regarde même pas. Elle a peut-être mis des années pour arriver à se transformer en nœud gordien. Peut-être a-t-elle faim. Peut-être ne peut-elle pas payer son loyer. Je me dis qu'elle n'ose pas engueuler le type aux cheveux crépus. Il y a quelque chose dans sa physionomie qui me dit qu'il est prêt à lui filer un coup de talon dans les dents si elle lui en offre le moindre prétexte. J'attends qu'elle ait utilisé tout son répertoire et je lui réponds par un sourire pour bien lui montrer que ses amabilités ne m'ont pas choqué. Puis je me dirige vers la porte au fond et je frappe.

II

Le bureau où j'entre ressemble beaucoup à celui d'où je sors. Il est un peu plus grand, meublé de deux tables au lieu d'une et de quatre classeurs au lieu de deux. Aux murs, il y a beaucoup plus de photos épinglées.

Derrière le bureau, le plus proche de la porte, une femme d'âge mûr est assise. Elle a les yeux cernés, un regard triste et un visage jaunâtre qui a dû être très beau il y a quelques années, mais qui maintenant se contente d'être un visage sans plus. Elle tripote un carnet de tickets à souche.

Au fond de la pièce, se dresse l'autre bureau. Je ne vois rien de l'homme qui est assis derrière, sauf ses doigts boudinés. Il est entièrement caché par un journal ouvert devant lui. Son petit doigt s'orne d'un énorme diamant : un diamant jaune comme une banane. Je suppose que quelqu'un le lui a donné en paiement d'une dette; ou peut-être l'a-t-il trouvé dans la rue. Ce n'est pas du tout le genre de diamant qu'on a envie d'acheter : à moins de n'être pas dans son état normal.

La femme me fait un petit sourire timide. Ses dents sont aussi fausses que les faux cils d'une vedette.

— M. Nedick, je fais en touchant le bord de mon chapeau, je m'appelle Malloy. Je voudrais lui dire un mot.

Elle jette un regard timide sur le journal déployé :

— Je ne sais pas... M. Nedick est occupé pour l'instant... non, je ne sais pas si réellement...

— Vous en faites pas, ma p'tite dame, s'il n'y a que ça pour m'empêcher de lui parler... pas vrai, monsieur Nedick? et je m'assois sur le rebord de son bureau.

Une grosse tête ronde apparaît au-dessus du journal. Deux petits yeux rieurs se posent sur moi. Le journal atterrit sur le plancher.

— Certainement, jeune homme, certainement... Du moment que vous n'avez rien à me vendre.

L'ennui avec ce gars-là, et je m'en aperçois tout de suite, c'est que quelqu'un a dû lui dire qu'il ressemblait à l'acteur Sydney Greenstreet [1]. Bon, bon, il lui ressemble, mais ça ne lui suffit pas : il parle comme lui et il s'habille comme lui et ça, c'est trop forcer la dose.

— Le gars qui tape à la machine à côté m'a dit d'entrer. J'espère que je ne vous dérange pas?

Le gros type soupire comme Sydney Greenstreet soupire. Il a l'air content de son effet.

Je lui tends ma carte, celle qui porte *Universal Services* gravé dans le coin.

— Vous ne me dérangez pas, monsieur Malloy. Que puis-je faire pour vous? Ah! Ocean-City! — Il tapote le rebord de son bureau avec le bord de la carte et sourit à la femme mûre qui boit toutes ses paroles. — C'est un pays de milliardaires, monsieur Malloy. Vous y habitez?

— J'y travaille, je rectifie. Je voudrais avoir certains renseignements sur une jeune femme, que vous connaissez, je pense : Anita Gay.

Nedick ferme les yeux et prend un air méditatif.

— Quel genre de renseignements, monsieur Malloy, il finit par me demander, après un silence appréciable.

— N'importe lesquels. — Je sors mon étui à cigarettes et je lui en offre une. — Je ne suis pas fixé. J'essaye de rassembler certains des éléments qui composent son passé. J'aimerais vous entendre parler d'elle. Tout ce que vous me direz peut m'être utile.

Il prend la cigarette avec un air soupçonneux. Je la lui allume en même temps que la mienne.

— Ma foi... je ne sais pas trop... il dit d'un air hésitant. C'est que je suis assez occupé pour l'instant. Je ne crois pas avoir le temps...

1. Spécialiste des rôles de forbans inquiétants, mais d'aspect débonnaire, bedonnant.

— Mais je vous dédommagerai; je n'ai pas l'intention de vous prendre votre temps gratuitement.

Il pousse un autre soupir : beaucoup moins réussi que le premier.

— Voilà qui est parler, monsieur Malloy! J'apprécie les gens comme vous qui savent discuter affaires en allant droit au but. — Puis s'adressant à la femme âgée : — Il est temps que vous alliez à la banque, mademoiselle Fenducker. En sortant, dites à Julien que je serai occupé pour toute la demi-heure à venir.

Dans le silence qui suit, Mlle Fenducker empoigne rapidement son chapeau et son manteau et quitte la pièce. Je me retrouve seul avec Nedick.

— Combien pensiez-vous m'offrir, monsieur Malloy? il me demande avec un regard assuré de ses petits yeux.

— Mon Dieu, je ne sais pas. Que diriez-vous de cinquante dollars? Ça dépend de ce que vous pourrez m'apprendre, évidemment.

— Je peux vous en apprendre énormément pour cinquante dollars. Je ne voudrais pas avoir l'air de me mêler de ce qui ne me regarde pas, mais est-ce qu'elle a des ennuis?

— On ne peut pas appeler ça des ennuis, je réponds en pensant à l'allure qu'elle avait la dernière fois que je l'ai vue. Enfin, elle n'en a plus. Elle en a eu. Mon client voudrait un rapport exact sur son passé, si toutefois je peux me le procurer sans trop de grabuge.

Il repousse sa chaise, croise ses jambes grasses et passe un pouce dans l'entournure de son gilet.

— Et les cinquante dollars?

Je sors mon portefeuille et j'allonge cinq coupures de dix sur le bureau. Il sort une main dodue, ramasse les papiers et les planque dans la poche de son pantalon. Je secoue ma cendre par terre. — Anita Gay était chez vous à quel moment?

— Elle est restée avec nous pendant deux ans. Je peux vous donner les dates exactes, si ça vous intéresse.

Il fouille dans un tiroir plein de paperasses et finit par en extraire un carnet à couverture de cuir. Il tourne les pages jusqu'à la date qu'il cherche et étale le carnet sur le bureau.

— Tenez. — Il aplatit la page d'un coup du plat de la main : — Tout est là. Elle est venue au bureau le trois juin, il y a deux ans. Elle disait s'appeler Anita Broda. Elle cherchait du travail. Elle passait dans les boîtes d'Hollywood avec un numéro d'effeuilleuse, mais elle avait eu des ennuis avec la brigade des mœurs et son agent l'avait laissée tomber. Roy Fletcher lui a conseillé de venir me voir. Fletcher a une écurie de vedettes, des vraies. Il n'avait rien pour elle et d'ailleurs il n'en voulait pas. Alors il me l'a envoyée.

Il me regarde et rigole en coin.

— Vous l'avez déjà vue, monsieur Malloy?

Je lui réponds que oui, je l'ai vue.

— Drôlement bien, dans le genre incendiaire, hein? Au bout de huit jours, son nom est passé du milieu au sommet de l'affiche. Deux semaines après, il brillait en lettres de feu sur notre façade.

— Pourquoi n'y est-il plus?

Son visage s'assombrit.

— Elle s'est mariée. Toujours la même rengaine, monsieur Malloy. Trouvez une fille qui fait rentrer de l'argent et elle se marie. Le mariage est l'épée de Damoclès de notre profession!

Je commence à me demander si je n'ai pas lâché mes cinquante dollars un peu à la légère.

— Vous ne l'avez pas revue depuis?

Il secoue négativement la tête.

— J'ai entendu dire qu'elle ne s'entendait pas avec Thayler et qu'elle l'avait quitté. Quoi qu'il en soit, elle s'est placée chez Siméon, le couturier de la Dix-Neuvième

Avenue. Je suppose que pour elle, devenir mannequin équivalait à gravir un échelon de l'échelle sociale. Une arriviste, je vous dis. Rien de ce que je lui ai offert ne l'a intéressée. Elle a quitté Siméon il y a environ deux mois. Je ne sais pas où elle est actuellement.

Je le laisse parler, mais je suis dans un état d'agitation extrême.

— Elle ne s'entendait pas avec Thayler... Qui est Thayler?

— Son mari.

— Vous ne pourriez pas me dire quand ils se sont mariés?

— Je ne suis pas près de l'oublier. Ça m'a coûté assez cher. Ils se sont mariés le huit novembre, l'année dernière.

— Et lui, qu'est-il devenu? Il est mort?

— Mort! sursaute Nedick. Non, il n'est pas mort. Il est ici, en ville. Il s'est associé avec un certain Louis pour monter un magasin de photo dans Arny Street.

Soudain ma migraine me reprend. Je dois penser avec trop d'intensité. Je presse le bout de mes doigts sur mes tempes et je regarde attentivement Nedick.

— Parlons de Thayler, je lui dis. Racontez-moi ce que vous savez sur lui. *Tout* ce que vous savez.

Nedick ouvre une porte de son bureau et ramène à la surface une bouteille noire sans étiquette et deux verres.

— Un verre de quelque chose vous ferait du bien? il me demande. Vous avez l'air mal fichu.

— Mal fichu est le mot, je réponds. Servez-nous à boire et parlons de Thayler.

Il emplit les deux verres de whisky. Après une inclinaison de tête, nous buvons. Je sors mon tube d'aspirine et il poursuit :

— Lee Thayler était déjà ici quand Anita est arrivée. Il faisait un numéro de Buffalo Bill. Ce n'était pas mal et comme il changeait sa présentation, nous le gardions.

Ce qu'il y a d'embêtant avec les andouilles que nous engageons, c'est qu'ils sont toujours pareils. Au bout d'une semaine, ils ont fait tout ce qu'ils savent faire. Mais avec Thayler, c'était différent. Il avait de l'abattage, du culot et il sortait toujours un truc nouveau.

J'avale deux aspirines et je les fais descendre avec du whisky.

— Quel genre de truc?

— Tout ce qu'on peut faire avec une carabine. Vous voyez ce que je veux dire, il trouait des sous lancés en l'air, il tirait à la cible en visant dans une glace, le grand jeu, quoi! Il faisait aussi un truc sensationnel avec un Colt 45 : il lançait son arme en l'air, la rattrapait au vol et tirait en même temps. Il avait une fille avec lui pour ce numéro-là. Il lui décrochait une cigarette de la bouche. Dangereux comme truc, mais il était sûr de lui.

— Et il a épousé Anita?

Nedick fronce les sourcils.

— Oui. Ils m'ont quitté aussitôt après le mariage. Thayler a acheté une part dans ce magasin de photo. Il a annoncé qu'il était en âge de s'établir et de faire une fin. C'était difficile à croire, car Thayler n'était pas un type à se ranger des voitures, mais pour autant que je sache, il l'a fait. Il connaissait des tas de gens de théâtre et ils allaient tous se faire photographier chez lui. Louis fait le boulot courant et Thayler va à la recherche des clients.

— Et Anita l'a quitté?

— C'est ce que j'ai entendu dire.

Il remplit de nouveau les verres. On trinque avant de boire. Le whisky est bon... C'est seulement au moment où il est arrivé à destination qu'on se rend compte de sa force explosive.

— Vous avez une photo de ce gars-là?

— Oui. — Il tend la main vers une des armoires

métalliques. — Vous êtes plus jeune que moi. Ouvrez le tiroir du haut. Oui, celui-là. Il doit y avoir un album de photos... Vous l'avez? Apportez-le.

Je pose l'album sur le bureau et il balade sa grosse patte dans une collection de clichés brillants. Il finit par trouver celle qu'il cherche et il me la tend.

— C'est lui.

C'est un grand cow-boy maigre, debout devant un décor de cactus et de prairie, peint sur toile. Il porte un tablier en peau de mouton, un chapeau décalitre et une chemise à carreaux. Il a un visage long et mince, des lèvres minces et un regard assuré, dangereux. Il a l'air de ne pas sourire souvent et quand ça lui arrive, le sourire ne doit pas monter jusqu'à ses yeux. Tête de joueur; un type pour qui la vie ne vaut pas cher; une tête brûlée, comme on dit.

— Je peux la garder?

Nedick acquiesce.

— Si vous voulez.

Il passe en revue les autres photos; il en prend une et la met au-dessus du paquet. — Voilà le numéro de la cigarette de Thayler. Je ne l'aimais pas. J'avais toujours peur d'un accident. Trop dangereux. Mais elle s'en foutait. Elle avait des nerfs d'acier.

Je ne l'écoute plus. J'ai les yeux fixés sur la photo. Elle représente Thayler en costume de cow-boy tirant en direction d'une fille qui fait face à la caméra, son profil offert à Thayler. C'est une excellente photo. On voit la cigarette sauter de la bouche de la fille et la fumée sortir du canon de l'arme. La fille porte un boléro de cuir, un slip large comme une ficelle et le chapeau décalitre.

— Et n'allez pas croire qu'il visait la cigarette, s'exclame Nedick, pas du tout. Il lançait le revolver, le rattrapait, et tirait sans une seconde d'arrêt. A chaque fois, j'en avais des sueurs dans le dos.

Moi j'ai des sueurs dans le dos en regardant la photo, car la fille au slip ficelle, c'est Mlle Bolus.

III

La porte s'ouvre brutalement et le type aux cheveux crépus entre. Il pose des papiers sur le bureau.

— Voilà le contrat de Gardener, il dit à Nedick. Vous feriez bien de signer avant que cette pochetée change d'avis.

En se précipitant sur son stylo, Nedick demande :

— Qu'est-ce qu'elle vaut, cette fille qui est là dehors? On ne rate rien d'intéressant, non?

— Infecte, répond le type aux cheveux crépus d'un air méprisant.

— Alors vire-la. J'entends ses os craquer d'ici ça m'inquiète pour elle.

— Vous vous inquiétez pour tout. Un peu d'exercice ne lui fera pas de mal. Et il ramasse les papiers et sort.

Par la porte ouverte je vois la fille. Elle est assise sur une chaise, ses vêtements sur les genoux, et elle pleure. Le type aux cheveux crépus lui dit :

— Je vais te donner un bon conseil : ce que t'as de mieux à faire, c'est de prendre l'ascenseur jusqu'au dernier étage, choisir une chouette fenêtre et te balancer par là. Ton numéro est dégueulasse. Toi aussi. Maintenant barre.

Je ferme la porte au moment où la fille se relève lentement.

— Il y a des jours où je me dis que Julien est un peu dur avec les gens, dit Nedick.

Moi je pense que ça serait très agréable de sortir, de prendre la machine à écrire et de la casser en petits morceaux sur la tête crépue de Julien. Mais la façon dont il traite les gens ne me regarde pas.

— Parlez-moi de cette fille, celle de la photo. Son nom?

Nedick reprend la photo, l'observe et la repose.

— Gail Bolus. — Il me jette un regard inquisiteur :

— Elle vous intéresse?

— Je suis toujours intéressé par une fille qui s'habille comme ça. Elle est toujours ici?

— Non. Nous n'avons jamais su grand-chose sur son compte. Thayler l'a emmenée avec lui : elle faisait partie de son numéro. Il la payait de sa poche. A part son nom, je ne sais rien d'elle. Si ce n'est qu'elle avait les nerfs solides.

— Est-elle partie en même temps que Thayler?

— Oh non! Bien avant : quand Thayler a commencé à s'intéresser à Anita Gay. Ce qui d'ailleurs a flanqué son numéro par terre. Il n'a jamais pu remettre la main sur une fille qui ait les nerfs assez solides. Il a demandé à Anita de prendre la place de Gail, mais elle n'a pas marché. Et je ne peux pas dire que je l'en ai blâmée.

— Y avait-il quelque chose entre Gail Bolus et Thayler?

— J'imagine. Quand on fait un numéro à deux, on finit toujours par coucher ensemble. Ils ne faisaient pas exception. Mais elle n'a pas supporté de voir Anita et Thayler ensemble et elle le lui a dit. Ils se sont disputés et elle l'a laissé tomber.

— Elle est partie il y a six mois?

— Oui, à peu près.

— Qu'est-elle devenue?

— Nous l'avons perdue de vue. Elle n'est dans l'écurie d'aucun imprésario. Elle n'avait pas de talent bien particulier si ce n'est de rester tranquille et laisser Thayler lui tirer dessus. Je suppose qu'elle a quitté le métier.

— Vous n'avez jamais rencontré un certain Cesar Mills?

Il fouille dans ses souvenirs et finalement secoue la tête.

— Ce nom-là ne me dit rien.

— Vous savez quelque chose sur Louis?

Il tire sur sa moustache et soupire.

— Vous en voulez pour votre argent, à ce que je vois, jeune homme! Je ne peux pas rester toute la journée à vous parler, j'ai du travail en train.

— Laissez-le à Julien, je dis, en sortant à nouveau mon portefeuille. Disons vingt-cinq? D'accord?

Il remplit les verres en signe d'acquiescement. L'argent change de mains et il se réinstalle sur sa chaise.

— Vous êtes d'un commerce agréable, monsieur Malloy, il fait l'air radieux. Que voulez-vous savoir sur Louis?

— Quel genre d'homme est-ce?

Nedick étale ses grosses pattes grasses et hausse les épaules.

— C'est un artiste. Il connaît son métier et il ne prend pas cher. Nous lui passons toutes nos commandes.

— Faites travailler votre cervelle et dites-moi de quoi il a l'air.

— Grand, maigre, efféminé, il porte le bouc et il a été condamné deux fois pour viol, énonce rapidement Nedick.

Joli portrait. Il me plaît, ce Nedick. Il m'évite d'user la semelle de mes souliers.

— Quels rapports avec les flics?

— Mauvais. Les deux viols datent de cinq et dix ans, mais il est marqué. Je suppose qu'il ne s'amuse plus à prendre les filles de force. Mais on raconte autre chose...

J'attends mais comme il ne continue pas, je dis :

— Ne vous arrêtez pas. Ce qu'on raconte m'intéresse autant que les faits prouvés.

— Quand on sait se servir d'une caméra, monsieur

Malloy, commence Nedick en se pinçant la lèvre inférieure, et quand on n'a aucun scrupule, on peut toujours gagner sa vie; plus ou moins proprement.

— Ne soyez pas aussi vague, je lui demande. Comptez sur ma discrétion.

— La police pense qu'il fait du chantage. Personnellement, je n'en sais rien. La nuit, il emporte son appareil à *Bueno Vista Park*. C'est l'endroit rêvé pour les couples qui veulent se connaître plus intimement. Parmi ces couples, il en est qui ne veulent pas être photographiés. Vous savez ce que c'est? Alors certains négatifs prennent de la valeur. Ce ne sont là que des bruits. On n'a pas pu le prendre sur le fait.

Je lui dis que je comprends.

— Connaissant Thayler, pensez-vous qu'il ferait du chantage?

Nedick s'esclaffe :

— Thayler ferait n'importe quoi! Il est ambitieux. Il ne recule devant rien. Il a besoin d'argent. Croyez-moi, monsieur Malloy, ni rien ni personne ne peut l'arrêter quand il a décidé quelque chose. Je l'ai répété je ne sais combien de fois à Julien : Thayler est dangereux. Je lui ai dit qu'un jour ou l'autre il nous attirerait des ennuis, mais Julien n'a pas voulu m'écouter. Enfin, s'il ne nous en a pas attiré à nous, c'est uniquement parce qu'il est parti assez vite. On me dirait qu'il a estourbi quelqu'un au coin d'un bois que je n'en serais nullement surpris. Du chantage? Evidemment. Ça ne gênerait pas Thayler. C'est une brute. J'étais ravi de le voir partir. S'il n'avait pas emmené Anita avec lui, j'aurais tiré un feu d'artifice le jour de son départ. Je ne l'aimais pas, ni lui ni son numéro; mais Julien voulait le garder parce qu'il rapportait. Il fallait un type sans cœur pour monter un numéro aussi dangereux que celui de la cigarette. Il m'inquiétait. J'étais content qu'il s'en aille.

Je ne trouve plus de question à lui poser, je me remets debout.

— Eh bien! je crois que c'est tout. — Et je lui serre la main. — Si par hasard je pense à autre chose je reviendrai vous voir. Merci.

IV

En quittant le *Brass Rail* je retourne directement à l'hôtel. Le garçon d'étage traîne dans l'entrée. Je lui dis de faire monter des sandwiches et quatre bouteilles de bière dans notre chambre.

Je ne suis pas rentré depuis cinq minutes que Kerman arrive, le garçon sur les talons.

— Qu'est-ce qui te prend de commander des sandwiches? questionne Kerman, l'air dégoûté. On ne peut pas se payer le restaurant?

Le garçon pose la bière et les sandwiches sur la table de bambou et reste planté là, attendant de voir s'il y a quelque chose à récolter. Je lui donne 50 cents et je lui dis de se barrer.

J'ouvre deux bouteilles de bière et je commence à servir.

— Je me suis dit qu'on serait plus tranquilles pour parler, ici, j'explique.

— Bon, ça va, dit Kerman en s'asseyant dans le fauteuil. Tu as passé un temps, dans cette boîte! Je me préparais à organiser un sauvetage.

Je lui tends un verre de bière et je vais m'asseoir sur le lit.

— J'ai pêché un tas de choses, et je lui raconte tout ce que j'ai appris.

Il écoute sans rien dire, sans toucher à sa bière, ce qui est un signe certain que j'ai capté son attention. Quand j'ai fini, il laisse échapper un long sifflement.

— C'est insensé! il s'exclame. Qu'est-ce que ça veut dire?

— Tout ça, c'est des morceaux du puzzle. Il faut les rassembler. Je ne me doutais pas une seconde que Gail Bolus était dans le bain. Ça va! Pas besoin de ricaner!

— Tu crois qu'elle travaille la main dans la main avec Thayler?

— Peut-être. Je n'en sais rien. C'est peut-être une coïncidence qu'elle soit venue à Ocean-City. Elle a peut-être complètement rompu avec Thayler. Je n'en sais rien encore, mais ça viendra. La grosse affaire c'est qu'Anita était mariée quand elle a épousé Cerf, Si elle l'a épousé secrètement — c'est-à-dire sans que Thayler le sache — et qu'il ait fini par l'apprendre, pas besoin de chercher le maître chanteur bien loin. Une autre chose intéressante : Thayler est un expert du 45. C'est peut-être lui l'assassin?

Kerman se racle la gorge et boit une gorgée de bière.

— Tu crois que c'est lui qui a tué Benny?

— Thayler ou Louis, ou tous les deux.

— Et Mills? Il n'est plus dans le coup?

— Je n'en sais rien. Je crois qu'il y a quelque chose entre Nathalie Cerf et lui, mais est-ce que ça a à voir avec notre affaire ou non, je ne sais pas.

— Tu ne sais pas grand-chose, dans le fond. Il va falloir te démener un peu si tu veux te faire un nom dans le métier.

— J'en sais assez pour mettre le grappin sur Louis. Et c'est ce qu'on va faire tout de suite.

J'ouvre ma valise et j'en sors un bloc. J'écris en lettres majuscules :

LA MAISON EST FERMÉE AUJOURD'HUI

— Ben alors! fait Kerman stupéfait. On ne bosse plus, aujourd'hui.

— Pas nous, eh, tordu! On traverse la rue et on va chez Louis. On collera ça sur la porte en entrant.

Kerman avale rapidement sa bière.

— Voilà le moment que j'attendais, il dit en empoignant son chapeau.

V

Je pousse la porte et une sonnette que je n'avais pas vue se met à tinter. Une lumière intense éclaire la boutique : les murs sont couverts de clichés brillants du même modèle que ceux qui décorent l'extérieur du *Brass Rail*. Un petit comptoir sépare la boutique de l'arrière-boutique. Cette dernière, d'après ce que je peux en voir par l'espace entre deux mauvais rideaux à moitié tirés, est meublée d'un grand nombre de chaises, de deux tringles où sont accrochés des rideaux et de deux grandes glaces. Dans cette pièce débouche un étroit couloir qui doit, je présume, mener au studio.

Nous avons convenu que si par hasard quelqu'un se trouvait dans la boutique il faudrait s'en occuper : aussi Kerman a-t-il emmené son revolver. Il ne se sent pas très fier, vu qu'il n'a jamais tiré avec et qu'il n'y a rien dedans. Je lui ai dit que tant que Louis ne sortirait pas une pétoire de son côté, tout se passerait très bien. Le revolver de Kerman est impressionnant : il a l'air hargneux. Personne, à moins d'être cinglé, ne viendra s'y frotter.

Kerman m'a répondu amèrement que si Thayler s'amenait et commençait à nous montrer ses talents de tireur, on aurait l'air de deux andouilles; je l'ai pensé aussi, mais me suis bien gardé de le lui dire.

Aussitôt dans la boutique, Kerman colle l'avis sur la porte et ferme les deux verrous. Du couloir, débouche une silhouette de femme en robe noire. Elle traverse le salon d'habillage et débouche dans la boutique. Elle a un air dur. Sa peau de blonde est hâlée et elle sort un sourire commercial, mais ses yeux gardent leur expression morose.

— Vous désirez? elle demande, les mains sur le comptoir.

Ses ongles sont rutilants, mais elle se les ronge. Si on la regarde de plus près, on se rend compte que le reste est mangé aussi, aux mites ou par la rouille.

Je porte deux doigts à mon chapeau.

— Nous voudrions faire faire des photos. C'est possible?

— Et je vous ferai cadeau d'une des miennes pour vous tenir chaud la nuit, ajoute Kerman.

La blonde nous regarde l'un après l'autre d'un air étonné et ferme à demi les yeux.

— J'ai bien peur que M. Louis ne soit occupé pour l'instant. Je peux vous fixer un rendez-vous, et d'un geste nonchalant, elle tapote ses boucles.

— Nous sommes pressés.

Je me tourne vers Kerman avec un signe de tête.

Kerman sort son revolver comme un cow-boy de cinéma et le pointe sur la fille.

— Gueule pas, p'tite tête, dit Kerman. — Sa voix crisse comme de la toile cirée qu'on déchire. — On vient pour la caisse!

La blonde recule, bat des paupières et ouvre la bouche pour crier. Je lui enfonce mon index dans l'estomac et tout ce qu'elle a comme air dans les poumons sort en sifflant comme d'un pneu crevé. Elle se plie en deux au-dessus du comptoir.

En une minute et demie elle est attachée et bâillonnée avec le matériel que nous avons amené. On la colle sous le comptoir, un oreiller sous la tête et on lui dit de se tenir tranquille. Elle n'a plus son air morose : elle écume.

— Amène-toi, je dis à Kerman, tu te défends comme un lion.

— Ce qui me plaît le plus là-dedans, il me dit tout en me suivant, c'est de penser qu'un flic pourrait arriver et me prendre pour un tueur. Je suppose que ce genre de supposition ne t'a pas traversé l'esprit.

Je lui fais signe de se taire, et nous nous engageons dans le couloir. Au bout, il y a une porte; je l'ouvre et je regarde.

C'est un grand atelier. L'habituel appareil à trois pieds est planté devant une toile de fond peinte en gris. Une table à dessin au pupitre oblique se dresse contre le mur. Un homme en blouse blanche, coiffé d'un béret bleu, travaille à la table sur une série de photos. Il est grand, maigre, efféminé; son menton s'orne d'un bouc noir. Sa peau a la couleur du vieux parchemin, ses lèvres épaisses paraissent rouges par contraste avec sa barbe et sa moustache noires : pas séduisant pour un sou, le monsieur.

Quand il nous voit, sa main lâche le pinceau et plonge dans le tiroir de la table.

— Lâche ça, ricane Kerman en le menaçant de son revolver.

La main reste suspendue au-dessus du tiroir. Le visage barbu tourne au vert. Je m'avance et je pêche un petit automatique dans le tiroir. Je le mets dans la poche arrière de mon pantalon.

— Salut, je dis et je lui balance une pêche magistrale entre le cou et l'épaule.

Le coup le fait dégringoler de sa chaise et l'expédie à terre. Je me penche sur lui, je l'empoigne, je le remets sur ses pieds, je prends mon élan et je lui écrase l'os du nez, à hauteur des yeux. Il fait un valdingue à travers le studio, rencontre son appareil en chemin et s'étale sur le plancher avec son ustensile sur les reins.

Kerman est assis sur le rebord de la table.

— Attention de ne pas lui faire mal, il dit.

On s'arrête un peu pour reprendre notre souffle.

Louis est ratatiné sur le plancher, les mains devant la figure. Il ose à peine respirer. Il a tout du gars qui attend qu'une bombe lui explose dessus.

En attendant que le souffle me revienne, je vais jeter un coup d'œil sur les photos qu'il retouchait. Elles confirment la théorie de Nedick : Louis fait du chantage.

Voyant que rien d'autre ne lui tombe dessus. Louis essaye de se remettre sur ses pieds mais dès que je me retourne, il se jette par terre.

Il n'a pas plus de tripes qu'un plat de porridge.

— Pourquoi as-tu tué Benny? je lui demande en arrivant au-dessus de lui. Ses petits yeux se ferment. Son souffle fait un bruit de papier froissé dans sa gorge nouée.

— Je ne sais pas ce que vous voulez dire, il murmure presque imperceptiblement : comme un écho dans un tunnel.

Je shoote dans la blouse blanche et je l'envoie se ramasser à trois mètres de là.

— Pourquoi as-tu tué Benny? je répète.

Il ne répond pas. Il ne fait que grogner.

Je le sonne encore.

— Il croit peut-être qu'on veut jouer, dit Kerman en s'approchant pour mieux voir. Il y a des types, c'est fou ce qu'il faut être persuasif pour les faire parler.

— Pas celui-là, je dis.

Je fonce, je l'empoigne et je le remets sur ses pieds. Il a les jambes en flanelle et il va retomber, mais je le tiens debout juste assez pour que Kerman ait le temps de lui mettre un gnon. Il traverse la pièce à l'horizontale et va atterrir dans la toile grise.

— Hé! crie Kerman, tu vois ça!

Il fonce sous la table et ramène une lampe à souder.

— Ça, c'est quelque chose, je dis, allume-la.

J'arrache le reste de la toile grise de son cadre, je ramasse Louis et je le traîne par les chevilles jusqu'au milieu de la pièce.

Dans le fond du studio, il y a un divan. Je vais le chercher et je le traîne jusqu'à Louis.

— Mettons-le là-dessus, je dis.

Kerman pompe plusieurs coups jusqu'à ce que la flamme sorte en grondant du museau troué de la lampe à souder, puis il s'approche, empoigne Louis, le colle avec mon aide, sur le divan et je m'assois sur sa poitrine.

La sueur ruisselle sur son visage. Il me regarde intensément, les yeux agrandis par l'épouvante.

— J'ai pas beaucoup de temps à perdre avec toi, je lui dis. Je veux savoir ce qui est arrivé à Benny et je le saurai. Je sais que toi, Thayler et Anita, vous êtes dans le même bain. Je sais que Benny est venu ici hier. Si tu ne parles pas, tu vas passer un sale quart d'heure. Benny était un copain. Je me fous pas mal de ce qui peut t'arriver. Tu vas parler ou tu dérouilles. Pourquoi t'as tué Benny?

— Je ne connais pas Benny, je le jure, il dit dans un souffle.

— Il ne connaît même pas Benny, je dis à Kerman.

— J'ai tout ce qu'il faut pour lui rafraîchir la mémoire, dit Kerman en empoignant la lampe à souder.

— Bleu, saignant ou à point? je demande à Louis.

— Je ne le connais pas! il hurle en se débattant. Je ne sais pas ce que vous voulez dire.

— Tu vas le savoir tout de suite, ordure, et Kerman braque la lampe sur les semelles de Louis.

Au bout de quelques secondes Louis se raidit; il se bande comme un arc, les yeux lui sortent de la tête et la sueur jaillit de son visage comme d'une éponge pressée. J'ai du mal à le maintenir à plat et tous les gueulements qu'il pousse me font mal à la tête.

— Pourquoi as-tu tué Benny? je demande, en faisant signe à Kerman d'arrêter.

Le studio pue le cuir brûlé.

— Je ne... je vous jure que je ne sais rien, grogne Louis.

Je sens se tordre sous moi les muscles de ses cuisses, sa tête roule de gauche à droite sur le rebord du divan.

— Mets-lui-en un bon coup, je dis, hors de moi.

Kerman lui en colle une bonne dose. Louis braille tellement fort que je suis obligé de lui enfourner son béret dans la bouche.

— Ça ne fait rien si je l'estropie pour la vie? me demande Kerman.

— Moi, ça ne me dérange pas, mais attends que je voie s'il a changé d'avis. Je n'aime pas cette odeur.

— On aurait dû amener une bouteille de scotch, dit Kerman. J'ai le cœur fragile.

Je sors la casquette de la bouche de Louis.

— Pourquoi as-tu tué Benny?

— C'est Thayler!

Je l'entends à peine, tellement il parle bas.

— Je crois qu'il va parler, je dis. Mais garde la lampe à portée de la main, pour les trous de mémoire. — Je me lève. — Comment ça s'est passé?

Ça nous prend un peu de temps; Kerman le passe à la rôtissoire une ou deux fois quand il fait le difficile pour les détails, mais on finit par tout savoir.

Benny est venu à la boutique un peu avant cinq heures l'avant-veille. D'après Louis, Benny ne se doutait pas une seconde de ce qui l'attendait. Il a montré la photo d'Anita à Louis et lui a demandé ce qu'il savait d'elle.

— Thayler était là, dit Louis, le visage trempé de sueur, là, derrière le rideau; il écoutait. Il est sorti avec un revolver. J'ai fouillé Benny et j'ai vu d'où il venait. Anita avait parlé de *Universal Services* à Thayler. Thayler a assommé Benny et l'a emmené dans sa voiture. Je ne sais pas ce qu'il a fait de lui. Je vous jure que c'est tout ce que je sais.

A ce moment-là, Kerman lui refile une dose de lampe à souder.

— Où est Thayler? je demande.

Louis répond quelque chose que je n'entends pas.

— Cette salope a besoin de boire quelque chose, je dis.

— Et moi donc! grommelle Kerman.

Il commence à fouiller la pièce. Au bout d'un moment, il découvre une bouteille de scotch et des verres dans un placard. Il sert trois verres, m'en donne un, pose l'autre sur la table pour lui et balance le troisième à la figure de Louis.

— Où est Thayler, maintenant? je redemande, après avoir bu une gorgée.

Ce n'est pas du mauvais whisky. Pas bon, mais buvable.

— Il est allé voir Anita, il balbutie.

— Quand est-il parti?

— Hier soir, il a pris l'avion de dix heures.

— Va falloir parler, je dis. Tu l'as cherché, tu es servi. Tu savais qu'il a attaché les mains et les pieds de Benny et qu'il l'a balancé dans le bassin des Indes.

Le maigre visage tordu par la douleur pâlit.

— Non...

Je suis disposé à le croire.

— Thayler et Anita étaient mariés, non?

Il acquiesce.

— Tu savais qu'elle a épousé un nommé Cerf il y a deux mois?

Son regard fuyant s'abaisse et dès qu'il dit qu'il ne connaît pas Cerf, Kerman empoigne sa lampe. Louis s'écrie :

— Oui. Je le savais. C'est une idée à Thayler. Il disait qu'elle pourrait prendre un tas de pognon à Cerf.

— Elle avait peur de Thayler?

Il a l'air étonné.

— Elle n'avait aucune raison d'avoir peur de lui.

— Ils se sont disputés et séparés, non?

— Oh ça!... Ils se disputent toujours. Quand elle a rencontré Cerf, elle est venue ici et elle a demandé à Thayler ce qu'elle devait faire. Il lui a dit d'épouser le type, de lui soutirer le plus d'argent possible et que lui la bouclerait tant qu'elle lui refilerait une part des bénéfices.

— Tu connais Gail Bolus?

Il se lèche les lèvres et secoue la tête.

— Elle travaillait avec Thayler avant qu'il rencontre Anita. Je ne l'ai jamais vue.

— Elle est dans le coup?

— Je ne sais pas.

— Ce n'est pas la première fois que Thayler va à Ocean-City, hein?

Il hésite; mais, au premier geste de Kerman, il se dépêche de dire :

— Non. Il y est allé il y a deux jours. Il était inquiet. Anita lui avait téléphoné pour le prévenir qu'on la surveillait. Il est parti tout de suite, mais il ne l'a pas trouvée.

— Il est revenu ici?

— Oui. Il était nerveux. Il m'a dit que la femme qui surveillait Anita avait été tuée. Il s'est dit qu'il ferait mieux de se planquer. Il était inquiet de ne pas avoir trouvé Anita.

— Il ne l'avait pas prévenue de son arrivée?

— Non. Quand elle lui a téléphoné pour lui demander de venir, il avait du travail. Sitôt qu'elle a raccroché, il a changé d'avis et s'est décidé à aller voir ce qui se passait.

— Il va revenir?

— Oui.

— Quand?

— Il ne l'a pas dit.

— Anita a été tuée hier soir.

Il fait un saut en arrière et ses petits yeux semblent s'enfoncer dans leurs orbites.

— Quoi! Elle est morte?

— Ouais! On a trouvé un Colt 45 à côté d'elle. Quel revolver avait Thayler?

— Je ne sais pas. Un gros revolver. Je ne connais rien aux armes à feu.

Je hausse les épaules et je m'écarte de lui.

— Je ne vois pas autre chose à lui demander, et toi? je demande à Kerman.

Kerman secoue la tête.

— Qu'est-ce qu'on fait de ce crapaud?

— Je m'en occupe. Passe-moi ces photos sur la table.

Kerman ramasse les clichés, y jette un coup d'œil, fait une grimace et me les tend.

— Là, écris ton nom derrière chaque photo, je dis à Louis.

Voyant que Kerman se prépare à jouer de la lampe à souder, Louis se dépêche d'obéir. Je prends les clichés signés, je les glisse dans une enveloppe que je trouve sur la table, j'écris le nom de l'inspecteur Dunnigan sur l'enveloppe et je la mets dans ma poche :

— Je vais porter ça au commissariat central. Ça fait assez longtemps qu'ils essaient de te pincer. — Je me tourne vers Kerman : — Amène-toi, on s'en va.

Kerman est au-dessus de Louis.

— Benny était mon ami, il dit d'une voix grave, sans timbre. Voilà un souvenir de sa part, et il lui colle la flamme de la lampe à souder en pleine figure.

CHAPITRE VIII

I

Le soir commence à tomber quand j'arrive à Ocean-City. Je vais directement au bureau. Paula est encore là. Quand je pousse la porte, ses yeux lâchent le journal qu'elle est en train de lire et une expression de soulagement envahit son visage.

— Quoi de neuf? elle demande. Comment va ta tête?

— Ma tête supporterait une goutte de scotch. — Et je me laisse tomber dans le fauteuil près du bureau. — Sois chic, verse-moi à boire. Ça commence à se préciser, mais on ne touche pas encore à la fin. Enfin, je sais déjà qui a tué Benny. Un certain Lee Thayler. Il est soit à Ocean-City, soit à Frisco. J'ai laissé Kerman là-bas pour s'en occuper.

— Thayler, répète Paula en ouvrant une des portes du bureau. — Elle sort une bouteille d'Haig and Haig, un verre et une carafe d'eau. — Qui est-ce? Quel rôle joue-t-il?

— C'est le mari d'Anita, je réponds en empoignant la bouteille. Je ne l'ai pas encore trouvé, mais je suis à sa recherche. Il se peut que j'ai des ennuis avec lui; il sait se servir d'un feu. Ça serait une bonne chose si tu pouvais prendre quelques notes, on ne sait jamais. Si je viens à mettre le nez dans un truc trop fort pour moi, ça aidera Mifflin à terminer le boulot. Mais ne lui dis rien avant qu'il me soit arrivé quelque chose.

Paula me fixe de ses yeux noirs qui s'agrandissent.

— Doucement, du calme, je dis en me servant à boire, ce n'est qu'une précaution. Tu as ton bloc?

— Mais Vic... elle commence.

Je lui fais signe de se taire.

— Ecris en vitesse. Je n'ai pas de temps à perdre.

Elle prend son bloc et un crayon.

— Vas-y, elle fait, l'air résigné, je t'attends.

— La scène se passe à San Francisco, je commence, au début de juin, il y a deux ans...

J'observe son crayon qui court sur la page pour être sûr de ne pas aller trop vite.

— Une danseuse nue qui se fait appeler Anita Broda débarque en ville en provenance d'Hollywood. Son numéro est un peu osé pour les boîtes d'Hollywood et la brigade des mœurs la prie de faire ses valises. Elle tourne dans San Francisco à la recherche d'un engagement, mais les boîtes de nuit craignent le scandale. Finalement, elle obtient une recommandation pour Nick Nedick, le patron d'un café-concert de bas étage situé au coin de Bayshore et de Third Street. Il court le risque et la prend huit jours à l'essai. Elle a du succès et trois semaines après, son nom brille en lettres de feu au fronton de la baraque.

« La plupart des artistes engagés par Nedick ne restent pas plus d'une semaine. Mais les clients sont fous d'Anita et elle devient la vedette maison, gardant le haut de l'affiche pendant le temps record de dix-huit mois.

« Un autre numéro, qui a moins de succès que celui d'Anita, mais suffisamment pour faire partie du programme de façon permanente, est exécuté par un certain Lee Thayler, tireur émérite et sa partenaire, une nommée Gail Bolus. »

Paula me jette un regard pénétrant, cligne de l'œil et me demande :

— Ce n'est pas cette fille?...

— Si, c'est la même. Continuons. Ce que tu écris en ce moment, c'est de la dynamite. Je te réserve une autre surprise.

— Vas-y.

— Thayler et Anita tombent amoureux l'un de l'autre et Thayler décide d'abandonner le métier d'acteur. Il achète une part dans une boutique de photographe et spécialise la maison dans la photo d'artistes.

« Le propriétaire de la boîte est un nommé Louis qui gagne du fric de son côté en faisant du chantage. Thayler est probablement dans le coup aussi. La boutique ne vaut pas grand-chose et deux personnes ne peuvent pas en vivre à moins d'y faire autre chose que de la photo.

Je fais une pause pour permettre à Paula de me rattraper et je reprends :

— Thayler épouse Anita le huit novembre de l'année dernière. Gail Bolus abandonne le métier. Un mois plus tard, Anita quitte Thayler! Peut-être pas pour de bon. Je ne sais pas. De toute façon, Anita se place comme mannequin chez Siméon, dans la Dix-Neuvième Avenue. Là elle rencontre Cerf.

« Cerf, comme tu le sais, a perdu sa femme il y a deux ans dans un accident de voiture. Il a une fille malade à sa charge et la vie n'est pas drôle. Anita prépare ses filets et Cerf tombe dedans. Il offre le mariage.

« Anita en parle à Thayler qui n'est pas long à voir les avantages que l'on peut tirer en partageant sa femme avec un milliardaire. Il dit à Anita d'y aller carrément et d'épouser Cerf. Il promet de ne pas se mettre en travers de sa route, moyennant une part de tout ce qu'Anita arrachera à Cerf, et elle n'a pas l'intention d'y aller de main morte. Anita épouse Cerf. Elle est bigame, évidemment, et elle part vivre avec lui dans sa résidence de *Santa-Rosa.*

« J'ai fait une enquête sur Anita et je n'ai rien trouvé pour étayer les soupçons de Cerf quant à la kleptomanie de sa femme. J'ai passé deux heures avant de quitter Frisco à parler avec des gens qui l'ont connue et aucun d'eux n'a jamais soupçonné Anita d'avoir ce vice. Je suis maintenant persuadé que la valise pleine d'objets volés a été mise dans ce placard par quelqu'un qui voulait la discréditer auprès de Cerf. La seule personne qui ait une raison de la discréditer est Nathalie, la fille de Cerf, qui aurait perdu la moitié de la propriété si Anita avait vécu.

« Mais passons là-dessus, car je n'ai pas encore eu le temps de pousser Nathalie dans ses retranchements. Je suis content que la liaison Anita-Barclay n'ait rien à voir avec l'affaire. Elle trouvait Cerf ennuyeux et sans doute peu satisfaisant comme amant; elle rencontra Barclay et s'offrit quelques heures de détente. C'était bien son genre. Je suis persuadé que Barclay n'a rien à voir dans tout ceci, bien que le problème des vêtements de Dana cachés chez lui ne soit toujours pas résolu. J'ai dans l'idée qu'ils ont été mis là par le meurtrier pour égarer les soupçons, mais ce n'est qu'une supposition. »

Paula s'arrête pour me demander :

— Et Benny, Vic?

— Oui, Benny... Ecris : Benny ne se doutait pas que Louis et Anita étaient dans le même bain. Il est allé audevant de la mort, en entrant dans la boutique. Thayler s'y trouvait. Dès qu'il entendit Benny poser des questions au sujet d'Anita, il est apparu avec un revolver. Anita avait déjà prévenu Thayler qu'*Universal Services* la surveillait; Thayler était à bout de nerfs. Il était allé à Océan-City dans l'espoir de voir Anita, la nuit où Dana fut assassinée, mais il ne la vit pas. De retour à Frisco, il était dans un état terrible et quand Benny apparut, il perdit la tête et le tua. Ensuite, il prit l'avion de dix heures pour Ocean-City. Peut-être avait-il décidé que le plus sage était de supprimer Anita. Je ne sais pas. Le fait important est qu'il était présent quand Anita fut tuée. L'a-t-il tuée ou non, ça, il faudra le découvrir. En tout cas, c'est lui qui m'a assommé lorsque j'ai découvert le cadavre d'Anita. Il l'a peut-être escamoté. Je ne sais pas. Voilà les premières pièces du puzzle qui ont une signification précise, mais le tableau n'est pas complet. Il faudra encore beaucoup de travail pour le compléter.

Je bois mon verre, je me lève et je marche de long en large.

— Si je découvre pourquoi Dana a été tuée, je continue, et pourquoi Anita Cerf a laissé son collier de diamants chez Dana. J'aurai la réponse. Ces deux points sont la clef de voûte de l'ouvrage. Trouvons les réponses à ces deux questions et le reste se placera tout seul. Je voudrais savoir aussi de quoi Anita avait peur quand je l'ai trouvée à l'*Etoile* et pourquoi elle s'y cachait. Et pourquoi elle a été tuée et ce qu'on a fait de son corps. Vingt dieux! j'en ai des choses à trouver!

— Et Gail Bolus? me demande Paula en posant son crayon. Où intervient-elle?

— Je n'en sais rien, je lui réponds en m'asseyant sur le rebord du bureau. A première vue, elle m'a l'air d'être toujours en cheville avec Thayler. De la façon dont elle a rappliqué après que l'on m'a eu sonné, ça ne m'a pas du tout l'air d'une coïncidence. Il faudra que je trouve ça aussi. — Je prends une cigarette et je l'allume. — Autre chose : j'ai idée que Cesar Mills joue un rôle quelque part. C'est une intuition, mais elle est de taille. Il est temps que j'aille à Fairview et que je fouille sa maison. C'est peut-être une perte de temps, mais ça me remettra les nerfs en place.

— Nous n'avons plus de temps à perdre, dit Paula. Brandon fait un foin de tous les diables au sujet du meurtre de Leadbetter. Il veut te voir. Ils ont comparé la balle avec celle qui a tué Dana. Fais attention, Vic. Brandon n'est pas à prendre avec des pincettes.

— Je te crois. Pour l'instant, je vais voir ce que je peux faire au sujet de Thayler, mais je m'occuperai de Mills en même temps. L'ennui, c'est que je peux pas me balader dans toute la ville à la recherche de Thayler. Il peut être ici comme il peut être rentré à Frisco. Qui sait s'il ne me faudra pas des semaines avant de le piquer. — Je m'assois et réfléchis un moment, puis je saute sur le téléphone. — Finnegan est un vieux copain à Dana. Il m'a offert de m'aider. Il pourrait peut-être retrouver Thayler. Il est en relations avec toutes les gouapes de la région.

Je compose le numéro de Finnegan. J'attends et quand sa voix grondante se fait entendre, je dis :

— Pat, tu peux faire quelque chose pour moi? Je voudrais que tu me trouves un certain Lee Thayler. Il est ou n'est pas en ville. C'est un champion de tir à la cible, un maître chanteur et probablement un assassin. Je file deux cents dollars à qui me dira où je peux le trouver.

— Très bien, monsieur Malloy, répond Finnegan. Je vais me tuyauter, s'il est en ville on le trouvera. Vous pouvez me le décrire?

— J'ai mieux que ça. Je vais t'amener une photo de lui. C'est urgent, Pat. Il est pour quelque chose dans le meurtre de Dana.

— Apportez la photo, dit Finnegan, la voix soudain durcie. S'il faut le trouver, je le trouverai.

Je le remercie et je raccroche.

— Voilà pour Thayler, je dis en me levant. Entretemps, je vais aller faire un tour chez Mills. Tape les notes à la machine, Paula, et mets-les dans le coffre. Autre chose : rends le collier à Cerf contre un reçu. Ça devrait déjà être fait. Si Brandon apprenait la chose et trouvait la camelote ici, on n'aurait qu'à fermer boutique. Dans les mains de Cerf, ce n'est plus une preuve.

Elle me répond qu'elle va le faire tout de suite.

— Eh bien! au revoir, je lui dis en mettant le cap sur la porte. S'il m'arrive quelque chose, donne tout le paquet à Mifflin.

Et sans lui laisser le temps de protester, je sors et je descends l'escalier.

II

Beachwood Avenue est une artère de trois milles de long qui se déroule comme un serpent sur la colline de Fairview et redescend dans la vallée vers l'autostrade San Francisco-Los Angeles. Elle est séparée en son milieu et sur toute la longueur par un parc à voitures entouré de magnolias. C'est une avenue tranquille, très bord de mer, le long de laquelle s'alignent de grandes maisons aux colonnades blanches, avec balcons et portiques élégants.

Au numéro 235, derrière un mur de stuc blanc, se cache celle de Cesar Mills. Le clair de lune est suffisant pour que je puisse lire les chiffres chromés en passant devant la grande porte.

Tout ce que je vois de la maison, c'est son toit d'ardoises vertes.

Deux cents mètres plus loin, il y a une impasse privée qui mène à une grande propriété. Je roule jusque-là, je range ma voiture au tournant, j'éteins tout, sauf les feux de position, et je sors.

La nuit est encore chaude, tout est tranquille, l'air est alourdi par le parfum des fleurs dans les jardins invisibles et celui des magnolias qui bordent le parc à voitures : le coin idéal pour des amoureux ou des cambrioleurs.

Je remonte à petits pas jusqu'au 235, comme un honnête homme qui fait son petit tour avant d'aller se coucher. Il est dix heures vingt. J'ai les pieds en marmelade, je suis fatigué, accablé par la chaleur. J'ai aussi l'impression de perdre mon temps; je me demande ce que je viens faire ici. Je devrais porter tous mes efforts sur Lee Thayler, ou mieux encore me coucher, pour récupérer et être prêt à toute éventualité demain matin.

Je m'arrête devant la porte qui fait au moins deux mètres et je regarde à droite et à gauche : personne. Je tourne la poignée et je jette un coup d'œil sur le petit jardin bien entretenu, éclairé par la lune. Devant moi se découpe la silhouette d'une maison à un étage plus le grenier; deux cheminées se dressent de chaque côté, six colonnes de bois soutiennent l'auvent de la galerie véranda. Le devant de la maison est percé de trois lucarnes : quatre portes-fenêtres ouvrent sur la véranda et laissent passer de la lumière. Il semble que Cesar Mills est chez lui.

Je me dis que pendant que j'y suis, je pourrais aussi bien jeter un coup d'œil sur le bonhomme. Je grimpe donc jusqu'à la véranda par le sentier. Je regarde par la fenêtre la plus proche.

Je me rends aussitôt compte que Mills ne se refuse rien. La pièce a été conçue pour le confort et on n'a pas lésiné. Des tapis persans jonchent le parquet. Deux vastes canapés, quatre fauteuils de repos et un divan sont répartis çà et là. Contre un mur, j'aperçois une table de noyer chargée de bouteilles et de verres. Des lampes aux abat-jour de parchemin font des taches imprécises sur les tapis et se reflètent sur le parquet ciré. Belle pièce, meublée avec goût. Le genre d'endroit où n'importe qui doit se sentir heureux.

Cesar Mills est assis dans un des fauteuils, une cigarette aux lèvres, un grand verre de whisky-soda couvert de buée à la main. Il porte une robe de chambre bleu marine, un pyjama de soie blanche, et ses pieds nus sont glissés dans des chaussons à semelle compensée. Il lit un magazine et d'après l'air ennuyé qu'il arbore, ça ne doit pas être très intéressant.

Je me demande si ça vaut le coup d'attendre. Il faut que j'entre dans la maison et que je fasse ma petite inspection, mais je ne tiens pas à prendre de risques ni à me trouver nez à nez avec Mills. Il y a des chances pour qu'il aille se coucher avant peu. Aussi, je me donne une demi-heure pour voir s'il se passera quelque chose.

Je me cherche une place dans l'obscurité, je m'assois sur le rebord d'un bac en ciment plein de pétunias et j'attends. De là, je peux voir l'intérieur de la pièce et Mills. Lui, ne peut pas me voir.

Vingt minutes passent. Le spectacle de M. Mills en train de se la couler douce dans un fauteuil n'a rien de réjouissant, surtout quand on est assis sur le rebord d'un bac avec la migraine et les fesses endolories. Mais je me fie à mon intuition et comme je suis obstiné, j'attends. Au bout d'un moment, il laisse tomber le magazine et se lève.

J'espère qu'il va se coucher, mais pas question! Il se dirige vers la table de noyer et remplit son verre. J'en ai le gosier qui se contracte à voir couler le whisky de la bouteille.

Il va pour retourner à son fauteuil, mais il s'arrête et penche la tête pour écouter. J'écoute aussi.

Une voiture arrivant en trombe ébranle le calme de la nuit.

Mills pose son verre, s'approche de la grande glace qui orne la cheminée, se regarde, puis il reste planté là immobile, attendant.

La voiture stoppe devant la porte du jardin, une portière claque, le loquet de la porte cliquette.

Je me suis remis debout. Je recule dans l'ombre de la maison. La porte du jardin s'ouvre, des pas montent le long du sentier : pas rapides et légers d'une femme.

J'attends dans le noir, collé au mur, d'où j'ai vue sur le jardin éclairé. Une femme apparaît au coin de la maison : une femme nu-tête, en pantalon de lin fauve et chemise de sport vert pomme flottant sur la ceinture. Son sac est en lin fauve, de la même couleur que son pantalon.

Elle passe près de moi et je hume une bouffée de parfum. La lumière de la lune éclaire crûment son mince petit visage. Un sourire désabusé abaisse le coin de ses lèvres.

Elle traverse vivement la véranda et pénètre dans la pièce. Dès qu'elle a disparu, je sors mon mouchoir et j'éponge mon front et mes mains. Je ne suis plus fatigué. Je n'ai plus mal à la tête. Je suis plutôt content de moi. Ça fait plaisir, quand on suit ses intuitions, de voir qu'on ne s'était pas trompé.

La femme en pantalon fauve et en chemise verte est, bien entendu, Nathalie Cerf.

III

Tout est tranquille, il fait chaud, je suis dans l'ombre. Loin, très loin, les vagues de l'océan se brisent sur les récifs d'East Beach.

Pendant que je suis là dans le noir à attendre les événements, j'essaie de me rappeler ce que Paula m'a appris sur Nathalie Cerf. Elle a eu un accident de voiture il y a deux ans. La mère a été tuée, elle en est sortie infirme. Elle a été soignée, passée aux rayons X et examinée par tous les médecins de quelque réputation de ce pays. Mais aucun d'eux n'a obtenu de résultat. Cerf a payé des centaines de milliers de dollars : personne n'a réussi à la faire marcher.

On dirait que la science médicale a perdu un faiseur de miracles en la personne de Cesar Mills. Ce que le savoir des meilleurs médecins de ce pays n'a pu faire, il l'a fait. Car Nathalie a traversé la véranda aussi allègrement qu'une championne olympique.

Une voix de casse-noix s'élève : celle de Mills.

— Tu ne m'as pas dit que tu venais. Je ne t'attendais pas. Tu aurais pu téléphoner.

Pendant que sa voix me couvre, je m'approche pour avoir une vue d'ensemble de la pièce.

Mills se trouve dans l'encadrement de la porte, comme s'il venait d'entrer dans la pièce. Il a l'air franchement agacé; ses yeux incolores sont durs.

— Je te dérange? demande poliment Nathalie.

Elle s'est assise sur le bras du chesterfield, toute droite, les mains croisées sur son sac, l'air très à son aise.

— J'allais me coucher.

— Vrai? Il n'est pas tard. C'est pour cela que tu fais cette tête sinistre?

Il entre dans la pièce et ferme la porte.

— Mais non! Je n'aime pas que tu arrives en coup de vent comme ça. Je pouvais avoir un copain ou quelqu'un.

Il prend le verre qu'il avait posé sur la table. Elle l'observe et son visage devient soudain aussi inexpressif que celui d'un mannequin de cire.

— Je ne savais pas avoir besoin d'une permission pour entrer dans ma propre maison, dit-elle calmement. — Bien que les mots soient agressifs, le ton est conciliant. — A l'avenir, je saurai.

Mills n'a pas l'air d'aimer ça, mais il ne répond rien. Il retourne à son fauteuil et s'y assoit. Il s'ensuit une longue — trop longue pause.

Elle dit d'un ton dégagé :

— Tu ne m'offres rien à boire?

Il ne la regarde pas.

— Tu es chez toi. Voilà tes bouteilles. Sers-toi.

Elle glisse le long du chersterfield et gagne la table. Je la regarde se verser trois pouces de whisky et lâcher un cube de glace dedans. Son petit dos est raide, ses mains sont assurées, mais ses lèvres tremblent.

— Que se passe-t-il, Cesar? demande-t-elle sans se retourner.

Elle s'efforce de se maîtriser, mais son amabilité feinte ne fait pas illusion.

— Tu crois que ça va durer longtemps? il demande.

Elle se retourne brusquement et lui fait face.

— Qu'est-ce qui va durer longtemps?

— Tu le sais : ça! — Du geste, il montre la pièce. — Combien de temps crois-tu que je vais faire l'andouille devant la porte, à saluer comme un laquais? Combien de temps crois-tu que je vais monter en catimini dans ta chambre derrière Franklin qui sait ce que je viens y faire et fait semblant de ne pas le savoir?

Elle fronce les sourcils.

— Que veux-tu que nous fassions d'autre?

— On peut se marier, non? Combien de fois faudra-t-il que je te le répète? On peut vivre ici, oui? Tu as ton argent personnel. Cerf ne peut pas y toucher. — Il empoigne son verre et le pose violemment sur le bord de la cheminée. — On peut se marier! Voilà ce qu'on peut faire!

— C'est impossible!

— C'est possible! Dis la vérité à Cerf. Tu ne penses pas que ça changera quelque chose, non? Ça l'a peut-être embêté au début, mais plus maintenant. Un type ne vit pas à côté de ce genre de truc pendant deux ans sans s'y habituer. Tu te fais des illusions si tu crois que ça lui fait encore quelque chose. Il s'en moque.

— Non.

Ses yeux paraissent immenses dans son visage émacié.

Il se lève et reste là, les mains enfoncées dans les poches de sa robe de chambre, la tête légèrement penchée, un pâle sourire moqueur sur ses lèvres minces.

— Je te dis qu'il s'en fout!

Ils parlent calmement, mais il y a une tension extrême entre eux. Ce qui me fait supposer qu'ils se contiennent en sachant pertinemment que tant qu'ils contrôleront leurs réactions, ils garderont la situation en main. Et comme ils ont chacun de leur côté quelque chose à perdre, ils veulent garder la situation en main.

— Maintenant je vais te dire, continue Mills. Regarde de quelle façon il te traite. Combien de fois il vient te voir? Deux fois par jour. — Il s'arrête, car elle fait un petit geste d'impatience. — Je sais ce que tu penses.

— Qu'est-ce que je pense?

— Tu crois que s'il ne vient te voir que deux fois par jour, c'est parce qu'il ne supporterait pas de te voir plus. Tu t'imagines que sa conscience est bourrelée de remords. Tu crois que chaque fois qu'il entre dans ta chambre et qu'il te voit assise sur ta chaise ou allongée sur ton lit avec ton petit air neurasthénique sur ta petite gueule de putain, ça lui flanque un coup au cœur. C'est ça que tu penses, hein?

— Oui. C'est cela! se met-elle à crier d'une voix soudain sèche et perçante. Je sais qu'il ne peut pas supporter de me voir et j'en suis ravie. Tu entends? Ravie!

— Il serait temps de retirer ton bandeau. — Il parle à voix basse; il l'observe, très sûr de lui, en se dandinant d'avant en arrière — Il serait temps que tu te rendes compte, poupée. Du jour où il a épousé sa blonde, ton chantage ne tenait plus.

Elle s'écrie :

— Je ne veux pas parler de cela! Ça suffit, Cesar! Et ne m'appelle pas poupée, c'est horriblement vulgaire!

— Si nous n'en parlons pas tout de suite, c'est la dernière fois que nous parlons de quoi que ce soit. — Il traverse la pièce et va prendre une cigarette dans un coffret d'argent. — Choisis.

— Que veux-tu dire?

— C'est simple, non? Demain je laisse tomber les bottes et la casquette. J'en ai marre de jouer au petit soldat devant la porte. J'en ai marre d'enlever mes chaussures pour monter dans ta chambre sans faire de bruit. Voilà ce que je veux dire.

Soudain elle éclate d'un rire aigu. Pas agréable à entendre.

— Je suppose que tu abandonnes tout ceci?

— Si tu veux parler de ta baraque et du reste, pour un coup t'as pas tort, poupée. — Il allume sa cigarette; deux filets de fumée sortent de ses narines pincées. — On se marie ou je laisse tomber.

— Je ne peux pas t'épouser tant qu'il sera en vie.

— Tu crois que quelqu'un aura envie de t'épouser quand il sera mort?

— Pourquoi ne pas continuer ainsi? Tu as tout ce que tu désires, non? Tu as ta liberté. Je ne m'occupe pas de tes affaires.

Il avance sur elle, lui prend le poignet et l'attire à lui.

— J'en ai marre de jouer au valet de chambre dans ton plumard.

Elle le gifle. Sa paume sur sa joue brune claque comme un coup de pistolet.

Ils restent là à se regarder, puis il lâche son poignet et recule avec un sourire mauvais.

Elle se laisse tomber dans un fauteuil comme si toute force l'avait quittée.

— Je ne voulais pas faire ça. Excuse-moi.

— Tu ne crois pas que ça me fait quelque chose, non? — Il rit. — Ce coup-ci je t'ai eue à la corde, ma jolie. C'est fou ce que ça me fait du bien de te voir flancher. Un jour ou l'autre, ça devait casser. Aujourd'hui je crois bien que c'est mes huit jours. J'en ai marre.

— Ne parle pas ainsi. Tu ne le penses pas. Tu es en colère. Je m'en vais. Nous en reparlerons demain.

— Toi, tu en parleras demain. Moi, je ne serai pas là.

Il jette sa cigarette dans la cheminée. Nathalie le

quitte des yeux pour regarder la cigarette rougeoyante et ses lèvres se pincent. Quant il est bien sûr qu'elle a les yeux fixés sur le mégot, il pose son pied dessus et l'écrase.

— Comme ça... il fait, doucement.

— Cesar, je t'en prie...

— Comme ça... toi et moi, comme ça!

Il y a un long silence.

Puis après quelques minutes elle dit :

— Elle te manquera, cette maison... et l'argent. Et tout ce que je fais pour toi.

— Ma beauté, tu te fais vraiment des illusions. Ton argent et ta baraque, me manquer! Il n'y a pas qu'une maison, il n'y a pas qu'une fille qui ait du fric; tu ne te crois pas unique en ton genre, par hasard?

— Ne parlons plus de cela, César.

Elle s'est assise toute droite et ses poings se crispent.

— Pardon, parlons-en. Une fille comme toi et aussi riche, j'en dégotte une demain. C'est facile. Le patelin en est plein à craquer. Des filles qui cherchent un gars un peu musclé pour jouer avec; des filles qui aiment lui payer des costards, lui prêter une maison et claquer des doigts quand elles ont besoin de lui. Et tu sais pourquoi elles en veulent, du gars, hein? Pas la peine que je te mette les point sur les i. Des sales gosses de riches qui n'ont rien de mieux à faire que de se payer un type parce qu'il a du muscle. Ecoute, beauté, tu n'es pas la première et tu n'es pas la dernière non plus. Si tu veux me garder, épouse-moi. Epouse-moi que je puisse profiter de ton pognon. Et n'oublie pas que si je t'épouse, ce sera uniquement pour ça.

— Tu disais que je n'étais pas la première?

Elle a fermé les yeux et elle paraît exténuée. Pendant qu'il parlait, elle s'est laissée aller en arrière dans son fauteuil. Elle a l'air malade, son visage est gris.

— Oui, j'ai dit que tu n'étais pas la première, ni la dernière, d'ailleurs.

— Si, dit-elle, peut-être la dernière.

— Compte là-dessus et bois de l'eau.

Il finit son verre, bâille et se passe la main dans les cheveux.

— Je vais aller me coucher. Toutes ces histoires me fatiguent. Tu ferais mieux de rentrer chez toi.

Elle ouvre les yeux.

— Et demain?

Sa voix est cassante, froide.

— Demain je serai loin de cette putain de baraque.

Elle se lève lentement.

— Tu veux vraiment t'en aller?

— Mais t'es sourde, non? il demande brutalement. C'est pourtant clair. J'en ai marre. Je mets les voiles. Je te laisse choir. Je te rends à ta mère. Tu piges maintenant? Je veux me débarrasser des toiles d'araignée que j'ai récoltées dans notre nid d'amour. Je vais t'oublier, toi, la façon dont tu te conduis, ta façon de parler, ce que tu dis et je vais me payer des vacances, et de drôles de vacances, je te prie de le croire.

Elle reste immobile, le regard brillant de fièvre.

— Tu as dit cela à Anita?

Il a soudain un air interrogateur, puis il éclate de rire.

— T'es pas bête, dis donc? Alors tu savais? Ça n'a pas duré longtemps; elle ne valait pas le dérangement. Elle n'avait pas ton enthousiasme juvénile.

Il se retourne pour se verser un autre verre.

— Pourquoi t'essaies pas Franklin? il demande en s'esclaffant. Il est vieux, mais je parie qu'il a des talents cachés.

Elle lui tourne le dos et ouvre son sac. Elle fouille dedans et en tire un automatique 25. Le nickel brillant de l'arme attrape un rayon de lumière et le renvoie au plafond en éclairs scintillants.

Mills entend le cliquetis du cran de sûreté qu'elle

abaisse du pouce, il pivote sur lui-même au moment où elle braque le revolver sur lui.

— Tu ne partiras pas, César, dit-elle posément.

Elle me tourne le dos. Je ne vois plus son visage mais par contre, celui de Mills s'offre à mes yeux. Son petit sourire satisfait glisse de ses traits comme un poisson glisse d'une nasse. Il reste figé, osant à peine respirer, les yeux écarquillés.

— Tu ferais mieux de ranger ce revolver, il dit dans un souffle, la bouche tordue. Un accident est vite arrivé.

— Il va y en avoir un. — Elle recule lentement vers la porte-fenêtre. — Ne bouge pas. Je sais me servir de ce que j'ai dans la main. Une fille de milliardaire peut se permettre d'apprendre pas mal de choses : celle-ci, entre autres : tirer avec ce jouet. Je tire très bien, tu sais, Cesar.

— Ecoute poupée...

— Je t'ai dit de ne pas m'appeler comme ça. Tais-toi et ne bouge pas. C'est à moi de parler.

Elle est près de la fenêtre, à trois pieds de moi. Je sens son parfum, je vois briller ses yeux fiévreux. Je reste immobile comme une statue. Je ne connais pas sa virtuosité de tireuse. Un simple mouvement de ma part et elle peut aussi bien se retourner et me tirer dedans. Je suis trop près pour qu'elle me manque. Rien qu'en y pensant, la sueur me coule le long du dos.

— Je savais que tôt ou tard ceci arriverait, dit-elle. Je savais que tôt ou tard je devrais en arriver là. Tu n'es pas un homme à respecter un marché, Cesar. Mais tu es beau garçon, bien bâti et quelquefois distrayant : pas toujours. Tu n'es pas toujours drôle. Souvent ta sale petite nature de voyou reprend le dessus. Et ne crois pas m'avoir trompée. Non. Je savais, au sujet d'Anita. Je vous ai observés. Quel porc tu fais, César. Quel beau porc au joli museau. Oh, je sais : je voulais que les choses continuent entre nous, mais je savais que tôt ou tard tu t'en fatiguerais et que tu trouverais quelqu'un d'autre. Je savais que cela ne te serait pas difficile. Et je savais que tu parlerais à celle qui me suivrait. Tu ne peux pas t'empêcher de parler, hein, Cesar? Tu m'as bien parlé. Tu crois que j'appréciais tous les détails que tu me donnais sur les autres femmes, couché à côté de moi, en sachant qu'un jour tu parlerais de moi à une autre. Mais tu ne le feras pas, Cesar. Tu ne parleras plus jamais à aucune femme d'aucune autre femme.

La voix de Mills chevrotte :

— Tu es folle!

— Pas le moins du monde. Je le serais si je te laissais partir d'ici, mais il n'en est pas question. On te retrouvera demain matin et on reconstituera la scène du meurtre; on verra que c'était une femme, mais quelle femme? Il en est passé tellement, n'est-ce pas, Cesar. Des régiments de femmes, qui toutes ont eu envie de te tuer à un moment ou à un autre. Je ne crois pas qu'ils en viennent même à me suspecter. Tout le monde, dans cette ville à cancans, sait que je ne peux pas marcher. Comment pourrais-je venir ici te tuer? Ils pourraient le croire, car cette maison m'appartient. Mais qu'ils parlent seulement au docteur Mac Kindley et il leur dira que je ne peux pas marcher. Il ne voudra jamais admettre que je l'ai trompé depuis des mois. Et puis, il y a le fidèle Franklin. Il sait que je suis venue te voir. En apprenant que tu es mort, il sera ravi, César! Il te déteste. Il ne me dénoncera pas.

Mills a les lèvres tordues, blanchâtres. Il hurle :

— Pose ça, idiote! Tu entends? Pose ça.

— Adieu Cesar. Et le canon scintillant monte lentement vers la tête de Mills.

— Ne tire pas! il hurle et il jette les bras en avant, en se détournant, car il voit qu'elle va vraiment tirer et qu'il n'y peut rien.

D'un coup de poing, je lui frappe le bras au moment

où le coup part. Le choc lui paralyse les doigts. Elle lâche son arme, se retourne et me frappe. Je sens ses ongles m'arracher la peau de la joue. Je veux l'attraper, mais elle recule d'un bond et s'enfuit dans le jardin.

Je la laisse partir. Elle court sous la lune, traverse le jardin, passe la porte et monte dans sa voiture.

IV

— Salut Mac, dit Mills. Il y a tout de même des moments où tu tombes à pic. — Il s'affale dans le fauteuil comme si ses jambes ne le supportaient plus. Son visage couleur de suif est baigné de sueur. — Tu veux boire un verre?

J'avance dans la pièce en tamponnant les égratignures de ma joue avec mon mouchoir. Je saigne à un endroit, le reste est simplement pelé.

— Ça t'a plutôt secoué, on dirait? — Ce disant, je m'assois sur le bras du chesterfield, à l'endroit où se tenait Nathalie Cerf quelques minutes plus tôt. — Tu n'auras jamais un pied aussi profondément enfoncé dans la tombe.

— Je sais, dit Mills.

Il essaie de verser du whisky dans son verre, mais ses mains tremblent tellement qu'il ne réussit qu'à arroser le tapis.

Je lui prends la bouteille :

— Laisse-moi faire.

Il s'allonge dans le fauteuil, le visage inondé de sueur.

— Olaf Kruger m'avait bien dit que si on le touchait un coup il se dégonflait. Nathalie l'a touché.

Je nous sers de quoi faire flotter un yacht, je lui tends un verre et j'expédie l'autre dans mon gosier parcheminé. Je n'ai rien bu qui me paraisse aussi bon depuis quarante-huit heures.

Mills avale le sien en trois gorgées. Comme du petit lait. Dès qu'il a fini, il me repasse le verre.

— Encore un de la même taille. Seigneur! Elle m'a fait peur, cette garce! Si tu n'étais pas entré en action...

— Tu dégustais, je termine en lui servant un autre verre. Je me demande comment les crapules de ton espèce ne se font pas lessiver plus souvent. Si je n'avais pas eu besoin de te parler, je l'aurais laissée te tuer.

Il me fait une grimace qui veut être un sourire.

— T'es un pote, Mac. Je te dois quelque chose. Tu parles d'un pétrin! Elle est folle. Tu le savais? Elle est plus dangereuse qu'un serpent à sonnettes à qui on vient d'écraser la queue sans faire attention. J'ai bien cru que je partais pour le grand voyage.

Je lui tends un verre qui vaut le premier.

— Ne bois pas tout ça d'un coup. Je voudrais que tu aies les idées claires pendant les dix minutes à venir.

— Donne-moi une pipe, il dit. J'ai l'impression d'avoir un régiment de mille-pattes en train de se balader sur ma colonne vertébrale. Je sens que je vais me barrer d'ici à fond de train. Je la connais. Tu sais quoi, Mac? Elle est capable de rentrer chez elle, de prendre un autre revolver et de rappliquer. Je ne vais pas moisir ici. Il faut se méfier, avec une tordue pareille.

Je lui donne une cigarette et je la lui allume. Il a beau continuer à parler, il n'en est pas moins dans un drôle d'état. La réaction commence à se faire sentir et ça ne m'étonnerait pas de le voir tomber dans les pommes.

— Doucement, je lui dis; elle ne reviendra pas. Remets-toi.

Il boit encore une gorgée et s'assoit. Il fixe le tapis avec un air hébété. Ça ne servirait à rien de le secouer. Il a été sonné et il n'a pas assez de tripes pour se remettre rapidement.

Durant cinq minutes il se tait, puis il dit d'une voix qui m'a l'air plus normal :

— Qu'est-ce que tu faisais là, Mac? Ne me réponds pas si tu n'en as pas envie. Je suis content que tu te sois trouvé là. Sans toi, je serais déjà en train de refroidir.

— Je suis venu te parler. Tu peux m'aider à résoudre un petit problème dont je m'occupe.

Il me regarde et me fait un sourire :

— Après ce que tu as fait pour moi, Mac, il dit sérieusement, tu peux me demander n'importe quoi. Je regrette de t'avoir sonné l'autre jour. Je sais que tu m'en veux. Excuse-moi.

— Oui, je t'en veux, mais n'en parlons plus. Je croyais que cette gosse ne pouvait pas marcher. Pourquoi joue-t-elle la comédie?

— Elle veut empoisonner la vie de Cerf. Je te dis qu'elle est folle à lier.

— Qu'est-ce que Cerf lui a fait?

Mills s'allonge dans son fauteuil.

— Tu veux le savoir? Je vais te raconter ça en vitesse si tu y tiens.

— Vas-y.

— Voilà : elle adorait sa mère, mais son père ne l'intéressait pas. Pour arranger les choses, Cerf était fou d'elle. Il n'y a rien qu'il n'ait fait pour elle et il était jaloux de l'amour qu'elle portait à sa mère. Un jour, ils partent en bagnole tous les trois. Cerf conduisait. Ils s'arrêtent pour déjeuner quelque part et Cerf prend une biture soignée. Il se tenait à peu près dans l'hôtel, mais une fois dehors, ç'a été catastrophique. Il était beurré... — il fait claquer ses doigts — comme ça! Au lieu de donner le volant à une des femmes, il s'est obstiné à vouloir conduire. Il est entré dans un camion. Tu parles d'un carambolage! Le type du camion a été tué, Nat a été assommée et sa mère a eu la gorge coupée en passant la tête la première dans une des glaces de la voiture. Cerf n'avait pas une égratignure. Quand Nat s'est réveillée, elle baignait dans le sang de sa mère qui était allongée à côté d'elle, avec la tête qui ne tenait plus au corps que par la peau du cou. Et tu sais ce que je crois?

Il se redresse et me regarde en face.

— Je crois que Nat est devenue folle. On ne le dirait pas, mais elle l'est. Cerf a failli devenir fou, lui aussi, quand il a vu que Nat était blessée; et elle s'est vite rendu compte de ses réactions. Depuis ce jour-là — c'est elle qui me l'a dit — elle est devenue dure comme la pierre. Il était responsable de la mort de sa mère et elle a commencé à le haïr avec une violence qui n'a fait que croître. Pour le punir, elle a fait celle qui ne pouvait plus marcher. Peut-être a-t-il été puni pendant les deux premiers mois; d'après ce qu'elle m'a dit, il l'aimait sincèrement, mais après un certain temps, il a pris l'habitude de la voir comme ça. Elle ne voulait pas croire que ça ne lui faisait plus rien, mais moi j'en suis sûr. Tu te rends compte? Elle est restée dans son fauteuil à roulettes ou allongée sur son lit pendant deux ans; elle ne sortait que lorsque Cerf n'était pas là, ou la nuit lorsqu'elle était sûr qu'il ne viendrait pas la voir. Ça prouve bien à quel point elle est timbrée.

— Comment es-tu intervenu dans cette histoire?

— Ils voulaient un garde pour la porte. J'étais sur le sable à ce moment-là. J'ai pris le boulot. Tu sais ce que c'est... deux jours après, elle a commencé à me faire des avances. Je suppose qu'elle devait s'ennuyer toute seule; elle a pensé que ça serait drôle d'avoir un gars pour rigoler un peu avec.

— Tu sais quelque chose au sujet d'une valise pleine d'objets volés qu'on a trouvée dans la chambre d'Anita?

— C'était une idée de Nat. J'ai fait le ramassage pour elle et elle a caché la valise. Elle se disait que ça gâcherait leur lune de miel et ça n'a pas raté. Elle était pleine d'idées charmantes comme celle-là.

— Peux-tu me parler de Gail Bolus?

Il a l'air surpris.

— T'en sais des choses, Mac. Tu la connais?

— C'est à toi que je le demande. Tu la connais, hein?

Il acquiesce.

— Oui. Elle est arrivée en ville, il y a quatre mois de ça. C'est une passionnée de la boxe. On s'est rencontrés chez Kruger. A ce moment-là, je boxais un peu. On s'est mis ensemble. Elle aimait me voir combattre. Quand j'ai abandonné la boxe elle m'a laissé choir. Tu sais ce que c'est, Mac; elle est drôlement fortiche... et dessalée comme pas une. Il faut trop se torturer les méninges avec une fille comme ça. Je n'ai pas continué. Tout ce que je peux te dire, c'est qu'elle gagnait sa vie en jouant au poker. Elle te faisait passer tous les as sous le paquet aussi facilement qu'elle allumait une cigarette. Je ne sais pas ce qu'elle est devenue.

— A-t-elle jamais parlé de Lee Thayler?

Il secoue la tête.

— Qui est-ce?

— T'occupe pas. Qu'est-ce que tu faisais chez Barclay il y a deux jours?

Ça, ça l'étonne.

— Mais dis-donc... t'es un peu partout à la fois? Qu'est-ce que tu faisais là-bas?

— J'y étais, c'est tout. Qu'est-ce que tu cherchais, toi?

— C'est encore une idée de Nat. Elle m'avait envoyé là-bas chercher des preuves pour convaincre Cerf qu'Anita le faisait cocu. Mais je n'ai rien trouvé.

Je vide mon verre et je me lève.

— Tu n'as pas d'idée spéciale au sujet de l'assassinat de Dana Lewis?

Il secoue la tête.

— Aucune. Nat prétend que c'est Anita, mais je ne crois pas. Ce n'est pas son genre! — Il se lève à son tour. La peur et le whisky le font vaciller. — Si c'est tout ce que tu voulais savoir, Mac, je vais m'en aller. Je fais ma valise et je quitte la ville. Je ne me sentirai tranquille qu'une fois que j'aurai mis de la distance entre moi et cette tordue.

— C'est bon. C'est tout ce que je voulais savoir, je lui dis.

V

Durant tout le trajet de retour à Ocean-City, je rumine ce que j'ai entendu et ce que m'a dit Mills. A première vue, rien de ce que j'ai appris ne se rapporte au meurtre de Dana, mais cela éclaircit certains points qui avaient besoin d'être éclaircis.

Mais l'assassin de Dana court toujours.

Je suis toujours aussi sûr que la clef du problème est le mobile du meurtre et la raison pour laquelle le collier a été retrouvé chez elle. Mais quant à expliquer ces deux faits, macache... D'après moi, tous les soupçons doivent se porter sur Thayler ou encore Bannister, Thayler étant le suspect numéro 1. Je ne vois pas Bannister tuant Dana. A moins que la remise du collier n'ait été le prix du meurtre, et que, ne recevant pas son dû, il ait réglé ses comptes en tuant Anita. Je n'aime pas beaucoup ça, mais il faut tout de même l'envisager. Je ne crois pas que Nathalie ait pu tuer Dana. Pas de motif d'abord, et ensuite elle est incapable de se servir d'un 45.

Et je continue à retourner toutes ces idées dans ma cervelle, à essayer de rassembler les pièces du puzzle et je ne suis arrivé à rien du tout quand je stoppe devant chez moi.

Ça me fait tout drôle de trouver la maison non éclairée. J'allume après avoir ouvert la porte et j'entre pesamment dans la première pièce. Sur la cheminée, la pendule indique une heure et quart. Je suis fatigué au point de de dormir tout habillé.

Au moment où je me dirige vers ma chambre, le téléphone se met à sonner. En marmonnant des jurons, je m'assieds sur le bord de mon lit et je décroche.

C'est Pat Finnegan, il a l'air très agité.

— Je l'ai trouvé, m'sieur Malloy. Il s'est planqué chez Joe Betillo; il y est en ce moment.

Je prête l'oreille plus attentivement.

— Qui? Thayler?

— Oui. Vous voulez que je vienne avec vous?

— Non, va te coucher. — Je tapote mon oreiller avec regret. — Je pense m'en sortir tout seul. Merci pour le tuyau, Pat.

— Ecoutez, m'sieur Malloy, vous ne pouvez pas y aller tout seul. — Finnegan m'a l'air tout remonté. — Betillo est un type dangereux. Faites attention.

— Laisse tomber, Pat. Rends-moi un service, tu veux? Appelle Kerman à Frisco et dis-lui de revenir par le premier avion. Dis-lui où est Thayler. — Je lui donne le numéro de téléphone de Kerman. — Laisse-moi Joe et Thayler; ils sont à moi.

— Mais Joe est dangereux...

Je l'interromps :

— Moi aussi. Va te coucher. Bonsoir.

Je raccroche, je jette un dernier regard chargé de regrets sur mon oreiller et je regagne ma voiture.

CHAPITRE IX

I

Je connais Joe Betillo de vue et de réputation. Il est entrepreneur de pompes funèbres, embaumeur, fabricant de cercueils, avorteur et il soigne sans poser de questions les blessures causées par les balles ou les lames. Il possède un magasin à double entrée dans Coral Gables, le quartier pouilleux d'Ocean-City. Son entrepôt est situé au fond d'un long cul-de-sac à l'entrée duquel le *Delmonico* domine la jetée, face au port.

Coral Gables est un lointain faubourg à l'ouest d'Ocean-City; un amas de cabanes qui a poussé tout autour de la profonde crique naturelle qui sert de port. Le commerce des éponges, des poissons, des écailles de tortue y prospère et toute cette industrie constitue une source de revenus pour les fripouilles du quartier.

C'est un coin pas tranquille où les flics ne s'aventurent jamais seuls; il se passe rarement une nuit sans un coup de couteau dans les côtes ou une tête fracassée à coups de bouteille.

Je gare ma voiture dans l'obscurité, à quelques mètres de l'entrée inondée de lumière du *Delmonico*. A la montre du tableau de bord, il est deux heures moins le quart. Un piano mécanique moud du jazz tintinnabulant. La jetée est déserte.

Je descends de voiture et j'avance jusqu'à la ruelle qui mène chez Betillo. Par les fenêtres du bar, je vois quelques attardés affalés contre le zinc et deux filles en short, attablées près de la porte; elles regardent de leurs yeux exténués les petites lumières qui scintillent sur l'eau parsemée de taches de mazout du port.

En me tenant dans l'obscurité, je descends tranquillement la ruelle, dans la puanteur de whisky rance, de poisson pourri et de pipi de chat. La ruelle fait un coude brusque et j'arrive devant chez Betillo. C'est une baraque de deux étages fabriquée avec des matériaux de démolition, branlante et mal tenue, blanchie par le soleil et le vent salé. Devant le bâtiment s'élève une clôture. Après un coup d'œil aux alentours, je la franchis d'un bond.

J'atterris dans une grande cour pleine de planches, de sciure et de copeaux. A travers les toits environnants la lune disperse au hasard des plaques de lumière et d'ombre et je ne crois pas que l'on puisse me voir, si d'aventure quelqu'un regardait par la fenêtre.

Je traverse la cour en me baissant, toujours en utilisant les coins obscurs, à la recherche d'une fenêtre. J'en trouve une sur le derrière de la baraque. Elle est à bonne hauteur et fermée de l'intérieur par un simple loquet. Je repousse le loquet, j'introduis la lame de mon couteau entre la fenêtre et son encadrement et je soulève le battant. Il coulisse sans bruit. Je prends tout mon temps. Le panneau monte pouce par pouce jusqu'à ce que j'aie la place de me glisser à l'intérieur. J'allume ma lampe de poche pour voir où me diriger. Le faisceau de lumière éclaire une pièce vide dont le sol est couvert de sciure et de copeaux. Je passe une jambe, l'autre, et je retombe de l'autre côté.

Près de la fenêtre, une porte ouvre sur un couloir. Au bout du couloir, un escalier, et en haut des marches, une autre porte. Je vois tout ça grâce à un ou deux coups de lumière.

Avant de quitter la pièce qui m'abrite pour l'instant, j'éteins ma torche et j'écoute. La boutique et le logement au-dessus de moi sont aussi tranquilles et aussi noirs qu'un puits de mine un jour de fête.

J'avance avec circonspection le long du couloir, en ne me servant de ma lampe que lorsque c'est nécessaire. J'ouvre la porte qui donne sur le palier et je coule un œil dans une pièce qui m'a l'air assez vaste et au fond de laquelle s'entasse une pile de cercueils. La première sensation qui me vient, c'est l'agréable et douce odeur du désinfectant dans lequel on fait mariner les cadavres.

Je me glisse dans la pièce, je ferme la porte et je fais jouer le faisceau de ma lampe sur les murs. Le long de celui qui me fait face, s'empilent trois douzaines de cercueils : articles bon marché en sapin qui m'ont l'air d'avoir été entassés là en vitesse. Le long du mur de droite, il y a trois articles plus sérieux dont un en ébène à poignées d'argent. Au centre est posée la pièce de collection en noyer, poignées or. Dans un autre coin, je distingue une longue table de marbre, et toute proche, une sorte de profonde baignoire : je suppose que c'est là que Betillo embaume ses cadavres.

Je bigle un peu partout, je soulève les couvercles des cercueils, je jette un coup d'œil par-ci par-là, pas très fier de moi, ne sachant pas très bien ce que je cherche, mais espérant découvrir quelque chose. Ça ne tarde pas.

Me voilà de retour près des cercueils entassés dans le fond : les machins bon marché en sapin. Au second couvercle que je soulève je me trouve nez à nez avec Anita Cerf.

Je m'attendais à moitié à la trouver quelque part dans les environs et j'avais préparé mes nerfs à la secousse que j'allais prendre en revoyant le visage ensanglanté. Mais dans la lumière vive et crue de ma torche, elle est encore plus horrible que je ne l'avais imaginée. Betillo l'a embaumée telle quelle; il n'a pas cherché à l'arranger ou à boucher le trou qu'elle a dans le front, ni même à laver son visage. J'ai un haut-le-cœur et avant d'avoir pu me reprendre, je laisse retomber le couvercle du cercueil avec un bruit qui résonne à mes oreilles comme un grondement de tonnerre.

Le cœur battant et la bouche sèche, j'écoute, immobile. Rien. Je me rends soudain compte que je n'ai pas de revolver et que si je suis pris ici, Betillo va se faire un plaisir de me planter sa lame dans le ventre et de me balancer dans le port, ou s'il ne veut pas qu'on retrouve mon corps, de m'embaumer et de me laisser me momifier dans une de ses boîtes pendant une vingtaine d'années. Cette seule pensée me donne des sueurs froides et je décide de me tirer de là en vitesse et de surveiller la baraque de l'extérieur en attendant que Kerman radine avec son flingue.

Dès que j'ai pris ce parti, le temps que je mets à sortir me paraît durer à n'en plus finir. Je regagne la porte sur la pointe des pieds. Au moment où je touche la poignée, je la sens tourner dans ma main. Ma tension artérielle fait un bon et le cœur me remonte dans la bouche. Quelqu'un venant de l'extérieur ouvre la porte.

J'éteins ma lampe, je recule silencieusement à trois pas de la porte et j'attends. La pièce est plongée dans le noir et toutes les issues étant bouchées, l'odeur de désinfectant devient écœurante. Retenant mon souffle, j'écoute, je scrute l'obscurité, attendant qu'il se passe quelque chose. Silence de mort. Je n'entends que les coups sourds de mon cœur et le léger murmure de ma respiration contenue. Le plancher craque là, tout près de moi. Celui qui est entré, quel qu'il soit, doit avoir des yeux de chat. Il vient sur moi comme s'il me voyait. Je sens qu'il est près de moi parce que l'obscurité se fait plus profonde au moment où sa silhouette se dresse devant moi. Avant que j'aie pu reculer, deux mains froides sortent du noir et m'aggrippent le cou.

L'espace d'une seconde, je reste pétrifié : peur, panique, trouille, appelez ça comme vous voudrez, mais je suis paralysé. Des doigts s'enfoncent dans mon cou, deux pouces m'écrasent la carotide. C'est une prise meurtrière, sauvage, je n'ai plus d'air dans les poumons, plus de sang dans la tête.

Mon instinct conduit mes mains sur les poignets de mon assaillant. Il doit avoir des poignets durs comme l'acier et je vais perdre un temps précieux à essayer de me libérer de son étreinte; or, je n'ai pas de temps à perdre. J'ai déjà une voie rouge devant les yeux et mes poumons gueulent au secours. Je tourne mon corps et je le touche à la poitrine pour mesurer la distance, puis je lui mets une droite dans laquelle je mets tout ce qui me reste. Mon poing s'enfonce sous ses côtes, l'air lui sort des poumons avec un gargouillis. Il me lâche le cou, mais avant qu'il puisse reculer, je lui sers un crochet qui l'envoie se ramasser quelque part dans le noir.

J'appuie sur le contact de la lampe. Le faisceau lumineux accroche Betillo qui fonce sur moi en titubant. Sa grosse face écrasée reflète une souffrance et une furie animales. Je me baisse pour laisser passer un swing du droit qui m'aurait décapité s'il avait touché son but, je lâche ma lampe et je le sonne sous l'oreille d'un punch qui fait un bruit mat de couperet de boucher taillant dans du bœuf. Il perd l'équilibre et tombe. Je ne lui laisse pas le temps de se relever, je lui saute dessus, j'atterris à pieds joints sur sa poitrine et je l'écrabouille comme une galette. Je tombe à côté de lui, mais il a son compte. D'un bond, je me relève. Je dirige ma lampe sur lui. Il est allongé sur le dos, le corps agité de soubresauts, essayant de faire pénétrer un peu d'air dans ses poumons, sous ses côtes écrasées.

Je m'agenouille à côté de lui, j'empoigne ses longs cheveux poisseux et je lui cogne la tête par terre. Ça ébranle le plancher. Ses yeux chavirent, il quitte la salle des séances.

Tout cela s'est passé en moins d'une demi-minute : un vrai combat de bêtes féroces. A bout de souffle, je me penche sur lui pour voir s'il est bien assommé. Il ne reviendra pas à la surface avant plusieurs heures, si toutefois il y revient jamais. J'ouvre son gilet dans l'espoir de trouver un revolver dans sa gaine, mais il n'en porte pas. On a fait un boucan à réveiller un mort.

Je vais à la porte, je l'ouvre et j'écarquille les yeux dans le noir. Au moment où je m'engage dans le couloir, le silence est coupé par une détonation. Je m'aplatis, croyant qu'on me tire dessus. Trois coups de feu éclatant, retentissent à travers toute la maison, m'assourdissent. En tout cas, ce n'est pas sur moi qu'on tire. Le bruit est très proche, mais je n'ai pas vu de lueur.

Trempé de sueur, je reste accroupi contre le mur et j'écoute. Une porte claque. Des pas courent le long d'un couloir, au-dessus de moi, et une autre porte claque. Puis c'est le silence.

II

Je ne suis pas pressé de gravir les marches. Je ne sais pas du tout où je vais aller fourrer mon tarin et sans arme je me sens aussi vulnérable qu'un bernard-l'ermite qui a perdu sa coquille. Mais je pense soudain que quelqu'un est peut-être en train de mourir là-haut et que je pourrais peut-être faire quelque chose.

Je monte les marches à quatre pattes. A mi-hauteur, un nuage de fumée s'offre à mes narines. De la fumée de poudre brûlée. Je continue à monter sans faire de bruit, aussi rapidement que possible, mais avec précaution.

Sur le palier, je prends un risque et j'allume ma torche. Je suis en face d'un couloir. Près de l'endroit où je me tiens accroupi, une porte est ouverte qui laisse passer un nuage de fumée visible dans le faisceau de ma lampe.

Comme personne ne me tire dedans, je commence à espérer que le type qui vient de faire son carton s'est tué. Mais je tiens à ma peau, alors j'écoute, toujours à quatre pattes. Au bout d'un moment, je m'habitue aux battements de mon cœur et à celui de mes tempes. Mais je perçois un autre bruit : celui d'une respiration qui vient de la chambre où vient d'avoir lieu la séance de tir. Je dis respiration mais on dirait plutôt le bruit de deux soufflets percés. Et voilà qu'un bruit me parvient. Un frisson glacial me parcourt l'épine dorsale : le flop-flop-flop régulier de gouttes d'eau ou d'autre chose, tombant par terre.

Je me lève, je prends mon courage à deux mains et j'avance jusqu'à la porte. Une odeur de cheddite m'accueille quand j'entre dans la pièce. Le bruit de respiration que j'ai entendu se transforme en un soupir et un gargouillement qui me fait dresser les poils comme des épines de cactus. J'allume ma lampe. Le faisceau lumineux éclaire un tableau dont je rêverai encore dans dix ans. Après un coup d'œil, je cherche le bouton électrique; quelques instants plus tard, la pièce s'emplit d'une lumière blanche et violente.

C'est une petite chambre; je me trouve en face du lit. Sur le lit est allongé un homme vêtu d'un pantalon de pyjama. Il a le torse nu. Deux balles de 45 ont ouvert le milieu de sa poitrine blanche et poilue. Le sang coule le long de ses côtes en un flot violacé et brillant. Une troisième balle lui a déchiré l'arrière jugulaire et le sang jaillit par l'ouverture en un jet rutilant, horrible, qui va frapper le mur et ruisseler sur le sol.

Je mets une seconde à reconnaître le type allongé sur le lit. Son visage aspergé de sang, d'une teinte terreuse, a l'air de faire partie d'une tête prête à exposer au musée de Mme Tussaud.

Mais c'est bien Thayler. Ça ne peut être personne d'autre. Je ne peux plus rien faire pour lui. C'est un miracle qu'il soit encore vivant. Même si je pouvais arrêter l'hémorragie artérielle, je ne pourrais rien faire pour les trous qu'il a dans le coffre.

Il reste très calme et ses yeux sont fixés sur moi, ses yeux gris ardoise où nulle peur ne transparaît. Sa vie coule de lui, éclabousse le mur et s'égoutte sur le sol.

— Qui? je lui demande en me penchant au-dessus du lit. Vite, vous pouvez encore parler. Qui?

Il n'en a plus pour longtemps, ses poumons s'emplissent de sang, mais il essaie de parler. Sa bouche remue, ses mâchoires se contractent : c'est tout ce qu'il peut faire. Mais il s'arrange pour se faire comprendre. L'effort le fait transpirer abondamment, sa sueur se mélange à son sang; lentement, il lève une main et désigne quelque chose. Je suis la direction indiquée par le doigt et j'ai devant les yeux un placard.

— Quelque chose là-dedans?

Je fais le tour du lit, j'ouvre la porte du placard. Je ne vois qu'un costume, un chapeau et une petite valise. Je le regarde par-dessus mon épaule. Son regard gris soutient le mien, s'efforçant de me faire comprendre ce qu'il veut dire.

— Dans le costume?

Je sors le costume du placard.

Le doigt est toujours braqué. Je sors le chapeau et la valise et je le regarde à nouveau. Le doigt désigne toujours le placard lequel est, pour autant que je puisse voir, vide.

— Caché là-dedans?

Les yeux font oui et la main retombe. Il a de plus en plus de mal à respirer. Des bulles d'air commencent à se former sur les trous qu'il a dans la poitrine.

Je me retourne vers le placard, je dirige le faisceau de ma lampe sur le plancher, mais je ne vois rien sauf de la poussière.

Je sors mon couteau, j'ouvre la lame la plus solide et

je soulève les lattes du plancher. Au beau milieu de mon travail, je réalise soudain que je n'entends plus la respiration sifflante. Je jette un coup d'œil par-dessus mon épaule. Sur l'oreiller maculé de sang, le visage a pris une teinte d'argile et la mâchoire puissante semble décrochée. Le doigt est toujours pointé vers le placard et les yeux vides et morts me regardent toujours.

J'arrache une des lattes et j'explore la cavité avec ma lampe. Rien que de la poussière, un ou deux cafards et les preuves qu'un rat a dû habiter là dans le temps. Je me redresse, j'examine le placard, sachant que je devrais quitter la maison mais certain que Thayler voulait me faire découvrir quelque chose; peut-être l'explication de toute cette suite affolante de crimes.

Il y a une chaise cannée à côté de moi, je l'approche et je monte dessus pour avoir l'étagère supérieure à hauteur des yeux. Un panneau de bois ferme le fond du placard. Je passe la lame de mon couteau dessous et j'essaie de l'arracher. Il résiste mais je m'acharne; je sens la lame qui plie sous la pression et je fais attention de ne pas trop appuyer, je force par petits coups, sans arrêt...

Le panneau commence à bouger, quand j'entends un léger bruit qui pourrait bien être celui d'une semelle raclant du bois. Je descends de ma chaise, je me glisse à la porte et j'écoute. N'entendant rien, j'éteins la lumière, j'ouvre la porte et je scrute l'obscurité du couloir. Mon cœur tape contre mes côtes et je me demande s'il ne tape pas à contresens quand le mur s'éclaire soudain en bas.

Je sors de la pièce et je me penche au-dessus de la rampe. Quelqu'un bouge en bas dans le couloir. Une torche s'allume et j'aperçois un flic debout au pied de l'escalier. Il lève la tête et regarde vers moi dans le noir.

— Il doit être en haut, Jack, murmure une voix. Il n'y a personne en bas.

Je n'attends pas d'en voir ou d'en entendre davantage; je rentre rapidement et silencieusement dans la chambre mortuaire, je referme doucement la porte et je rallume la lumière. Il y a un solide verrou que je pousse dans son encoche. Il me reste deux minutes pour trouver ce que je cherche. Je retourne au placard, j'introduis mes doigts dans le trou que j'ai déjà fait et je tire sur le panneau de toutes mes forces. Il bouge, les clous s'arrachent avec un crissement pointu. Je tire encore et le morceau de bois me reste dans la main. J'allume ma torche. Deux choses devant mes yeux : un Colt automatique 45 équipé de quelque chose qui ressemble à un télescope miniature et un carnet à couverture de cuir. J'attrape le tout au moment où on cogne à la porte.

— Ouvrez! crie une voix. Au nom de la loi, ouvrez!

Je glisse l'arme dans ma poche arrière et le carnet dans mon veston. Je descends silencieusement de ma chaise et je vais à la fenêtre.

Au moment où je l'ouvre, un des flics se jette de tout son poids contre la porte, mais le verrou tient bon.

— Redescends et fais le tour par derrière, je l'entends dire. Il va essayer de sortir par la fenêtre.

J'entends l'autre flic descendre les marches en courant.

Je suis sur l'embrasure de la fenêtre. La cour est à dix mètres sous moi. Je ne peux pas m'en aller par là, d'ailleurs le flic va déboucher dans la cour d'une seconde à l'autre. La gouttière est juste au-dessus de ma tête. Je l'empoigne et je tire dessus pour éprouver sa solidité. Elle m'a l'air assez résistante. Je commence à me hisser sur le toit en suant sang et eau. Pendant quatre secondes environ, je suis pendu dans le vide. Finalement, je réussis à balancer mon talon dans la gouttière et j'opère un rétablissement. Je sens la gouttière se tordre sous le poids. D'en bas une voix gueule quelque chose. Après un effort fantastique, j'arrive à me rouler sur le toit légèrement en pente, et je rampe désespérément pour aller m'abriter derrière une cheminée. Une détonation claque. Des morceaux de brique me cinglent le cou. Après un bond convulsif, je mets la cheminée entre moi et le revolver et je reste là étendu à essayer de reprendre mon souffle. Je sais que je n'ai pas beaucoup de temps avant qu'ils montent à ma recherche. Il y a une telle lune qu'on se croirait en plein jour. A quelques mètres de moi, je vois le toit plat du *Delmonico*, séparé du bâtiment de Betillo par la ruelle.

— Il est sur le toit, Jack, crie le flic en bas. J'y monte.

Je rampe jusqu'à l'autre extrémité du toit, je me lève et j'évalue la distance entre les deux bâtiments. Pas d'autre issue. Il faut que j'y aille carrément, avec la rue dix mètres plus bas.

Je prends mon élan sur le bord du toit et je me lance. L'idée que je ne vais pas arriver me traverse l'esprit quand je suis en plein air. Je me détends en avant et je m'écrase la poitrine sur la gouttière d'en face, je retombe, mes mains raclent la surface plate du toit, pour s'agripper à quelque chose. Je sens une conduite d'eau, je m'accroche. Je me hisse sur le toit, je roule dessus et j'essaie de respirer.

Pas de cheminée pour me cacher, la clarté de la lune m'éclaire comme un projecteur. Je vois une lucarne, je rampe jusque-là, je la soulève et sans regarder où je vais atterrir je me laisse tomber dans le noir.

Pendant une demi-minute je reste assis sur le plancher, aspirant à grands coups un air brûlant. J'ai les jambes en coton, je me fous pas mal de savoir où je suis ni ce qui va se passer. Au moment où je décide de me lever, une porte s'ouvre à côté de moi et un flot de lumière tamisée m'enveloppe.

Je fais un bond et je m'apprête à la bagarre, mais je me trouve nez à nez avec une fille en chemise de nuit noire et frippée, transparente comme une vitre.

C'est une grande blonde au visage fatigué; elle me regarde avec une curiosité endormie.

— Bonsoir, dit-elle. T'as des ennuis, chéri?

Je vais chercher un sourire je ne sais où.

— Si on peut appeler ça des ennuis! Malheur! Je suis le gars le plus ennuyé de la création.

Elle se frotte l'œil et bâille.

— Les flics?

— Oui. Les flics! et je me lève.

Elle se met de côté.

— Entre, ils vont fouiller la taule.

Je la suis dans sa chambre. La vraie carrée de maison close. Le *Delmonico* en a pour tous les goûts et tous les vices; c'est une petite pièce crasseuse maigrement meublée : un lit, une commode, une cuvette, une descente de lit usée jusqu'à la corde. Ce sont les seuls luxes qu'offre la pièce.

— Qu'est-ce que t'as fait, chéri? elle me demande en bâillant, assise sur le lit. — Elle a de grandes dents blanches et sa bouche n'est qu'un énorme paquet de rouge gras. — J'ai entendu tirer. C'était toi?

— C'est sur moi qu'on tirait. Les flics me collaient au train. Il fallait que je fasse vite.

Dans le couloir, un bruit de pas pesants et étouffés résonne soudain.

— Les flics. Ils sont juste là, je dis.

— Ils sont cinglés de venir foutre leur nez ici. Rapide et silencieuse, elle traverse la pièce, ferme le verrou et appuie sur une sonnette.

— Ça c'est pour appeler à la rescousse. — Elle a un petit sourire tendu. T'en fais pas, chéri. Tu vas t'en sortir.

On ébranle la porte.

Une voix dit :

— Ouvrez, ou je fais sauter la serrure.

Je tire la fille de devant la porte.

Des pas pesants martèlent l'escalier. Une voix crie :

— C'est les flics! Eh Joë! On fonce!

Un des flics crie :

— Reculez. Ça n'a rien à voir avec vous. Reculez ou je tire.

Une détonation claque, un cri. D'autres pas ébranlent l'escalier. J'arrache les draps du lit de la fille, je les noue bout à bout, et je fonce à la fenêtre. La pétarade s'amplifie. Si je ne me grouille pas un peu, les motorisés vont bientôt être là pour m'accueillir. Je rassemble tout ce que j'ai comme argent et je le colle dans les mains de la fille.

— Adieu, p'tite tête, je dis, et merci.

Un des flics tire à travers la porte. Quelqu'un dans le couloir entre dans la danse avec un truc qui m'a tout l'air d'être une mitraillette.

J'ai ouvert la fenêtre.

— Ah! s'exclame la blonde, toute remontée. — Elle est réveillée maintenant. — J'adore ça. Tâche de ne pas te faire trop mal en te cassant la gueule.

Je fais un nœud à un bout d'un drap, je lance le tout par-dessus la fenêtre et je monte sur le rebord.

— Ferme la fenêtre sur le nœud et grouille-toi. Je t'offrirai un verre quand je passerai par ici.

Elle ferme la fenêtre. Ça crache de plus belle dans toute la maison. Elle me fait adieu par le carreau. J'empoigne le drap et je descends en moins de deux. Au moment où j'atterris une voix crie : « Hé! » Une ombre fonce sur moi.

Je pivote sur moi-même au moment où une main m'agrippe à l'épaule. Je ne me sens pas d'humeur à faire joujou. Mon poing droit se transforme en uppercut et rencontre la mâchoire du gars. Il pousse un grognement et tombe en avant en s'accrochant à moi. Je lui file un coup de pied et il se met à quatre pattes. Il reste comme ça, râlant.

Je cours jusqu'au bout de l'allée où j'ai laissé ma voiture.

III

Il ne doit pas être loin de trois heures quand je freine devant un immeuble de Jefferson Avenue. Le bâtiment se tient un peu en retrait de l'avenue et la cour est décorée d'un bassin avec fontaine, signe de distinction évidente. Les appartements sont plutôt des terriers à lapins : étroits, serrés les uns contre les autres et chers. J'y suis déjà venu. Ils n'ont qu'un seul avantage, celui d'être insonores. Mais même avec ça, je préférerais habiter sous une tente.

Le deux pièces de Mlle Bolus est au rez-de-chaussée, côté Est. Je ne veux pas l'ennuyer en utilisant l'entrée principale. Le concierge prendrait très mal cette visite à une jeune femme seule, surtout à cette heure. Je traverse une chouette pelouse, je passe devant la fontaine et je m'engage sur un chemin cimenté qui mène à la porte-fenêtre donnant sur le salon de Mlle Bolus.

Son appartement est plongé dans l'obscurité. La fenêtre à côté de la porte doit être celle de sa chambre à coucher. Je tape à petits coups sur la vitre. Elle doit avoir le sommeil léger car, au troisième coup, je vois une lumière s'allumer à travers les rideaux. Je recule, je relève mon chapeau et je cherche une cigarette. Je suis crevé, j'ai chaud, j'espère qu'il y a quelque chose à boire à l'intérieur. Comme j'allume ma cigarette, les rideaux s'écartent et Mlle Bolus m'examine. Je ne vois que la silhouette de sa tête, mais elle voit mon visage à la lueur de l'allumette. Je lui souris.

Elle me fait signe d'aller à la porte-fenêtre et elle disparaît. Le rideau retombe à sa place.

Debout devant la porte je sens une goutte de pluie s'écraser sur mon visage. Depuis dix minutes, des nuages noirs s'entassent dans le ciel. On dirait que ça se prépare à tomber sérieusement. Ce n'est pas pour me déplaire. Cette chaleur étouffante, j'ai horreur de ça. La porte s'ouvre comme la pluie arrive en trombe.

— ...Soir, je fais, il pleut.

— C'est pour me dire ça que vous m'avez réveillée?

Elle tient la porte contre elle et elle me considère. La lumière qui vient du salon m'éclaire en plein.

— Ça et autre chose. Je peux entrer? J'ai soif.

Elle s'efface.

— Quand je vous ai entendu frapper j'ai cru que c'était des cambrioleurs; je devais rêver de bandits.

J'entre dans la confortable petite pièce, meublée d'une façon trop moderne à mon goût. Je m'assois dans un fauteuil qui a la forme d'un S, je jette mon chapeau sur un divan voisin et je jette sur mon hôtesse un regard approbateur.

Sur sa chemise de nuit en crêpe de Chine elle porte un peignoir couleur nacre. Ses petits pieds sont glissés dans des mocassins fourrés et ses cheveux flamboyants sont retenus en arrière par un bout de ruban bleu. Elle m'a l'air très réveillée et son maquillage est d'une fraîcheur surprenante. Dans ses yeux verts de Chinoise, il y a un peu de colère et une surprise mal dissimulée.

— Ne nous occupons pas de bandits, je lui fais. On boit? Qu'est-ce que vous avez?

Elle passe devant moi et va au buffet.

— Je crois que je vais me mettre très en colère contre vous! Vous ne m'avez jamais vue en colère?

— Non, je ne crois pas? Pourquoi vous mettre en colère?

Elle sert un whisky bien tassé elle y ajoute de l'eau de Seltz et me tend le verre.

— Je n'aime pas être réveillée brutalement. Je crois que vous en prenez beaucoup trop à votre aise avec moi.

J'avale le whisky. Excellent.

— Peut-être. — Je repose le verre sur la table avec un

petit soupir. — Mais ce n'est pas une visite mondaine. Je viens pour le travail : pour régler une affaire qui ne peut pas attendre à demain matin.

Elle s'assoit sur le bras du canapé, croise ses jambes minces et me jette un regard interrogateur.

— Quelle affaire?

Je tire une longue bouffée de ma cigarette et lance la fumée au plafond.

— Lee Thayler a été tué il y a environ une heure. Deux balles en pleine poitrine, et la troisième lui a coupé une artère.

Il y a une longue, longue pause. Le silence est rompu de temps à autre par le moteur du réfrigérateur qui grogne par à-coups dans la petite cuisine.

Je la regarde. Elle est très calme : bras croisés sur la poitrine, regard inexpressif, bouche fermée, dure. Ce n'est pas pour rien qu'elle joue au poker; son visage ne révèle rien.

Elle se décide finalement à demander :

— Qui l'a tué?

— L'assassin de Dana, Leadbetter et Anita. Dites-moi, vous êtes une petite cachottière. Je ne savais pas qu'Anita était de vos bonnes amies, et que Thayler était votre partenaire de dessous de drap.

— C'est une vieille histoire. — Elle hausse les épaules : — Comment l'avez-vous découvert?

— J'ai fait la connaissance d'un nommé Nick Nedick. Il m'a montré une photo de Thayler. Vous étiez dessus.

— Je crois que je vais faire un peu de café. — Elle quitte le bras du canapé. — Je suppose que vous allez me poser un tas de questions?

— C'est ça, faites du café. — J'allume une cigarette au brûleur électrique. — Nous pouvons parler maintenant ou plus tard; aucune importance? Ça n'a pas l'air de vous secouer beaucoup, la mort de Thayler?

— Pourquoi? Nous étions séparés, j'avais même oublié son existence.

Elle passe dans la cuisine et je m'allonge dans le fauteuil. Le 45 pèse dans ma poche. Je le sors et je l'examine. Le télescope m'intriguc. Je vise un vase bleu au-dessus de la cheminée et je regarde dans l'instrument. Je ne vois rien. Je l'examine de plus près en me demandant ce que ça peut bien être. Bien que cela ressemble à un télescope, ce n'en est pas un. C'est quelque chose que je n'ai jamais vu sur un revolver. Je suis trop fatigué, j'ai la tête farcie, je place donc le revolver sur la table à côté de moi et je pose mon chapeau dessus. Je le donnerai à examiner à Clegg qui sait tout au sujet des poisons, des revolvers et des taches de sang. C'est une connaissance à soigner.

J'entends soudain un reniflement, je tourne la tête et je regarde du côté de la cuisine : c'est une femme qui pleure.

Je me glisse hors de mon fauteuil, je traverse la pièce sans faire de bruit et je jette un coup d'œil dans la cuisine.

Mlle Bolus est debout à côté de sa bouilloire électrique, la tête dans les mains.

— Allez vous asseoir près du feu! Je vais faire le café.

Elle essuie ses larmes du revers de sa main et me tourne le dos.

— Je vais le faire. — La voix est étouffée par un sanglot. — Mais bon Dieu, foutez-moi la paix!

Je la prends par le bras et je la conduis dans le salon.

— Restez assise.

En deux minutes, j'ai fait le café. Je rentre dans le salon; elle est debout devant le feu et fume une cigarette; elle me cache son visage. Je pose mon plateau.

— Noir? Je lui demande.

— Oui.

J'en verse une tasse, je l'assaisonne de whisky et je la mets sur la cheminée, près d'elle. Puis je m'assois et je me sers.

— Allons, cartes sur table. Ça ne mènera à rien, mais je serai satisfait d'avoir résolu toutes les questions. Vous savez des tas de choses sur cette affaire — beaucoup plus que moi. Vous marchiez avec Thayler, n'est-ce pas?

— Qu'est-ce que vous entendez par... ça ne mènera à rien? elle me demande d'une petite voix pointue.

— Ça ne peut mener à rien. Quoi qu'il arrive, je dois couvrir Cerf, je vous l'ai déjà expliqué. Si j'attrape l'assassin, il faudra que j'appelle Brandon et il me bouclera pour ne pas l'avoir appelé plus tôt. C'est un cercle vicieux. Thayler a tué Benny, Thayler est mort. Parfait! C'est déjà quelque chose. Mais Thayler n'a pas tué Dana. Même si je ne peux rien faire contre lui, je voudrais au moins connaître l'assassin, et je crois que vous pouvez me le dire.

— Devinez, elle me répond d'un air dédaigneux.

Je secoue la tête.

— Je le pourrais, mais je préfère qu'on me le dise. Thayler connaissait l'assassin... voilà pourquoi il a été supprimé. Leadbetter aussi connaissait l'assassin... il a été supprimé. Vous le connaissez, vous, dites-moi son nom avant d'y passer à votre tour.

Elle s'assied de l'autre côté de la table en face de moi, tenant sa tasse à la main.

— Qui vous dit que je le sais?

— Mon intuition. Je pense que Thayler et vous avez remis ça après la mort d'Anita. Je crois qu'il vous a dit ce qu'Anita lui a sûrement appris.

— Très bien. Maintenant qu'il est mort ça n'a plus d'importance. — Elle se laisse aller dans son fauteuil. — Je mentais en disant que c'était fini entre nous et que j'avais oublié jusqu'à son existence. Je l'aimais. J'étais folle de lui et nous avons été heureux jusqu'au moment où cette putain s'est amenée. Aucune fille à part moi n'aurait eu le cran de se prêter au numéro que nous faisions, et si je ne l'avais pas aimé, si je n'avais pas voulu qu'il réussisse, qu'il se fasse un nom, je ne l'aurais jamais fait. Mais je lc faisais, et il montait, et on parlait de lui et les gens venaient le voir. Il a fallu qu'elle intervienne et qu'elle gâche tout.

Elle prend une cigarette et l'allume d'une main mal assurée.

— Mais dès qu'elle a réussi à nous séparer, elle l'a laissé tomber et a épousé Cerf. Je me trouvais par hasard à Ocean-City quand il l'a emmenée à sa propriété. Je l'ai vue un jour. J'ai fait une enquête. J'ai découvert qu'elle l'avait épousé sans divorcer de Lee. Putain, elle m'avait cassé mon bonheur, j'allais lui casser sa vie. J'ai écrit une lettre anonyme à Cerf, lui apprenant qu'elle était déjà mariée.

Je me verse une nouvelle tasse de café, j'y ajoute du whisky et j'allume une autre cigarette.

— C'est drôle mais je ne pensais pas que vous étiez le genre de fille à envoyer des lettres anonymes.

— Vraiment? — Elle paraît essoufflée. — Après ce qu'elle m'avait fait? Eh bien! je l'ai envoyée et je l'ai dit à Lee. Et Lee est venu voir Anita. A ce moment-là, elle en avait déjà assez de Cerf et elle fréquentait Barclay Elle a eu peur en apprenant que Lee arrivait et elle a demandé à Bannister de la cacher dans sa boîte. Lee m'a raconté ce qui s'était passé. Elle le lui a dit avant de mourir. Le meurtre de votre agent, Dana Lewis, a été une erreur. Cerf a confronté Anita avec ma lettre. Elle a essayé de s'en sortir en mentant, mais il ne l'a pas crue. Elle a eu peur qu'il ne la tue et s'est enfuie. Cette nuit-là elle est venue chez vous pour savoir si Cerf était au courant de l'histoire Barclay. En vous quittant, elle a vu Cerf qui la filait. Prise de panique, elle a demandé à Dana de la protéger. Dana l'a emmenée chez elle. Cerf les a suivies et a attendu dehors. Anita a offert son collier à Dana si elle voulait bien changer de vêtements et attirer Cerf le temps qu'elle aille se réfugier à l'*Etoile*. Dana a accepté. Elles ont changé de vêtements. Avant de quitter son appartement, Dana a caché le collier sous son matelas pour le cas où Anita changerait d'avis et voudrait le reprendre. Cerf a tué Dana dans les dunes en la prenant pour Anita. Vous avez compris, maintenant. C'est Cerf qui a tué Leadbetter. Car Leadbetter l'avait vu enlever à Dana les vêtements d'Anita et avait essayé de le faire chanter.

— Comment se fait-il que vous sachiez tout ça?

Je me redresse et je la regarde bien en face.

— De l'*Etoile,* Anita a écrit une lettre à Lee où elle lui racontait tout. Il me l'a dit. C'était une idée à elle que Lee fasse chanter Cerf. Elle disait qu'à eux deux ils pouvaient mettre la main sur tout l'argent de Cerf, s'ils savaient s'y prendre.

— Qu'à fait Thayler?

— Lee avait constamment besoin d'argent. Il a accepté. — Ses yeux verts s'emplissent d'amertume. — Vous vous êtes demandé pourquoi la jupe et la veste de Dana avaient été retrouvées chez Barclay. Anita portait le costume. Elle est allée chez Barclay, car elle laissait toujours quelques affaires chez lui. Barclay était en voyage. Elle a remis ses vêtements en laissant ceux de Dana dans la penderie de Barclay et elle est allée à l'*Etoile*. C'est là que vous l'avez retrouvée. Bannister l'a flanquée dehors. Elle ne savait pas où aller, Cerf la cherchait toujours; elle est allée chez vous. Vous étiez chez Cerf. Cerf s'est peut-être dit que vous en saviez trop; il s'est rendu chez vous dans l'intention de vous tuer, mais il a trouvé Anita. Il l'a tuée. Lee était à la recherche d'Anita. Il s'est décidé à aller vous voir et à vous demander si vous saviez où elle était. Il est arrivé trop tard pour empêcher Cerf de tuer Anita, mais dans la bagarre, Cerf a perdu son revolver.

Il s'est enfui. Pendant que Lee le cherchait dehors, vous êtes arrivé. A ce moment-là, Lee a bâti un plan pour arracher à Cerf son dernier dollar. C'était facile; il détenait le revolver de Cerf. Un revolver marqué à ses initiales et qui avait servi à tuer Dana, Leadbetter et Anita. Il vous a assommé, il a emmené Anita chez Betillo, il m'a appelée et m'a dit d'aller chez vous et de voir ce que vous alliez faire.

Elle s'interrompt pour éteindre sa cigarette. Sa bouche se tord en un sale petit sourire moqueur.

— Plus grand-chose à ajouter. Vous pouvez plus ou moins vous douter de ce qui s'est passé par la suite. Lee s'est mis en rapport avec Cerf et lui a dit qu'il fallait payer s'il ne voulait pas que le corps d'Anita et le revolver soient livrés à la police. Lee demandait un demi-million de dollars pour commencer, payables comptant.

— Et vous allez me dire que Cerf a répondu à la menace? Qu'il est allé ce soir chez Betillo et qu'il a liquidé Thayler, c'est ça?

Elle acquiesce et son regard tourne au vague.

— Je l'avais prévenu que Cerf était dangereux, elle dit avec un sanglot en posant sa main sur ses yeux. Mais il était trop sûr de lui. Il s'est fichu de moi.

Je me lève d'un bond et sans un mot je cours à la chambre à coucher. J'y arrive trois secondes avant elle. Elle me jette un regard intrigué.

— Qu'est-ce que vous cherchez?

Elle a l'air furieuse.

J'examine la pièce, je me passe la main dans les cheveux et je secoue la tête.

— Ecoutez ma p'tite dame, je dois avoir les nerfs malades. J'aurais juré qu'il y avait quelqu'un ici. Vous n'avez pas entendu marcher? Marcher sur la pointe des pieds?

Elle écarquille les yeux et jette un regard circulaire, un tantinet nerveuse. J'écarte brutalement les doubles rideaux. Personne. Je scrute la nuit. La pluie s'écrase contre les vitres.

— Vous essayez de me faire peur.

Sa voix chevrote sur deux octaves.

— Il n'y a que vous et moi à savoir que Cerf est l'assassin. — Je vais à elle et je plonge mon regard dans ses grands yeux verts. — Et aucun de nous ne le croit, n'est-ce pas?

Sa main blanche et mince se pose sur mon épaule.

— C'est difficile à croire. Si Lee ne me l'avait pas dit, je ne le croirais pas.

Je lui souris :

— Le fait que Lee vous l'ait dit ne me le fait pas croire davantage. Je ne me fais pas d'illusions, je ne vaux pas grand-chose comme détective, mais jetez un coup d'œil. Regardez le lit. Vous n'avez pas dormi dedans ce soir. Pourquoi? Le couvre-pieds n'est même pas défait. Regardez là. L'endroit où vous avez jeté vos vêtements en vous déshabillant juste avant que je frappe au carreau. — Je prends une de ses chaussures et je la lui tends. — Vous lui avez coupé une artère et il a saigné comme un porc. Je pensais qu'il y aurait du sang sur vous quelque part. Le voilà, sur le côté de votre chaussure.

Elle se passe le bout de la langue sur les lèvres.

— Je ne vois pas ce que vous voulez dire.

Elle n'a pas du tout l'air de ne pas le savoir. Elle se dirige vers le salon.

Je la suis en brandissant sa chaussure.

— Non? C'est pourtant facile. Mettez dans votre petite histoire Gail Bolus à la place de Jay Franklin Cerf et nous arriverons à quelque chose. C'est vous qui avez tué Dana en croyant que c'était Anita. C'est vous qui avez tué Leadbetter qui vous avait vue déshabiller Dana et qui, par la suite, a menacé de vous dénoncer. C'est vous qui avez tué Anita parce que vous la détestiez et que vous vouliez lui régler son compte depuis le jour où elle vous avait volé Thayler, et c'est vous qui étiez chez Betillo ce soir et qui avez tué Thayler parce qu'il...

Je m'arrête et je lui demande :

— Dites-moi? Pourquoi avez-vous tué Thayler?

IV

Dans la cuisine, le réfrigérateur marmonne quelque chose. Sur la cheminée, la pendule fait son tic-tac-tic-tac régulier sous son enveloppe de chêne.

Gail Bolus est très calme : ses reins se soulèvent et s'abaissent légèrement sous le fin peignoir de soie. Elle n'a pas l'air ému. Sa main ne tremble pas quand elle se verse du café. Elle y met du sucre, remue avec sa cuillère. Son visage est empreint d'une expression vague, lointaine.

Elle me dit :

— Etes-vous sérieux?

Je m'assois en face d'elle, la main près de mon chapeau.

— Jusqu'ici vous avez merveilleusement joué; ne gâchez pas la pièce. Les larmes, l'histoire de Cerf si sincèrement racontée, la façon calme dont vous m'avez suivi dans la chambre, sachant que je verrais que vous n'avez pas dormi là, tout était parfait. Continuons sur le même ton; pourquoi avez-vous tué Thayler?

Elle se décide à me regarder; ses yeux sont pensifs.

— Je ne l'ai pas tué, répond-elle calmement. Je l'aimais. C'est Cerf, je vous l'ai déjà dit.

— Je sais ce que vous m'avez dit; malheureusement pour vous, votre vieux copain Thayler tenait un journal. Il m'en a fait cadeau avant de mourir. Je l'ai lu et ce qu'on y lit ne colle pas du tout avec ce que vous m'avez raconté. Il dit qu'Anita avait peur de vous; elle savait que vous vouliez lui coller une balle dans la peau. Voilà pourquoi je suis venu ici. Voilà pourquoi j'ai examiné votre chambre. Je savais que vous veniez de rentrer de Coral Gables. Je voulais m'assurer que vous n'aviez pas touché à votre lit. Je savais qu'avec toute cette boucherie vous deviez forcément avoir du sang sur vous. — Je braque mon doigt vers la chaussure qui est posée sur la table. — Pourquoi l'avez-vous tué?

Elle me regarde un long moment, puis elle se met à rire. D'un rire sans joie qui sonne comme de la ferraille.

— Alors ce salaud tenait un journal? C'est drôle.

— Oui. Un journal, en général, à la fâcheuse habitude de remettre les choses au point.

Elle boit son café, fait une petite grimace et repose sa tasse sur la table.

— C'est froid, dit-elle.

— Quand bien même ça serait bouillant, ça n'a aucune importance. Parlons de Thayler.

— Il l'a bien cherché, cette vache. Je ne pouvais pas manquer une occasion pareille. Personne ne me soupçonnait d'avoir commis les autres, pourquoi pas un meurtre de plus? fait-elle d'un ton dégagé. Je regrette pour Dana. Mais si vous l'aviez vue en pleine nuit à la lumière de la lune, avec la robe d'Anita, vous auriez commis la même erreur.

— Oui. Dommage pour Dana. Si ce n'était pas pour elle, je plierais bagages et je m'en irais sans rien dire à personne. Les autres ne valaient pas grand-chose. Dana valait quelque chose. Vous paierez pour le meurtre de Dana.

Elle hausse les épaules.

— Vous ne pouvez pas grand-chose contre moi.

— Si. Il y a deux solutions : ou je fais justice moi-même ou je vous livre à la police. Je n'ai pas envie de tordre votre joli cou. C'est dommage, car cela éviterait pas mal de complication, mais j'ai une conscience et elle ne me laisserait pas faire une chose pareille. Donc ce sera la police. Pour moi cela signifie quelques années de taule comme complice, mais je n'y peux rien.

— Cerf ne goûtera pas ce genre de chose, me rappelle-t-elle en fronçant les sourcils.

— D'accord, mais jusqu'ici il y a échappé. Il faudra qu'il se fasse une raison. Voulez-vous passer quelque chose avant que j'appelle Brandon? Il vous emmènerait au poste comme vous êtes, je le connais. Vous feriez mieux de vous habiller.

— Vous plaisantez, je suppose?

Elle lève les sourcils.

— Plus maintenant, baby. Finie la plaisanterie. N'ayez crainte. Pour vos beaux yeux ce sera quinze ans, pas plus.

— Si vous le prenez comme ça, — et elle hausse ses élégantes épaules, — je ferais bien de m'habiller.

Elle prend sa tasse à café.

— Voulez-vous me verser un peu de whisky? Vous ne me croirez peut-être pas, mais je ne me sens pas bien.

Je ne la quitte pas des yeux.

— Servez-vous.

Elle me balance la tasse. Je m'y attendais un peu, mais elle a été rapide, comme je ne pensais pas qu'on puisse être rapide. Le temps d'essuyer le café qui m'aveugle elle a le 45 dans la main.

— Je l'ai bien cherché. — Je suis aussi calme que possible. — J'aurais dû me rappeler que vous étiez une experte des armes à feu.

— Oui, fait-elle les yeux brillants comme des émeraudes. Reculez et n'essayez pas de faire le zouave. Je suis aussi bonne tireuse que Lee et même si je le voulais, je ne vous manquerais pas.

Je recule dans sa chambre à coucher.

— Au mur. Et retournez-vous. Un geste et je tire. Je vais m'habiller.

Elle m'a placé au mauvais endroit car il y a une coiffeuse à côté de moi et je la vois dans la glace. Ça ne me sert pas à grand-chose d'ailleurs. Le lit est entre nous et elle est au moins à six mètres de moi. Elle a déjà descendu quatre personnes : ce n'est pas une de plus qui lui donnerait des cauchemars au cas où elle aurait des cauchemars, ce dont je commence à douter.

— Ça tourne mal, je dis, histoire de dire quelque chose. Le détective épouse toujours l'héroïne. Si vous me tuez, la fin de l'histoire sera immorale.

Elle rit.

— J'aime les histoires immorales. Votre voiture est dehors?

— Oui. Vous voulez la clef de contact?

Elle s'assied sur une chaise et tire ses bas. Le revolver est posé sur l'appui de la fenêtre à portée de la main. S'il n'y avait pas le lit je tenterais ma chance, mais le lit rend l'essai difficile.

— Je la prendrai plus tard, ne bougez pas.

Elle se lève et cherche quelque chose dans ses tiroirs. Elle a le revolver dans une main.

— Où pensez-vous aller?

— New York. Grâce à vous la police ne me soupçonnera jamais. J'espère refaire ma vie à New York. Avec mon physique, je suis tranquille. Je vous l'ai déjà dit, je crois.

— Oui.

Je me rends compte que je commence à transpirer. Soit qu'il fasse plus chaud, soit que j'aie la trouille. Etant donné la situation, je ne me fatigue pas à analyser le fait.

Elle prend une jupe de soie verte, met les jambes dedans et la tire sur ses hanches, sous sa chemise de nuit. Je passerai à l'action quand elle ôtera sa chemise de nuit. Je tends mes nerfs et je bande mes muscles. Elle ne passe pas la chemise par-dessus sa tête, elle la fait glisser de ses épaules et la laisse tomber.

C'est un suicide, mais j'aime mieux mourir comme ça de sang-froid : au moment où elle est sur un pied pour se débarrasser de la chemise de nuit, je pivote et je me catapulte vers elle par-dessus le lit, la respiration coupée, raidi de peur.

Elle ne cille même pas; elle reste immobile, adorable silhouette à moitié nue, un sourire sur ses lèvres maquillées. Le canon du 45 m'apparaît comme l'entrée d'un tonneau qui s'abaisse sur moi. Je vois le doigt blanchir en appuyant sur la gâchette. Je m'élance comme un fou sur elle, les bras désespérément tendus vers elle, mais je suis à des kilomètres. J'ai des heures et des heures de retard. L'automatique explose en un grondement continu : la poudre me brûle la figure. La première balle me manque, et la seconde, et la troisième. Je l'ai déjà empoignée et je lui arrache l'arme des mains. Puis je reste figé! Elle est allongée sur le sol, les yeux agrandis par la terreur, la bouche tordue en une grimace inhumaine, la poitrine écrabouillée. D'un trou assez gros pour y enfoncer une balle de tennis, jaillit un flot de sang. Je reste là, ahuri, stupéfait, dépassé. Ses yeux chavirent et sa main retombe lourdement sur le tapis.

Lentement j'examine le revolver tombé à côté d'elle. Un filet de fumée sort du télescope. Je mets un moment à comprendre ce dont il s'agit : c'est un revolver truqué; un revolver qui tue le tueur; un revolver qui tire à l'envers. La dernière farce de Thayler. C'est à moi qu'il l'a donné. Mais ça a mal tourné.

Je m'éloigne du sang qui coule et se fraye un chemin dans les dessins compliqués du tapis. L'appartement est insonore, je ne crois pas que quelqu'un ait entendu les détonations, mais je ne veux plus courir de risques. Je rentre dans le salon. Je prends ma tasse, ma soucoupe, mon verre à whisky vide et mon chapeau. Mes mégots de cigarettes aussi. Je jette un coup d'œil circulaire en essayant de me rappeler si j'ai touché quoi que ce soit. Pour plus de sécurité, j'essuie la table avec mon mouchoir. J'éteins la lumière, j'ouvre la porte et je scrute les premières lueurs de l'aube. Personne. Il pleut à verse.

Je cours comme un fou vers ma voiture.

DU MÊME AUTEUR

Aux Éditions Gallimard

Dans la collection Carré Noir

UNE MANCHE ET LA BELLE, *n° 1*
L'ABOMINABLE PARDESSUS, *n° 4*
12 CHINETOQUES ET UNE SOURIS, *n° 5*
TRAQUENARDS, *n° 6*
QU'EST-CE QU'ON DÉGUSTE, *n° 7*
ALERTE AUX CROQUE-MORTS, *n° 8*
MISS SHUMWAY JETTE UN SORT, *n° 9*
C'EST LE BOUQUET, *n° 10*
VIPÈRE AU SEIN, *n° 11*
PAS D'ORCHIDÉES POUR MISS BLANDISH, *n° 12*
C'EST MA TOURNÉE, *n° 16*
LA CULBUTE, *n° 17*
LÂCHEZ LES CHIENS, *n° 18*
LE DÉMONIAQUE, *n° 19*
LA PETITE VERTU, *n° 20*
DANS LE CIRAGE, *n° 21*
UNE BOUFFÉE D'OR PUR, *n° 22*
POCHETTE SURPRISE, *n° 23*
PAS DE VIE SANS FRIC, *n° 24*
AU SON DES FIFRELINS, *n° 25*
LA CHAIR DE L'ORCHIDÉE, *n° 28*
UN HOMME À L'AFFÛT, *n° 29*
DU GÂTEAU, *n° 30*
LE VAUTOUR ATTEND TOUJOURS, *n° 31*
TU SERAS TOUT SEUL DANS TON CERCUEIL, *n° 32*
UN TUEUR PASSE, *n° 33*
DOUZE BALLES DANS LA PEAU, *n° 34*

UN HIPPIE SUR LA ROUTE, *n° 35*
LE CORBILLARD DE MADAME, *n° 38*
PRÉSUMÉ DANGEREUX, *n° 39*
COUCHE-LA DANS LE MUGUET, *n° 40*
RETOUR DE MANIVELLE, *n° 41*
GARCES DE FEMMES, *n° 42*
PARTIE FINE, *n° 43*
LE REQUIEM DES BLONDES, *n° 44*
FAIS-MOI CONFIANCE, *n° 45*
EN CREVANT LE PLAFOND, *n° 46*
N'Y METTEZ PAS VOTRE NEZ, *n° 48*
ELLES ATTIGENT, *n° 50*
FAITES DANSER LE CADAVRE, *n 52*
SIGNÉ LA TORTUE, *n° 54*
LA MAIN DANS LE SAC, *n° 58*
MÉFIEZ-VOUS, FILLETTES !, *n° 60*
TRAITEMENT DE CHOC, *n° 64*
LES BOUCHÉES DOUBLES, *n° 66*
MISE EN CAISSE, *n° 68*
DÉLIT DE FUITE, *n° 69*
TIREZ LA CHEVILLETTE, *n° 71*
UN ATOUT DANS LA MANCHE, *n° 73*
RIEN NE SERT DE MOURIR, *n° 76*
PAS DE MENTALITÉ, *n° 78*
IL FAIT CE QU'IL PEUT, *n° 79*
ET TOC !, *n° 87*
EVA, *n° 95*
VOIR VENISE... ET CREVER, *n° 102*
À VOUS LE PLAISIR, *n° 103*
EN TROIS COUPS DE CUILLER À POT, *n° 107*
ÇA N'ARRIVE QU'AUX VIVANTS, *n° 108*
OFFICIEL, *n° 114*
EN GALÈRE, *n° 120*

L'HÉROÏNE D'HONG-KONG, *n° 128*
LE DENIER DU COLT, *n° 133*
TROP PETIT MON AMI, *n° 139*
CHANTONS EN CHŒUR, *n° 144*
CAUSE À L'AUTRE, *n° 150*
LE ZINC EN OR, *n° 153*
SIMPLE QUESTION DE TEMPS *n° 155*
TUEUR DE CHARME, *n° 157*
UN BEAU MATIN D'ÉTÉ, *n° 160*
LES POISSONS ROUGES N'ONT PAS DE SECRET, *n° 173*
À PIEDS JOINTS, *n° 199*
JOKER EN MAIN, *n° 208*
FAIS-MOI PLAISIR... CRÈVE, *n° 211*
ON REPIQUE AU JEU, *n° 231*
QUI VIVRA, RIRA, *n° 242*
PLANQUE-TOI À LA MORGUE, *n° 269*
MEURTRES AU PINCEAU, *n° 289*
QUESTION DE FLAIR *(inédit), n° 301*
TU CROIS PAS SI BIEN DIRE *(inédit), n° 326*
LA GRANDE FAUCHE *(inédit), n° 350*
FILE-MOI UNE COUVERTURE *(inédit), n° 378*
PASSEZ UNE BONNE NUIT *(inédit), n° 405*
TU ME SUIVRAS DANS LA TOMBE *(inédit), n° 431*
C'EST PAS DANS MES CORDES *(inédit), n° 474*
ÇA IRA MIEUX DEMAIN *(inédit), n° 499*

Impression Bussière à Saint-Amand (Cher),
le 14 mars 1989.
Dépôt légal : mars 1989.
1er dépôt légal dans la collection : mars 1972.
Numéro d'imprimeur : 7550.
ISBN 2-07-043032-4./Imprimé en France.

45844